W0389451

HWANG Sok-yong

PRINCESSE BARI

Roman traduit du coréen
par Choi Mikyung et Jean-Noël Juttet

Ouvrage traduit et publié avec le soutien
de l'Institut coréen de la Traduction littéraire (KLTI), Séoul

Éditions
Philippe Picquier

Ouvrage publié sous la direction de
LIM YEONG-HEE

DU MÊME AUTEUR

Shim Chong, fille vendue, Zulma, 2012
Monsieur Han, Zulma, 2010
Le vieux Jardin, Zulma, 2010
L'invité, Zulma, 2004
Les terres étrangères, Zulma, 2004
L'ombre des armes, Zulma, 2003
La route de Sampo, Zulma, 2002

Titre original : *Barideki*

© 2007, Hwang Sok-yong
Publié en 2007 par Changbi Publishing Corp., Corée
Tous droits réservés

© 2013, Editions Philippe Picquier
pour la traduction en langue française
Mas de Vert
B.P. 20150
13631 Arles cedex
www.editions-picquier.fr

En couverture : © Topic Photo Agency/Corbis

Conception graphique : Picquier & Protière

Mise en page : Christiane Canezza - Marseille

ISBN : 978-2-8097-0932-2

1

Lorsque ma famille a dû se disperser, j'avais à peine douze ans.

Avant, nous vivions à Chongjin dans une petite maison sur une hauteur dominant la mer. Les touffes d'azalées, au printemps, prenaient des teintes plus vives à l'aurore et au coucher du soleil. A l'est, j'apercevais au loin la cime enneigée du Kwanmo flottant au-dessus d'un voile de brume. De l'autre côté, les lourds cargos de fer et les petits chalutiers évoluaient lentement sur la mer en vrombissant. Les mouettes s'élançaient à vive allure, brisant les rayons du soleil réfractés par les vagues qui scintillaient comme des écailles de poisson. J'attendais mon père au retour de son bureau sur le port, ou bien ma mère revenant de ses courses. Si j'allais si souvent tout en haut, au bord de la falaise, c'est parce que j'aimais contempler la mer en laissant passer le temps.

Nous étions une grande famille : il y avait ma grand-mère, mon père et ma mère, plus six sœurs, toutes plus âgées que moi. Pendant presque quinze ans, ma mère était allée de grossesse en grossesse ; à peine accouchée, elle se trouvait de nouveau enceinte. Les intervalles entre nous étaient d'un à deux ans, rarement davantage. Ma plus grande sœur, ainsi que la deuxième, n'ont jamais oublié la peur qu'elles éprouvaient le jour où notre mère devait accoucher.

Dans ces moments, c'est ma grand-mère qui faisait office de sage-femme. Mon père s'impatientait devant la porte de la chambre en fumant cigarette sur cigarette. Il en a été ainsi jusqu'au troisième enfant. Pour les suivants, quand tout indiquait que ma mère était sur le point d'accoucher, au lieu de rentrer le soir, il se portait volontaire pour la garde de nuit au bureau. A la naissance de Sooki, ma cinquième sœur, il a laissé éclater une colère contenue jusque-là. Il était rentré tôt le matin après sa nuit de veille. Ma grand-mère et ma mère étaient occupées à faire la toilette du nouveau-né dans une bassine d'eau tiède.

— A quoi ça rime, s'est-il écrié, de donner la vie à ces choses-là ?

Et, saisissant le bébé par les pieds, il lui a plongé la tête dans le baquet. Eberluée, ma grand-mère le lui a arraché des mains. La pauvre créature avait inhalé de l'eau par le nez et suffoquait pitoyablement, incapable même de pleurer.

Quand ma sixième sœur est née, mon père, furieux, a jeté le plateau du petit-déjeuner par la fenêtre, et ma grande sœur, qui traversait la cour au retour d'une visite au petit coin, a reçu le bol de *kimchi*[1] en pleine figure.

On peut se figurer ce qu'a pu être l'ambiance à la maison quand je suis née. « On restait toutes cachées dans notre chambre en retenant notre souffle », m'a raconté plus tard Jini, ma sœur aînée. Soni, ma

1. Condiment coréen accompagnant tous les plats, fait de chou ou de navet fermenté avec de l'ail et du piment.

deuxième sœur, qui était allée épier après avoir entendu mes premiers vagissements, est revenue en pleurant : « Oh là là ! Comment faire ? C'est encore une fille ! »

Ma sœur aînée les a averties : « Restez cachées ici, ne faites pas le moindre bruit quand le père reviendra ! »

Ma grand-mère m'a enroulée, toute couverte de sang, dans une serviette, puis elle n'a plus su que faire. Elle est allée s'asseoir bêtement près du feu à la cuisine. Tout en étouffant ses pleurs, ma mère m'a emportée dans la forêt près du village, à un endroit où personne ne s'aventurait jamais. Et là, elle m'a déposée dans un fourré au cœur d'un bosquet de pins et a étendu un drap sur ma tête. Avec l'espoir que je mourrais étouffée ou gelée par le vent froid du matin.

Quand, de retour, mon père a poussé la porte, ma mère, sa couverture remontée jusqu'au menton, n'a pas dit un mot ; à la cuisine, ma grand-mère toussotait d'une toux sèche. Il est reparti tout de suite : vu l'atmosphère, il avait compris, cette fois encore, qu'il était vain d'espérer un fils. Abattues, ma mère et ma grand-mère sont demeurées chacune dans son coin jusqu'à ce que le soleil soit haut dans le ciel. Ma grand-mère, enfin, est revenue dans la chambre :

— Où est-il, le bout de chou ?

— Je sais pas. Il est parti tout seul.

— Veux-tu mourir foudroyée par le Ciel ? Qu'en as-tu fait ?

Ma grand-mère s'est lancée à ma recherche partout dans la maison, dehors aussi, sans résultat. Elle redoutait une punition du Ciel ; et puis, elle se sentait si malheureuse pour sa bru et ses petites-filles. Aussi a-t-elle emporté un bol d'eau fraîche dans la cour arrière et prié de toute sa ferveur en se frottant les mains pour supplier les dieux : « Vous qui régissez toutes choses, écartez de cette maison tout mauvais sort, aidez-moi à retrouver le bébé vivant, consolez le cœur déchiré de ma bru, apaisez la colère de mon fils, prenez soin de nous et gardez-nous en bonne santé ! »

Et elle s'est à nouveau mise à tourner dans le quartier, mais sans plus de succès. Désespérée, elle s'est assise sur le *maru*[1] de la cour arrière. Son regard s'est posé sur Hindung ; pointant la tête hors de sa niche, la chienne la regardait fixement. Alors, ma grand-mère a aperçu la serviette blanche dans laquelle elle avait enroulé le bébé. Elle s'est élancée, le cœur gonflé d'espoir : j'étais là, entre les pattes de Hindung, profondément endormie et respirant paisiblement. La chienne avait dû suivre ma mère à distance, me renifler, tourner autour de moi avant de me rapporter dans sa gueule.

— *Aïgo !* Ma chère, mon adorable Hindung ! C'est donc le Ciel qui nous envoie cette petite !

Voilà sans doute la raison pour laquelle, depuis ma toute petite enfance, je me suis toujours sentie plus proche de ma grand-mère et de Hindung. La chienne était un *pungsan* au pelage blanc, d'où son nom de Hindung, qui signifie Blanche. Moi, jusqu'à mon centième jour, je n'ai pas eu de nom : personne ne s'en était soucié. Plus tard, quand ma famille dispersée fut réduite à devoir vivre dans une hutte sur l'autre rive du Tumen[2], ma grand-mère me racontait souvent une légende qu'elle avait entendue de sa

---

1. Espace planchéié devant la maison traditionnelle coréenne ou à l'intérieur (non chauffé).

2. Fleuve qui marque la frontière entre la Corée et la Chine.

grand-mère, l'histoire de la princesse Bari. Son récit se terminait toujours par « *Baryora, Barideki*[1], on l'appelle *Bari* ».

Bref, je n'avais pas de nom – jusqu'au jour où ma grand-mère en a parlé à table. Nous les enfants et ma mère, nous mangions autour d'une table ronde, tandis que ma grand-mère et mon père avaient pris place, comme d'habitude, devant une autre, carrée. Ma grand-mère s'est adressée à mon père :

— Dis donc, la petite dernière n'a toujours pas de nom. Que décide-t-on ?

Mon père a regardé ses enfants comme s'il les comptait, puis, d'un ton rogue :

— En général, on leur donne un nom jusqu'au sixième, même quand il y a des jumeaux, mais au-delà… et moi, je ne connais pas suffisamment de caractères…

— Tu as étudié à l'université, tu parles chinois et russe, tu sais lire les caractères, et tu ne saurais pas trouver de nom pour ta fille ?

En cette époque où le pays allait encore bien, quand il naissait des jumeaux, les journalistes de la presse écrite et de la télévision s'amenaient, aussi bien à la campagne qu'en ville, et parfois la famille passait aux informations du soir. On disposait d'un système de couverture sociale de qualité, les enfants étaient élevés dans des crèches, du linge et des jouets leur étaient offerts par notre généreux Grand Leader. Jusqu'à la quatrième fille, on pouvait choisir, par exemple, les noms des quatre fleurs de la peinture traditionnelle : *mae* (prunier), *lan* (orchidée), *guk* (chrysanthème), *juk* (bamboo). Pour les deux

1. « Qu'on l'abandonne, on l'a abandonnée. »

suivantes, il était possible de trouver encore d'autres jolis caractères, si on se creusait un peu la tête. Mon père avait consenti des efforts pour ses six premières filles. Aussi mes sœurs s'appelaient-elles *Jin* (vérité), *Son* (bonté), *Mi* (beauté), *Jong* (paix), *Sook* (pudeur) et *Hyun* (sagesse)[1]. Evocateurs de vertus jadis prisées, ces six caractères s'harmonisaient parfaitement. Quand, avec ma venue au monde, la famille a hérité d'une nouvelle fille, mon père a estimé que ces beaux caractères, si appréciés autrefois, n'avaient plus de sens : il ne leur trouvait plus que des défauts. Il a quitté la table sans répondre à la question. La discussion s'est poursuivie après son départ entre ma grand-mère et ma mère.

— Ta petite dernière, il faut bien lui donner un nom. Que suggères-tu ?

— Un nom qui exprimerait quelque chose comme le regret, le chagrin. On pourrait l'appeler *Mian* (excuse) ou *Sopsop* (désolation)…

— Il est vrai que j'ai déjà entendu des noms pareils. Dis-moi, tu l'avais abandonnée dans la forêt, n'est-ce pas ?

C'est ainsi que ma grand-mère a décidé de m'appeler *Bari*, l'abandonnée. Mais ce n'est que beaucoup plus tard, après avoir éprouvé mille tourments à travers le vaste monde, que j'ai compris le sens du nom choisi pour moi par mon aïeule.

Mon père avait été élevé par sa mère. Mon grand-père était mort à la guerre bien avant ma naissance. D'après ma grand-mère, c'était un héros : ses hauts

1. L'usage familier ajoute un *i* au prénom : ainsi Jin devient *Jini*, Son, *Soni*, Mi, *Mii*, etc.

faits avaient même été cités à la radio nationale. Il avait combattu dans une ville lointaine sur la côte sud, tenant tête à lui seul aux chars d'assaut de l'armée des « longs nez ». Quand, après le dîner, assis sur une natte dans la cour, nous passions un moment tranquille à contempler les étoiles, elle nous contait les exploits du grand homme, et chaque fois mon père faisait voler le mythe en éclats :

— Mais non, tu mélanges tout ! Ce que tu racontes, c'est un film russe !

— Comment donc ?

— On est allés le voir ensemble, ce film, au chef-lieu. Souviens-toi, c'est le Comité du Peuple qui nous y a emmenés en groupe. Tu confonds cette histoire avec celle de mon père !

Dans le film, un soldat de première classe placé en sentinelle s'endort dans les ruines de la ville. A la tombée de la nuit, sa compagnie évacue les lieux en l'oubliant. Apprenant que les troupes se sont retirées, l'armée ennemie entre sans trop de précautions. C'est le bruit des chenilles qui réveille le soldat solitaire. Tout au bout du boulevard, il aperçoit les tanks et les camions qui avancent, tous phares allumés, accompagnés d'ombres noires. Pris de panique, il pointe son fusil sans trop savoir ce qu'il doit faire. Et il finit par tirer au hasard. Quand il s'arrête, grand silence. La colonne ennemie a fait halte puis rebroussé chemin, persuadée que l'adversaire lui a tendu une embuscade dans l'obscurité. Le soldat quitte sa planque au milieu des ruines et déguerpit à toute vitesse. Il court toute la nuit sur les traces de son unité, qu'il rejoint au petit matin. Le lieutenant, le capitaine et enfin le commandant le congratulent à tour de rôle. On le décore, on en fait « un héros qui, à lui seul, a stoppé l'avance de l'ennemi », et il se voit octroyer une permission spéciale.

Cela dit, mon père convenait que le sien avait été tué dans la région est. Le Comité du Peuple avait convoqué ma grand-mère pour lui annoncer sa mort. On lui avait offert quelques objets de la vie courante en guise de consolation. Et quand, ce jour-là, mon père s'était rendu à l'école, le maître l'avait fait monter sur l'estrade pour honorer le héros d'une minute de silence. Le soir même, ma grand-mère avait pris ses dispositions pour le rituel funéraire. Comme d'habitude, c'est par un rêve qu'elle avait appris la triste nouvelle.

En plein milieu de la nuit, entendant le toussotement familier de son mari, elle entrouvre la porte de la chambre. Dans son uniforme déchiré, il est là, devant elle, debout dans la cour inondée de clair de lune. Ma grand-mère lui demande d'où il vient. Il arrive par Mukho, Gangeung, Sokcho, répond-il, il a passé plus de vingt cols. Il porte un petit baluchon en bandoulière. Ma grand-mère l'invite à le poser sur le *maru* et à entrer, elle lui préparera un déjeuner. Mais il reste immobile, dehors, sans se déchausser, disant qu'il doit repartir, qu'il a encore un long chemin à faire. Tandis qu'elle tend la main pour lui prendre son baluchon, il s'éclipse. La cour est vide.

Elle avait été réveillée en sursaut par un frôlement sur sa main à proximité de l'oreiller. Allumant la lampe, elle avait constaté que des vêtements étaient tombés de l'armoire dont la porte s'était soudainement ouverte. Le complet matelassé de son mari et son gilet en peau de lièvre, qu'il avait rangés au moment de prendre l'uniforme militaire, gisaient sur le sol. Elle s'était procuré une bouteille d'alcool, un poisson séché et quelques fruits pour préparer, le soir, une table digne de la cérémonie funèbre en l'honneur du défunt, puis elle avait brûlé ces vêtements.

Il arrivait souvent à ma grand-mère de voir des fantômes batifoler et d'entendre leur conversation. Depuis que mon père était tout petit, elle faisait ses prières devant un bol d'eau fraîche dans la cour de derrière et invoquait la bienveillance des dieux qui régissent l'univers. Quand cette pratique a été interdite, elle n'en a pas moins continué de prier, mais à la cuisine, assise à côté du feu. Au début, mon père et ma mère ont tenté de l'en dissuader, il leur est même arrivé de se disputer à ce propos.

— Tu devrais l'empêcher de faire ça, c'est des superstitions !

— Tu parles, elle ne m'écoute pas ! Elle dit qu'elle voit des esprits, ça me fait peur, je n'ose plus lui en parler. Ce doit être une tradition dans ta famille ?

— Qu'est-ce que tu racontes ? Une tradition chez nous ?

— La grand-mère de ta mère était chamane à Hamheung, on le sait bien, non ?

— Tu dis n'importe quoi. Ces choses-là, ça peut être lourd de conséquences ! Ne t'avise pas de raconter ces sornettes au-dehors.

— Personne n'ignore au village que la grand-mère de ta mère était une grande chamane…

— Putain, ferme-la ! Nous, on est une lignée de pauvres paysans. On fait partie de ceux qui constituent le terreau de la République !

D'après ma grand-mère, mon père avait été un élève brillant dès l'école du Peuple. La guerre finie, des militaires chinois étaient restés sur place ; mon père en avait profité pour apprendre leur langue et, quand les gens devaient aller à la caserne chinoise pour régler certaines affaires, c'était lui qui les accompagnait. Sorti major de son lycée, il avait été gratifié d'une recommandation pour entrer à l'université de Pyongyang.

S'il avait épousé ma mère, c'était par la volonté de ma grand-mère. Lors de ses premières vacances universitaires d'été, il était venu passer une semaine à la maison après avoir effectué son quota de journées de travaux collectifs.

— Maman, un verre d'eau fraîche, s'il te plaît ! avait-il demandé en arrivant chez lui.

Il avait vu sortir de la cuisine une fille toute petite, aux cheveux courts, avec un verre d'eau qu'elle tenait à deux mains.

— Camarade, qui êtes-vous ? lui avait-il demandé en la fixant d'un air ahuri.

— Quelle question, c'est ta femme ! avait répliqué ma grand-mère.

Pris de panique, il avait couru à la station de bus pour reprendre au plus vite le train de Pyongyang. Deux semaines plus tard, on l'avait sommé de se présenter au bureau des affaires scolaires ; l'air sévère, le professeur chargé du suivi des étudiants lui avait, d'un signe du menton, enjoint de s'asseoir.

— Je me faisais une tout autre idée de toi ! J'apprends que tu es marié alors que tu es encore étudiant… Cela, ma foi, je veux bien l'admettre : ta mère est seule, dans ta famille les enfants sont rares, je comprends tout cela. Mais pourquoi abandonner ta femme ?

Stupéfait, mon père avait, tant bien que mal, essayé de s'expliquer :

— Mais… c'est pas vrai… quand je suis rentré chez moi, ma mère m'a dit… c'est ta femme, alors je suis vite revenu à l'école…

A cet instant précis, la porte s'était ouverte doucement et ma grand-mère avait passé la tête.

— Hé ! Nous, on est là !... Viens, toi aussi !

Ma grand-mère était entrée la première, suivie de la jeune fille aux cheveux courts. Cette dernière avait salué le professeur en baissant bien bas la tête. Mon père était écarlate, il ne savait plus que dire.

— C'est bon, j'ai compris, avait conclu le professeur : je te prépare une autorisation, rentre avec ta mère. Puisque tu es marié, il te faut au moins une nuit de noces chez toi !

— Mais moi, j'aimerais bien d'abord terminer mes études…

— Dans ce cas, fallait pas te marier ! Allez, dépêche-toi. N'insiste pas, sinon j'en parle à tes camarades. Si jamais l'Association des Jeunesses populaires y met son nez, tu seras considéré comme un mauvais citoyen, peut-être même un décadent, et on te chassera de l'université.

Mon père avait dû suivre ma grand-mère. Dans le train, celle-ci l'avait joliment enguirlandé :

— Ah, te voilà donc ! Maintenant, plus question de gambader selon ta fantaisie. Essaie un peu d'en faire à ta tête ! Moi je sais où il faut aller. Celle-ci, c'est le Ciel qui te l'a envoyée, j'en suis absolument sûre !

Ma grand-mère avait sorti de je ne sais où une de ces longues bandes qui servent à attacher les bébés dans le dos de leur mère. Elle en avait noué une extrémité à la jambe gauche de mon père, puis, approchant l'autre bout de la cheville de la jeune fille :

— Allez, lève un peu ton pied !

En relevant ses chaussettes qui tombaient sur ses sabots de caoutchouc, celle qui allait devenir ma mère lui avait dit :

— Serrez fort !

Mon père observait ce que faisaient les deux femmes. Quand ses yeux avaient croisé ceux de la jeune fille, elle lui avait tiré la langue – ce qui, plus tard, chaque fois qu'ils avaient des scènes de ménage, faisait dire à mon père furieux : « Ce jour-là, j'aurais mieux fait de te casser une jambe et de lever le camp pour aller faire ma vie ailleurs ! » Après les avoir attachés ensemble, ma grand-mère avait enroulé la bande autour de son poignet, puis, rassurée, avait inspiré profondément. Quand, plus tard, nous lui demandions pourquoi elle avait tant voulu que cette jeune fille, qui allait être ma mère, devînt sa bru, elle nous racontait chaque fois la même histoire : un rêve qu'elle avait fait, et sa visite chez l'élue.

Dans mon rêve, une fée descendue du ciel atterrissait sur notre toit avant de se laisser glisser dans la cour. Je lui disais : « Je vous en prie, si vous êtes un mauvais esprit, allez-vous-en ; si vous êtes un être humain, approchez. » Et elle, à son tour : « Je suis une fée du palais céleste où je m'occupe du jardin de l'Empereur du Ciel, mais en arrosant ses fleurs, plusieurs m'ont échappé des mains. On m'a autorisée à descendre sur la Terre. » De fait, il y avait sept fleurs dans la cour. La fée les ramasse l'une après l'autre et me les tend. Alors que j'avance la main pour les recevoir, la fée s'éloigne, elle ouvre la porte et part à reculons, en glissant doucement. Je m'élance à sa suite, jusqu'à me retrouver devant la palissade de sorgho d'une maison. Et là, je me réveille brusquement. Ce rêve me laisse une impression étrange : je sors, je revois le chemin, je le suis comme je l'ai fait dans mon rêve. Je me retrouve dans le village voisin où j'aperçois une maison avec une palissade de sorgho ; intriguée, j'entre. Une jeune fille chantait. Elle chante tout en nettoyant des pots alignés devant elle, luisants de propreté. Je la vois de dos, elle a les fesses bien pleines : je ne suis pas un homme, mais même à mes yeux, elle me paraît aussi séduisante qu'une pivoine. Alors, je lui ai dit de venir vivre chez nous. J'ai rencontré ses parents, je leur ai parlé de mon fils.

Chez nous, tout le monde savait que ma grand-mère avait ce don particulier de voyance. Il n'y avait que mon père à ne pas vouloir l'admettre. Cela dit, quand il faisait des rêves ou des cauchemars, le matin il demandait à ma grand-mère ce qu'il fallait en augurer. « … Et alors, la jarre d'eau a éclaté et un poisson-chat gros comme mon bras a jailli… » Il rapportait ses rêves en marmonnant comme s'il parlait à son bonnet. Au lieu de lui livrer une interprétation, ma grand-mère le titillait : « Fallait l'attraper, qu'on fasse une bonne soupe de poisson pour toute la famille ! »

Enceinte avant d'être tout à fait remise de sa dernière grossesse, ma mère, à la différence des autres femmes du quartier, ne pouvait pas travailler à l'extérieur. Après la naissance de Mii, ma troisième sœur, mes parents ont dû être plus vigilants car, pendant trois ans, elle n'est pas retombée enceinte. Elle a enfin pu quitter la maison. Elle a, un temps, travaillé dans ces cuisines industrielles créées un peu partout en ville et dans les fermes coopératives, dans le cadre de la campagne de reconstruction du pays. Affectée ensuite dans une maison de soins pour convalescents, elle a appris la coiffure. Six mois plus tard, elle était coiffeuse dans un établissement de bains publics. Mais elle a dû s'arrêter au bout d'un an à cause de l'insatiable désir de mon père – et de ma grand-mère ! – d'avoir un garçon. Après que mon père eut plongé Sooki dans la bassine d'eau, ma mère a renoncé complètement à toute activité professionnelle. On a choisi de dire que c'était à cause d'une rougeole que ma sœur était devenue infirme. Mais ma mère et ma grand-mère ne s'en laissaient pas conter : elles déploraient – accusaient ! – le geste de mon père. A trois ans, Sooki ne parlait toujours pas. En plus, elle était sourde. C'est ma grand-mère, également, qui m'a raconté qu'on m'avait abandonnée.

Un jour – au temps où j'allais à l'école maternelle, je devais avoir dans les cinq ans, c'était l'époque où, au début du printemps, les azalées fleurissent sur la colline et où mes grandes sœurs rapportaient des racines de bourses-à-pasteur dans leur panier –, assise sur le petit *maru* devant la chambre de mes parents, je faisais le tournesol sous la caresse du soleil, lorsque Hindung s'est soudain élancée vers le portail en grognant. Les oreilles rabattues, les babines retroussées, elle aboyait férocement. Quelqu'un devait se tenir là, à l'entrée. M'étant approchée, j'ai trouvé une fille un peu plus grande que moi, en veste et robe blanches traditionnelles, la jupe au niveau du genou.

Pensant qu'il s'agissait d'une amie de Hyuni, je lui ai dit qu'elle n'était pas là. Elle se contentait de me fixer sans rien dire. Derrière moi, loin de se calmer, la chienne jappait furieusement. Mais la fille ne semblait point éprouver de crainte. « Je me suis trompée de maison », ai-je cru l'entendre dire. Sa phrase à peine terminée, elle a tourné les talons et s'est mise à courir. A vrai dire, je ne sais pas trop si elle a couru ou si elle a simplement disparu de ma vue. Curieuse de savoir où elle était passée, je me suis lancée à sa recherche. Elle était déjà loin, là-bas, devant d'autres maisons en tous points semblables à la nôtre. Elle avançait en faisant osciller gracieusement ses cheveux relevés en queue de cheval, puis elle a disparu dans la maison aux abricotiers, non sans avoir jeté sur moi un rapide coup d'œil. Si je me souviens si bien de cette queue de cheval, c'est parce qu'elle était nouée d'un ruban rouge vif.

Au dîner, alors que nous étions tous à table, ma mère a annoncé :

— La petite-fille du chef d'arrondissement populaire est morte, il va falloir qu'on participe à la collecte.

— Que s'est-il passé ? a demandé mon père.

Avant même que ma mère ait eu le temps de répondre, ma grand-mère est intervenue :

— C'est à cause de sa vie antérieure. Chacun vient au monde avec son destin, avec son temps de vie.

— Peut-être qu'elle a attrapé la fièvre typhoïde qui sévit en ce moment ?

Loin d'oublier ce que j'avais vu dans la matinée, j'ai tiré ma grand-mère par le pan de sa jupe :

— Grand-mère…

— Oui, on va manger.

— Ce matin, une fille que je n'avais jamais vue est passée ici, puis elle est partie et elle s'est glissée dans la maison aux abricotiers.

Les autres n'ont accordé aucune attention à ce que je disais. Mais, après le dîner, ma grand-mère m'a prise à part sur le *maru* de derrière. Elle m'a demandé, le visage grave :

— Dis-moi, qui as-tu vu tout à l'heure ?

— Une fille en blanc. Hindung aboyait férocement contre elle, elle voulait la mordre. Quand la fille m'a vue, elle a dit qu'elle s'était trompée de maison et elle est repartie. J'ai regardé où elle allait, elle est entrée dans la maison aux abricotiers.

— Dis-moi, as-tu croisé son regard ?

— Oui, une fois, quand elle s'est retournée avant d'entrer dans la maison.

Tout en hochant la tête, ma grand-mère m'a caressé les cheveux.

— T'en fais pas, tout ira bien. Pour sûr, toi, tu tiens de moi. Allez, fais comme je te dis : crache trois fois par terre puis saute autant de fois sur le pied gauche.

Ce soir-là, je suis tombée malade. Dans la nuit, j'ai commencé à délirer, brûlante de fièvre. Mon père m'a prise sur son dos pour m'emmener à l'hôpital dans la rue du port. Dans les salles, il y avait surtout des personnes âgées et des enfants qu'on avait amenés des environs. Je ne sais plus combien de jours je suis restée là-bas. En tout cas, dans la chambre que je partageais avec d'autres, je me souviens que la fille en blanc se tenait assise sur le rebord de la fenêtre coulissante. Je la regardais par en dessous, comme si de rien n'était. Je n'avais pas du tout peur d'elle. Rentrée à la maison, je dormais avec ma grand-mère dans sa chambre. Elle était toujours seule à mon chevet. La fièvre baissait dans la journée pour remonter fortement la nuit. Tout mon corps était couvert de boutons, pas plus gros que des grains de millet. Ils n'ont disparu que petit à petit. Ma grand-mère me demandait de temps en temps :

— Cette coquine, tu la vois toujours ?

— Non, je ne l'ai vue qu'à l'hôpital. Qui est-ce ?

— Ah ! c'est le démon de la fièvre typhoïde. Toi, tu t'en sortiras. L'esprit du Ciel veille sur toi.

Des jours ont passé, je ne sais combien au juste. Je dormais jour et nuit et me réveillais parfois en sursaut. Des rêves que je faisais, j'ai gardé un souvenir très précis.

J'entre dans un endroit aux allures de vieux temple. Les murs de pierre se sont effondrés, des tuiles tombées des toits gisent, éparses, dans la cour envahie d'herbes folles. Je m'arrête au niveau d'un pilier qui penche ; de là, je regarde l'intérieur, si sombre que je n'ose entrer. Quelque chose a bougé, c'est le ruban rouge. Voici qu'il surgit de l'ombre et vient à ma rencontre en se contorsionnant. Je me mets à courir, mais il se dresse, il bondit pour se lancer à ma poursuite. J'ai beau contourner les arbres, enjamber les ruisseaux, filer sur les digues des rizières, il me poursuit, toujours dansant et sautillant. Quand j'atteins le village, ma grand-mère, en costume traditionnel blanc avec un pique-chignon dans les cheveux, lui fait barrage et crie : « Va-t'en, sale garce ! »

Le ruban rouge s'affaisse sur le sol et disparaît.

J'ouvrais les yeux, toute frémissante. Mon visage, mon corps étaient trempés, comme si je venais d'essuyer une averse. Ma grand-mère, à côté de moi, m'épongeait le front, le cou, avec une serviette de coton.

— Ça va mieux, me disait-elle, c'est bientôt fini, un peu de courage…

Sous l'effet de la fièvre, même lorsque je gardais les yeux grands ouverts, je sentais mon corps s'étirer sans fin dans tous les sens. Mes membres démesurés couvraient le sol et les murs de la chambre. Ou au contraire, je me rapetissais, réduite à la dimension d'une crotte de nez qui, au bout d'un moment, éclatait. Je sentais le sol s'enfoncer, s'enfoncer. Dans les motifs du papier peint, je voyais des visages qui me souriaient ou qui ricanaient entre eux.

J'ai survécu à la maladie. Elle m'a quand même laissée très affaiblie lorsque est venu le moment de reprendre l'école. Mais, guérie, j'ai commencé à entendre et voir des choses qu'avant je n'entendais ni ne voyais pas. C'est à partir de ce moment-là que j'ai pu communiquer avec Sooki, ma sœur muette. Jongi et Sooki n'avaient qu'un an de différence et n'arrêtaient pas de se chamailler. Elles étaient l'une pour l'autre un peu comme moi et Hyuni, ma sœur juste avant moi, que je respectais peu et qui me rendait la pareille. Les trois autres, Jini, Soni et Mii, étaient beaucoup plus grandes. Entre la troisième, Mii, et la quatrième, Jongi, il y avait trois ans d'écart. Hyuni et moi, on était les « petites », mais Jongi et Sooki, elles, étaient coincées entre les grandes et les petites. Quand il y avait des commissions à faire, c'est à Jongi qu'on s'adressait ; comme Sooki était muette, on ne pouvait pas lui confier n'importe quelle tâche. Par exemple, s'il fallait aller chercher une botte de poireaux et du tofu au magasin Namsei en bas de la colline, c'était toujours

Jongi qui était mise à contribution. Elle y allait de mauvaise grâce, en boudant, sans oublier de jeter sur Sooki des regards pleins de colère : « Ça tombe toujours sur moi, ces commissions, c'est de ta faute ! »

A cause de ses difficultés à communiquer, Sooki se montrait parfois irritable. Elle était d'un naturel plutôt calme, mais quand elle piquait une colère, elle se jetait sur ses sœurs, les grandes aussi bien que les petites, pour leur arracher les cheveux ou leur donner des coups de pied dans le ventre. Mes parents avaient pourtant à cœur de traiter Jongi et Sooki de la même façon. Ils leur achetaient des vêtements identiques, mêmes motifs, même coupe, elles avaient les trois mêmes crayons. Un matin que nous étions occupées à nous préparer pour aller à l'école – passer aux toilettes l'une après l'autre, se laver, se coiffer –, Sooki a tout d'un coup poussé un cri, le visage congestionné, sans que personne comprenne ce qu'elle voulait dire. A la main, elle brandissait une de ses chaussures de tennis à moitié carbonisée. Elles avaient été lavées la veille et mises à sécher près du feu ; l'une d'elles avait dû tomber dedans. Les deux sœurs avaient les mêmes tennis bleues. Plus futée, Jongi avait sans doute enfilé en vitesse la paire en bon état. Jetant méchamment la chaussure sinistrée, Sooki se lance sur sa sœur pour la ceinturer. Elle l'immobilise à terre et lui arrache une de ses chaussures, lui signifiant que c'est la sienne. Jongi ne se laisse pas faire. Défendant ardemment ce qu'elle considère comme son bien, elle finit par mordre sa sœur au bras. Cris et pleurs retentissent dans tout le quartier. Sur le point de partir pour le bureau, notre père se fâche. Il ordonne aux deux adversaires de venir sur le *maru* pour leur fouetter les mollets.

— A cause de ces deux gamines, on n'aura donc jamais la paix dans cette maison !

Le spectacle de la punition aura définitivement gâché l'humeur de tout le monde ce matin-là. C'est à ce moment que, soudain, j'ai entendu la voix de ma sœur muette. « Celle qui est tombée, c'est bien la chaussure de Jongi, elle les avait placées juste au bord de l'âtre. Les miennes étaient à côté de la porte. Le chat du voisin est venu plusieurs fois pour nous chiper des merlans séchés. Je l'ai vu passer dans la nuit. » Je répétais à voix basse, au fur et à mesure, ce que j'entendais. Mon père a cessé de distribuer ses coups et ma grand-mère s'en est allée voir dans la cuisine.

— Effectivement, j'avais posé là des merlans pour faire une soupe.

Soulagée, ma mère a arraché le fouet des mains de mon père.

— Tu vois, c'est le chat !

— En tout cas, avec cette marmaille, on n'aura jamais la paix, moi j'en ai assez…

Mon père a pris son enveloppe de documents et il est parti au bureau en grommelant. Ma grand-mère consolait Sooki :

— Je vais demander à ton père de t'en acheter une nouvelle paire. Allez, les filles, c'est l'heure d'aller à l'école !

Quand mes sœurs ont toutes été parties et que je suis restée seule avec ma grand-mère et ma mère, cette dernière a remarqué :

— C'est vraiment curieux. Comment a-t-elle pu comprendre ce que voulait dire sa sœur muette ?

— Je te l'ai déjà dit, Bari est une voyante.

— Ne parlez jamais de ces choses devant son père ! a répliqué ma mère, horrifiée.

2

Hindung s'est trouvée pleine par les œuvres de quelque cabot du village. Pour autant que je me souvienne, cela s'est produit l'année où je suis entrée à l'école primaire. Selon ma grand-mère, notre chienne devait avoir plus de soixante ans à l'échelle humaine. Les gens disaient qu'il n'était pas décent de mettre bas à son âge, mais Hindung ignorait superbement ces ragots : elle se promenait sans hâte, traînant à la ronde son ventre bouffi où pendouillaient des mamelles distendues. Elle a mis bas dans l'hiver, au beau milieu de la nuit. Couchées côte à côte sous une même couverture, mes sœurs et moi tendions l'oreille pour saisir ce que ma mère et ma grand-mère se disaient tout bas :

— Y en a combien ?

— Un, deux, trois, quatre… Incroyable ! Sept en tout !

— Ça alors ! On aura tout vu… C'est pas pour rien qu'on dit que les vieux arbres parfois refleurissent… Voilà que cette vieille chienne nous a fait sept petits !

Le matin, nous étions debout bien avant que maman fût venue nous réveiller : à la différence des autres jours, elle n'avait pas eu besoin de retirer la couverture ni de nous donner une petite claque sur les fesses pour nous dire de nous presser. Certaines déjà habillées, les autres en sous-vêtements, nous étions toutes descendues dans la cour. Frétillant comme les vairons des ruisseaux, nous nous chamaillions pour être la première à passer la tête dans la niche de Hindung. La chienne, d'habitude si gentille, grognait en montrant ses crocs. Maman nous a dit :

— Faites attention, elle a peur qu'on fasse du mal à ses chiots.

Mes sœurs m'ayant laissé un peu de place, j'ai enfin pu voir l'intérieur de la niche. Les fesses sur mes talons, je me suis mise à parler en moi-même : « C'est moi, Bari, la septième. J'aimerais juste voir mes frères et sœurs, rassure-toi. »

Alors, Hindung s'est levée non sans mal et elle a quitté sa niche. Sur la natte de paille, les chiots, pas plus grands que la paume de ma main, les yeux clos, étaient tout emmêlés, ils formaient comme une grosse pelote. J'en ai pris un contre ma poitrine, tout doucement. Je sentais dans mes doigts le léger battement de son cœur. Je me disais : « C'est toi le septième, on est pareils. » Littéralement ensorcelée, je croyais mes sœurs parties. Mais quand je me suis retournée, elles étaient là derrière moi, avec maman et ma grand-mère, les yeux fixés sur nous, le chiot et moi. Du haut du *maru*, mon père a crié :

— J'espère qu'y a pas que des femelles !

— C'est pas des choses à dire dès le matin ! a protesté ma grand-mère en brandissant dans sa direction le balai qu'elle tenait à la main.

Mes sœurs ont voulu s'approcher de la niche, mais Hindung leur en a aussitôt barré l'entrée.

— Sale chienne, a fait Jongi en levant la main, pourquoi tu nous traites pas toutes de la même façon ?

Fâchée pour de bon, Hindung s'est mise à aboyer méchamment. Je lui ai rendu son petit en lui disant en moi-même : « Je te protégerai… »

La chienne est rentrée dans sa niche pour s'étendre en arc de cercle autour de sa progéniture. Jini a grommelé dans mon dos :

— Elle est bizarre, elle parle avec les chiens…

Mes autres sœurs restaient silencieuses, l'air de songer, elles aussi, que j'étais différente. Ma mère et mon père ne disaient rien, ils savaient que je bénéficiais de la protection de ma grand-mère, laquelle prenait toujours mon parti.

En plus du souvenir de ma rencontre avec Chilsong, le chiot, j'ai conservé aussi, de ce jour-là, celui de l'apparition de mon oncle maternel.

Alors que Hyuni et moi étions occupées à jouer aux osselets, le portail de planches s'est entrouvert lentement, laissant passer une tête dont les yeux scrutaient les alentours. Un homme très grand, le crâne tondu, se tenait là. Nous avons abandonné notre jeu pour aller nous réfugier près du *maru* de la cour de derrière. Hyuni avait si peur que j'ai vu des gouttes glisser le long de ses mollets – ce qu'elle a toujours nié de toute son énergie par la suite.

— Dites, où elle est, votre mère ?

— Qui êtes-vous ?

Je m'étais courageusement avancée tandis qu'il examinait la cour de tous les côtés en se penchant en avant pour mieux voir.

— Si je ne me suis pas trompé d'endroit, je suis votre oncle.

Bien qu'occupée à préparer le dîner, ma mère a pointé le nez. Et voici qu'elle se met à courir au-devant du visiteur, les bras grands ouverts.

— *Aïgo* ! C'est toi ? Comment ça se fait-il ? Tu es en permission ?

Mon oncle est entré à grands pas dans la cour, il a pris les mains que lui tendait ma mère, les a secouées longuement.

— Grande sœur, c'est la quille, je viens de sortir. Et mon beau-frère ?

— Il sera bientôt là, viens, entre.

Il portait un sac à dos de toile sur un vieil uniforme élimé, un accordéon à la main. Avant de suivre ma mère sur le *maru,* il a passé la main sur nos têtes, l'une après l'autre, emmêlant furieusement nos cheveux ; il le faisait par gentillesse, mais nous n'étions pas rassurées. Un peu plus tard, il nous a donné des cadeaux. Mais avant cela, il a plongé une main dans sa poche en rigolant :

— Tenez, j'ai attrapé ça pour vous.

Une bestiole toute noire a bondi de sa paume. J'ai reculé de plusieurs pas, Hyuni s'est affaissée.

— Beurk !

C'était un crapaud aussi gros qu'un poing. L'animal aux globes saillants gonflait son dos comme pour coasser. J'ai pris Hyuni sous les aisselles pour la relever, elle avait les yeux révulsés. Ma mère est accourue :

— Dès que tu arrives, tu crées des problèmes ! Quand deviendras-tu un peu raisonnable ?

Mon oncle a ri en me décoiffant de nouveau. Quand il nous a tendu des biscuits secs et de gros bonbons pour se faire pardonner, Hyuni n'en a pas voulu, elle est restée assise à l'écart. Et lorsqu'il a joué de son accordéon pour mettre de l'ambiance, elle n'a pas bougé, se contentant de le regarder de loin.

Il a passé quelques mois avec nous jusqu'au jour où il a trouvé un emploi. Lui et moi, nous étions devenus de bons amis. Il jouait vraiment bien de l'accordéon. Dès le lycée, il avait fait partie d'un petit orchestre, et à l'armée, au lieu de prendre part aux manœuvres, il avait été affecté dans une unité chargée d'apporter de la distraction dans les casernes.

Adossé au mur, les jambes légèrement écartées, il marquait le rythme du pied. Quand il jouait, les enfants du quartier s'agglutinaient comme les nuages dans le ciel. Il fermait les yeux en s'abandonnant au plaisir de la musique et en secouant les épaules. A le voir ainsi, mon père se plaignait auprès de ma mère :

— Il a vraiment pas l'air raisonnable. Un loulou pareil, comment va-t-il pouvoir se dégoter un boulot ?

— Les autres l'apprécient, ils le trouvent gai, on se le dispute.

Mon oncle a quand même fini par trouver un emploi dans une entreprise d'import-export, grâce à l'aide de mon père et à quelques recommandations de membres du Comité du Peuple.

Un an après mes débuts à l'école, le train de vie dont nous jouissions a commencé à se dégrader. Pas seulement chez nous, mais dans toute la ville de Chongjin. Le bruit courait que même à Pyongyang la situation se détériorait. Les jours de fête, on ne voyait plus ni biscuits ni bonbons, la quantité de riz et de maïs qu'on nous distribuait se réduisait petit à petit, certains mois on ne recevait que du maïs.

Ah ! Il faut que je dise ce que sont devenus Hindung et ses petits. Nous y tenions, à ces sept chiots. Ma mère, elle, ne voyait pas d'un bon œil toute cette nichée s'agiter. Un jour, elle les a regroupés dans un panier pour les emmener au marché. Je rentrais de l'école au moment où elle s'apprêtait à partir. Je me suis agrippée au panier pour la retenir, je pleurais, je secouais la tête.

— Non, nooon !…

— On n'a même pas suffisamment à manger pour nous, comment veux-tu qu'en plus on nourrisse sept chiots ?

— Grand-mère, empêche-la !

Grand-mère est accourue pour nous raisonner.

— Bon, on va en garder un et laisser partir les autres.

Tout de suite j'ai pris Chilsong dans mes bras, celui que je connaissais depuis le début. Pour un peu, ma mère l'enlevait lui aussi, mais ma grand-mère, en me serrant contre sa jupe, a épargné à Chilsong le sort des autres chiots. Allongée par terre, Hindung laissait faire sans bouger. Les chiots étaient sevrés, ma mère avait sciemment attendu ce moment.

Un jour, alors que Chilsong était déjà haut sur pattes, les oreilles bien dressées, Hindung a disparu. Ma grand-mère et ma mère avaient dû la donner à quelqu'un pendant que j'étais à l'école : notre vieille chienne n'était certainement pas partie toute seule. Agée, elle était devenue lente, elle avait la peau toute rouge, un eczéma sur l'arrière-train avait eu raison de son pelage. Il aurait fallu, disait-on, la masser avec un bouillon de haricots rouges, mais comment en trouver pour elle alors qu'il n'y en avait pas pour nous ? Aujourd'hui, je n'ai plus de rancune contre mon oncle. Mais lorsque, à l'époque, j'ai appris que c'était lui qui avait emmené la chienne, jamais plus je ne me suis montrée respectueuse envers lui quand il m'adressait la parole. Au reste, c'est à cause de lui que, plus tard, notre famille a été obligée de se disperser. Ma grand-mère nous a raconté comment Hindung était partie de la maison.

— Votre oncle m'a dit qu'il voulait confier Hindung à des gens de son bureau. J'ai regardé la chienne, elle était très vieille. Elle avait vécu dix ans chez nous et encore la moitié de dix autres : comment supporter de la voir mourir un jour à la maison ? J'ai donné mon accord. Il lui a passé une corde de paille au cou, mais elle résistait, elle tirait de son côté. Je suis allée l'amadouer, je lui ai caressé la tête. Je lui ai dit qu'elle était très malade, qu'on allait la soigner. Qu'elle reviendrait après. Alors elle est passée devant votre oncle, elle marchait lentement. Au bout d'un moment, sur le chemin, elle s'est retournée, plusieurs fois, encore et encore.

Pendant que grand-mère nous rapportait que Hindung était partie parce qu'on lui avait expliqué qu'elle reviendrait guérie et que, à moitié rassurée, elle s'était retournée plusieurs fois, toutes mes sœurs et moi étions en larmes. Nous savions très bien ce que les gens du bureau avaient dû faire d'une si vieille chienne. Ils avaient sans doute allumé un grand feu au bord de l'eau en rigolant tout leur saoul et en éclusant du *soju* bon marché.

Heureusement, il nous restait Chilsong, le petit dernier, celui que j'avais choisi parmi les sept chiots. C'est ma grand-mère qui l'avait baptisé Chilsong, parce qu'il était le septième, comme moi. Il a hérité de la niche de la pauvre Hindung. Dès lors, la chance nous a souri. Bien sûr, la fin du service militaire de mon oncle n'était pas une si bonne nouvelle, mais la promotion de mon père et, conséquence immédiate, notre déménagement, étaient des événements fastes. Ma sœur aînée s'est mariée à Wonsan, ma deuxième sœur s'est enrôlée dans l'armée. Je ne comprenais pas pourquoi la perspective de ce déménagement rendait ma mère et ma grand-mère si heureuses : finies, en effet, les crises de nerfs ; à toute demande de mon père, elles répondaient docilement ; jamais plus elles n'élevaient la voix contre nous.

Depuis longtemps, Chongjin passait pour une ville où la vie était facile. Les hautes montagnes environnantes la protégeaient de la bise glaciale, on y trouvait sans mal du bois, des légumes et des fruits. La plaine de Susung fournissait un riz de bonne qualité et la mer regorgeait de poissons. Même les habitants de Pyongyang disaient de Chongjin que c'était le paradis sur terre. Surtout, la ville était située non loin de la frontière, ce qui facilitait les échanges avec le pays voisin : l'accès aux produits étrangers était aisé même pour les gens ordinaires. Quand les jeunes originaires de Chongjin devaient, pour cause de mariage, aller s'installer loin de là, ils ne manquaient pas de demander à leur famille restée sur place de leur faire parvenir de ces marchandises venues de l'étranger. Il est vrai qu'une rumeur courait depuis quelques années, selon laquelle l'Union soviétique s'était effondrée, rendant toutes choses plus aléatoires pour notre pays. Pourtant, si Chongjin était somme toute moins bien lotie que Pyongyang, elle restait relativement épargnée par les difficultés, davantage en tout cas que les autres villes, même si elle se voyait parfois privée de ses quotas d'approvisionnement alimentaire pendant deux ou trois mois de suite. On commençait à voir arriver au marché des gens misérables en quête de nourriture.

Mon père a donc été affecté à Musan en tant que directeur adjoint du Comité du Peuple. Cette ville où abondaient les produits de la mer était riche également en charbon. Ma mère disait fièrement que mon père n'avait pas son pareil pour troquer du charbon et des fruits de mer contre des denrées alimentaires en provenance de Chine. C'est que, depuis son tout jeune âge, il avait travaillé dans le commerce. Et puis, comme le répétait ma grand-mère, « il parlait un chinois et un russe aussi fluides que l'eau des rivières ».

Le Parti a affrété un camion pour transporter nos affaires jusqu'à la gare de Chongjin. Dans notre déménagement, il y avait juste nos couvertures, nos vêtements et des ustensiles de cuisine. Compte tenu de notre nombre, le volume des bagages restait très raisonnable. On nous avait fait savoir que le logement de fonction où nous emménagerions serait meublé : nous avions, en conséquence, fait cadeau de nos meubles à nos voisins. Les ventilateurs, le réfrigérateur et le téléviseur noir et blanc, mon oncle avait réussi à les vendre. D'après lui, comme nous serions dans une ville frontalière, nous pourrions facilement acheter des appareils d'un nouveau modèle.

Quand nous avons embarqué, un petit incident s'est produit. Un employé qui avait pris place dans la cabine du camion à côté du conducteur s'est adressé à mon père :

— Pourquoi emmener un chien ? Vaudrait mieux le donner aux ouvriers, c'est bon avec un peu d'alcool…

— C'est vrai, mais mes filles y tiennent tellement…

Assise juste derrière eux, avec Chilsong serré fermement dans mes bras, j'entendais leur conversation. Mes sœurs aussi, qui faisaient une tête de cent pieds de long. Ma mère m'a fait un signe de la main, ma grand-mère a tiré une jupe d'un carton, qu'elle m'a lancée pour que je cache mon chien.

— Y a des gens qui meurent de faim dans la montagne. Camarade directeur adjoint, pensez à votre réputation.

— Compris. On verra à Musan si on peut le garder ou pas.

Je n'oubliais pas la promesse que j'avais faite à Chilsong le jour de sa naissance. Ne lui avais-je pas chuchoté que toujours je le protégerais ?

A la gare, nos biens ont été transbordés dans un wagon de marchandises. Des employés nous ont guidés pour nous permettre de monter avant les autres dans notre compartiment. Aujourd'hui, tout est sens dessus dessous dans le pays, mais à l'époque tout fonctionnait bien. Il n'y avait pas autant de passagers, toutes les places n'étaient pas occupées. Alors que maintenant, il n'y a plus de vitres, les couloirs sont bondés... Dès que nous avons rejoint nos places, j'ai poussé Chilsong sous la banquette. « Chilsong, il paraît que les gens n'aiment pas voir de chiens ici. Même si tu étouffes un peu, reste sagement couché, d'accord ? » Voilà ce que je lui ai dit plusieurs fois, dans ma tête. Habitué à communiquer avec moi depuis sa naissance, Chilsong a compris, il est resté sagement couché sous la banquette, le menton posé sur ses pattes allongées devant lui, tout comme s'il était à la maison sur le *maru*. Quand de temps en temps je me penchais pour le regarder, il remuait légèrement la queue.

Musan se trouve dans une plaine assez vaste entourée de montagnes. Au nord, les contreforts chinois, de l'autre côté du Tumen, se dressent comme un paravent. Nous sommes arrivés sans encombre à la maison de fonction de mon père, située dans le quartier des bureaux administratifs au nord de la ville.

C'est, je crois, cet été-là que le Père de la Nation est décédé[1]. Rentrées de l'école, nous avions accompagné Mii pour faire la lessive sur la rive du Tumen. Des camions qui entraient à la queue leu leu dans la ville se présentaient à la douane. Mii s'est écriée :

— Hé, les filles, dépêchons-nous, les camions de Chine arrivent ! Finissons vite !

Nous avons rincé notre linge en vitesse, l'avons entassé dans nos paniers et nous sommes mises à courir à toutes jambes.

— C'est tonton Loche !

Jongi sautait de joie en applaudissant. Sooki, même si elle ne parlait toujours pas, courait devant, tout aussi emballée que les autres. Moi, j'allais derrière, à la traîne, à cause de Hyuni, tout essoufflée, qui s'affaissait et que j'étais obligée de soutenir ou d'attendre.

— Mais pourquoi n'arrives-tu pas à courir ?

— J'ai l'impression que mon cœur va éclater.

Quand la maison a été en vue, nous avons cessé de courir, marchant pour reprendre notre souffle, heureuses de retrouver bientôt tonton Loche. Tonton Loche, c'était le patron d'une compagnie chinoise basée à Yanji. Rien qu'à le voir, grassouillet, ventripotent, avec ses yeux tout ronds de lapin pris au dépourvu, on ne pouvait s'empêcher de rire. En réalité, il s'appelait Pak Xiaolong. Il avait fait la

1. Kim Il Sung est décédé le 8 juillet 1994.

connaissance de mon oncle à Chongjin. De Chine, les négociants apportaient du maïs et de la farine, quelquefois du riz, des vêtements et des accessoires, qu'ils échangeaient contre des fruits de mer ou du charbon. M. Pak avait hérité du surnom de la Loche à la suite d'une plaisanterie de mon père. Peu après notre emménagement, il était venu nous rendre visite avec une caisse de *kaoliang*[1] et un généreux lot de côtes de porc : il n'ignorait pas qu'on était une famille nombreuse. Il avait apporté aussi une grosse boîte de biscuits et une autre de bonbons. Si ma mère et ma grand-mère considéraient qu'on avait bien de la chance de vivre à proximité de la frontière, et si elles étaient si fières de mon père, c'était en partie grâce à cette visite surprise de M. Pak Xiaolong. Les personnels de la douane et du Comité du Peuple nous ont rejoints quand il s'est agi de faire griller les côtes de porc ; d'un tonneau d'huile vide coupé longitudinalement et rempli de charbon, ils ont bricolé une sorte de brasero. Après que les verres eurent fait quelques tours, M. Pak, qui au début donnait à mon père du « monsieur le directeur adjoint du Comité », en est vite venu à « directeur adjoint », puis tout bonnement à « grand frère », comme s'ils étaient de vieux amis. Comme tout un chacun l'avait constaté, M. Pak était quelqu'un de particulièrement sociable.

— Grand frère, ne vous faites pas de bile, je ne suis pas grand-chose, mais j'ai quand même été officier dans l'armée chinoise, j'ai travaillé à la frontière du Vietnam, en dessous de Kunming. J'ai parcouru la Chine en long et en large. Si jamais vous avez besoin de quoi que ce soit, dites-le-moi. Je ne

1. Alcool chinois à base de sorgho.

pourrai peut-être pas vous apporter des cornes de singe ou des testicules de jeune fille, mais tout ce qu'on a vu un jour ou l'autre à Chosen[1], je peux vous le trouver séance tenante.

— Est-ce bien Xiaolong que vous vous appelez ? A mon avis, Petit Crapaud vous irait mieux que Petit Dragon…

— Vous êtes sévère ! C'est que les temps sont durs et que je dois me contenter de faire des navettes avec mes camions ! Autrefois j'étais mince comme une trique, tout le monde disait que j'aurais dû jouer dans des films…

— Ha ! ha ! J'y pense : un petit dragon, au fond, c'est une loche, non ?

On a tous éclaté de rire, répétant : « Une loche ! une loche ! » Ce soir-là, M. Pak a perdu son nom de Xiaolong. Les militaires de la douane, les enfants, tout le monde s'est mis à l'appeler la Loche. Et depuis, quand on le rencontrait en train de charger ou décharger ses marchandises en roulant ses gros yeux, on ne pouvait s'empêcher de rire.

Ce jour-là, donc, pendant qu'on déchargeait les marchandises destinées à la collectivité dans l'entrepôt à l'arrière de la résidence, tonton Loche nous a apporté plein de cadeaux. Des sacs de farine, des gâteaux de lune chinois, des bonbons, et même des Choco Pies. Les Choco Pies, il les a donnés après que ma mère lui eut servi du *soju* avec des merlans séchés pour accompagnement et qu'il eut trinqué avec mon père.

— Goûtez-moi ça… Ça vient de Sud. Grand-mère, essayez voir.

1. Nom traditionnel de la Corée, conservé au Nord.

Ma grand-mère a ouvert l'emballage et, prenant dans ses doigts un biscuit noir fourré d'une crème blanche et souple, elle a ouvert des yeux tout ronds.

— D'où ça vient-y ?

— Du Sud. C'est bon, non ?

Nous, les filles, on ne s'est pas donné la peine de répondre : une sensation exquise s'était emparée de tout notre être, du bout de la langue jusqu'au fond de nos entrailles. Avant la visite de l'oncle Loche, nous avions été des jours et des semaines à n'absorber qu'un mélange de riz et de maïs. A l'école, beaucoup d'enfants ne mangeaient pas à midi. Musan restait parfois deux ou trois mois de suite sans approvisionnement. Souvent, une fois le fleuve traversé, les camions céréaliers filaient sans s'arrêter en direction de Chongjin. Les villages perdus dans la montagne se désertifiaient. Cela dit, Musan se trouvait sur l'itinéraire des marchandises et, même s'il nous arrivait de sauter des repas, nous parvenions tant bien que mal à tenir.

Tonton Loche baissait la voix pour converser avec mon père :

— Je crois que la République va pouvoir améliorer son train de vie…

— La récolte a été perdue plusieurs années de suite, l'a coupé mon père. Le climat m'a tout l'air de changer : autrefois les légumes ne poussaient pas sur le plateau de Yangangdo, maintenant il paraît que les laitues y viennent toutes seules.

— Mais on ne vit pas juste avec des laitues ! Il faut des pommes de terre. Chaque année, à la mousson, l'eau tombe à seaux, on ne peut plus rien faire pousser, maïs ou pommes de terre, c'est pareil.

— Ils ont dit qu'ils changeraient le sol, mais personne ne s'en occupe. La terre est si maigre, rien ne pousse.

— C'est pas avec le *Juché*[1] que l'agriculture va s'en sortir ! Ce qu'il faut, c'est de l'engrais, des tonnes d'engrais pendant plusieurs années avant que quelque chose – peut-être ! – veuille bien pousser. Mais bon, à l'extérieur, les compagnies pensent que ça va aller mieux.

— Qu'est-ce qui permet de penser ça ?

— C'est que, entre le Sud et le Nord… a fait l'oncle Loche en rapprochant ses deux pouces. Il y a des rencontres…

— Si j'en crois ce qu'on voit ici, ça doit se passer sur une autre planète…

— Mais on en parle à la télé chinoise.

— Les « longs nez » vont tolérer ça ?

— Si on ne se fait plus la guerre, si on vit en s'entraidant, nous, les Coréens de Chine, on aura de beaux jours devant nous, nos affaires n'en iront que mieux, pas vrai ?

— Je ne demande pas mieux !

Ensuite, l'oncle Loche s'est mis à parler en chinois. Mon père répondait lui aussi en chinois. Nous ne comprenions plus rien.

Quelques jours plus tard, il y a eu de grands bouleversements en ville. Un peu partout ont été placés des soldats, fusil à l'épaule. Dans la grande salle du Comité du Peuple, on a dressé une chapelle ardente. Le Père de la Nation, nous a-t-on fait savoir, était subitement décédé. Les écoliers ont été envoyés dans

---

1. Idéologie de Corée du Nord vantant l'autonomie et appelant le peuple à compter sur ses propres forces.

les champs pour cueillir des fleurs blanches et en faire des bouquets. Tous, nous avons dû nous recueillir devant la photo du Grand Leader dans la chapelle ardente. Les femmes qu'en chemin nous croisions, jeunes et vieilles, étaient en larmes.

— Notre Grand Leader, comment allons-nous vivre sans Vous ?…

Effondrées sur les marches devant la bâtisse du Comité du Peuple, elles pleuraient, le visage ravagé de chagrin. Leurs sanglots sonores retentissaient dans toute la ville. Les petits, sans savoir pourquoi, pleuraient dans les rues, dans les cours des quartiers, mêlant leurs larmes à leur sueur.

Cette année-là, l'été avait, disait-on, battu des records de chaleur ; pas une seule goutte d'eau n'était tombée de toute la saison. En automne, des pluies torrentielles s'étaient abattues pendant plusieurs décades sans discontinuer. Les gens s'inquiétaient pour les récoltes de plus en plus compromises. Une terrible famine a commencé à sévir. Dans l'hiver, tout approvisionnement a cessé, aussi bien en ville que dans les campagnes. C'est dans ces circonstances que l'oncle de Chongjin est réapparu. Il était dans un état misérable. Nous, les filles, nous étions dans la chambre en face de la pièce principale, de l'autre côté du *maru* intérieur. Nos parents et notre oncle parlaient tout bas. Tout d'un coup, ce dernier a éclaté en sanglots.

Haussant le ton au point de couvrir ses pleurs, notre père lui a lancé :

— Comment as-tu donc géré tes affaires pour aboutir à un pareil déficit ?

Ma mère a renchéri d'une voix haut perchée :

— Tu jouais aux cartes ?

— Mais non, pas du tout, ils voulaient des poulpes, ils ont promis qu'ils nous rapporteraient du soja et de la farine de maïs. J'ai laissé sortir les marchandises de l'entrepôt. Ça fait déjà trois mois, et ils ne sont toujours pas revenus. La coopérative me demande de rembourser de ma poche. J'ai téléphoné mais personne ne répond, la compagnie a dû faire faillite. Et merde !

— On va demander à Xiaolong de se renseigner.

Après s'être mouché, mon oncle a répondu à ma mère :

— Lui aussi, il est dans de beaux draps. Ce qu'il nous faudrait, c'est de la main-d'œuvre pour pouvoir produire…

Long soupir de mon père.

— Nous non plus, on n'y arrive pas. On ne parvient pas à fournir les quantités qu'on nous demande. Il nous faudrait des ouvriers pour extraire le fer, on pourrait le vendre pour acheter du maïs.

Privés d'approvisionnement et de salaire, les mineurs avaient cessé de travailler pour partir à la recherche de subsides. Beaucoup d'usines de province, petites et grandes, fermaient leurs portes. Cette nuit-là, mon oncle a traversé le Tumen. Ma mère et mon père n'ont pu le retenir. Il voulait aller voir lui-même à Yanji. S'il n'arrivait pas à combler la perte subie par sa coopérative, il serait sévèrement puni par le Parti et envoyé dans un camp de rééducation. En ces temps difficiles, de lourdes sanctions frappaient quiconque faisait subir des pertes à l'Etat. Une fois de l'autre côté du fleuve, mon oncle n'est jamais revenu. C'était l'hiver 1994, j'avais onze ans.

3

Chez nous, on ne savait pas grand-chose de ce qui se passait dans le pays, mais nous pouvions quand même nous faire une idée de la situation grâce aux changements dont nous étions témoins. La moitié des élèves de ma classe avaient déserté l'école ; notre maître ne venait plus ; le nombre des instituteurs qui continuaient de faire la classe s'était réduit à quatre ou cinq en l'espace de quelques mois.

Un jour que j'étais allée au bord du Tumen avec Mii, j'ai vu un cadavre dériver lentement au fil de l'eau. C'était une femme, la face dans l'eau, un bébé sur le dos ; tout comme sa mère, l'enfant était mort. En temps ordinaire, nous aurions poussé un cri, nous nous serions précipitées pour aller chercher du secours, mais là nous sommes restées plantées sur la berge à la regarder passer, en retenant notre souffle. Dans son sillage traînait la longue bande de tissu dont on attache les bébés. Par la suite, des corps flottant au fil de l'eau, nous en avons vu souvent : les Chinois les repoussaient quand ils touchaient leur rive ; de notre côté, soldats et civils les refoulaient eux aussi vers le milieu du fleuve. Une fois, vers le soir, des militaires sont arrivés dans notre quartier avec un chariot qu'ils avaient recouvert de sacs de céréales vides pour soustraire sa cargaison aux regards. Nous avons aperçu des pieds qui dépassaient. Lorsqu'une personne mourait dans la nuit, les voisins déclaraient le décès aux autorités le matin. A partir de l'été, les corps n'ont plus été enlevés, et quand on passait devant des maisons abandonnées, une odeur infecte vous prenait à la gorge, pareille à celle que dégage la sauce de soja bouillie.

Notre famille souffrait moins que les autres de la dureté des temps. Mon père était prévoyant : lors des transactions qu'il effectuait avec la Loche, il gardait une partie des holothuries et des poulpes séchés de Chongjin qu'il lui livrait, ainsi qu'une petite proportion des céréales qu'il recevait en échange. On appelait cette pratique « avoir une poche pour soi ». Une nuit, j'ai été réveillée par des chuchotements et des bruits de portes qu'à plusieurs reprises on ouvrait et refermait. Mes parents faisaient des navettes dans la maison en traînant de lourds fardeaux. Me haussant sur la pointe des pieds, j'ai vu par la fenêtre qu'ils transportaient des sacs de céréales. Ils avaient arrangé une cachette dans la remise où l'on rangeait les outils et quantité d'autres choses. Derrière tout ce fourbi, il y avait une trappe et, dessous, un espace vide avait été creusé. Là, sur une bâche en plastique, étaient entreposés des sacs de céréales. Souvent, le matin, maman venait s'approvisionner dans cette réserve. Quand ma mère et ma grand-mère ont compris que nous avions découvert le pot-aux-roses, elles nous ont pris à part pour nous faire la leçon :

— Il faut bien vous souvenir de ce que je vais vous dire. L'Etat ne peut plus prendre soin du peuple. Maintenant – tout le monde le dit –, il va nous falloir endurer bien des souffrances. N'oubliez pas que, dans ce monde, on ne peut faire vraiment confiance qu'à sa famille.

— Mettez-vous bien dans la tête qu'il ne faut jamais dire que nous avons de quoi manger. Dans le quartier du bas, à ce qu'on dit, la moitié des maisons sont vides.

Nous évitions de faire du feu à plusieurs reprises dans la journée ; ma mère cuisait les céréales en une seule fois, au petit matin, quand elle allumait le foyer pour chauffer la maison. Grâce aux fonctions de mon père, directeur adjoint des douanes et du commerce de la ville, nous avions toujours un peu de charbon dans l'entrepôt, si bien que nous pouvions faire du feu même pendant la saison des pluies. La famille du directeur qui habitait en face de chez nous bénéficiait elle aussi du savoir-faire de mon père.

— Si on était restés à Chongjin, on n'aurait rien eu de tout cela… répétait un jour ma mère en regroupant la vaisselle après le repas.

Elle ne pouvait s'empêcher de penser à Jini, notre sœur mariée, et à Soni, à l'armée.

— Jini qui attend un enfant se nourrit-elle correctement ? Quant à Soni, elle doit quand même manger à sa faim, elle…

Un jour, Chilsong ne s'est pas montré de toute la journée. A la nuit tombante, toujours pas de chien en vue. Je l'attendais au portail, devant le mur de pierre. Grand-mère est venue me rejoindre.

— Ne t'en fais pas, il n'est pas mort. Il va revenir d'un instant à l'autre. N'en parle pas à ton père. Attache-le bien quand il sera rentré.

Assise sur mes talons au pied du mur, j'ai fermé les yeux en pensant très fort à mon chien. Dans le noir, une timide clarté traçait une voie à travers la campagne, qui aboutissait à un champ de maïs aux sillons érodés par le vent. Et là, croupissait un animal blanc : mon Chilsong était couché sur le côté, les pattes allongées. J'ai ouvert tout grand les yeux et, fixant l'obscurité, j'ai dit à ma grand-mère :

— Grand-mère, je vois où il se trouve : il est dans le champ de maïs !

Bravant ma peur, je me suis mise à courir. Ma grand-mère me suivait tantôt trottant, tantôt marchant. Déjà la brume recouvrait les champs.

— Hé ! Ce n'est pas la peine de te précipiter comme ça, il est en vie !

Contournant la gare, j'ai traversé la voie ferrée pour grimper sur la petite colline de l'autre côté. Le champ de maïs s'étendait sous mes yeux. Les feuilles bruissaient dans le vent. Je me suis mise à crier, les mains en porte-voix : « Chilsong, Chilsong ! »

Ma grand-mère m'a rejointe, tout essoufflée. Je prêtais l'oreille à tous les bruits autres que le bruissement des feuilles de maïs. Un gémissement sur ma droite. Je me suis approchée en écartant les tiges et j'ai découvert le pelage blanc de mon Chilsong gisant à terre. J'ai soulevé sa tête ; il a glapi comme pour me repousser.

— Il doit être blessé, ne le touche pas.

— Comment faire pour le ramener à la maison ?

— Je vais chercher ta sœur, je reviendrai avec un chariot. Toi, ne bouge pas.

Je suis restée seule avec Chilsong dans le vaste champ de maïs tandis que s'éloignait ma grand-mère.

« Bari, Bari, ai-je entendu, j'ai failli y laisser ma peau. Des hommes inconnus m'ont attrapé et emporté dans la montagne. »

La respiration de Chilsong était faible et rauque à la fois. A partir de ce jour, j'ai pu non seulement lui parler, mais aussi, comme avec Sooki, comprendre ce qu'il me disait. Les yeux fermés, j'ai pensé très fort : « Ne t'en fais pas, je te protégerai. Quelques jours de repos, et tu seras guéri. »

Ma sœur Mii et ma grand-mère sont enfin arrivées, tirant un chariot à trois roues. Nous avons transporté le chien à la maison. Un lacet métallique l'étranglait ; il avait, en outre, une déchirure aux oreilles et une méchante blessure dans le dos. Avec un claquement de langue, ma grand-mère a conclu :

— Les voyous, ils ont voulu le bouffer et il leur a échappé !

— Si pour nous c'est un membre de la famille, a commenté mon père, pour les autres, ce n'est que de la viande.

Avec une pince, il a coupé le fil d'acier, appliqué de l'huile sur les plaies à l'oreille et au cou, pansé sa blessure au dos avec un morceau de tissu. Comme la niche de Hindung avait été réduite en pièces pour en faire du bois de chauffage, nous l'avons installé sur un lit de paille dans la remise. Il lui a fallu deux semaines pour se remettre.

Pendant tout l'été, il a plu des cordes, comme si un gigantesque réservoir dans le ciel déversait son contenu sur le pays. Les pluies torrentielles qui avaient débuté en juillet ont continué même après la mi-août. Tout ce qui avait été planté sur les pentes, maïs, légumes, a été emporté. Les champs en terrasses ont été dévastés par la fureur des eaux déferlantes qui, en sapant les soutènements, provoquaient des glissements de terrain. Les digues cédaient, le Tumen est sorti de son lit. La partie basse de la ville de Musan s'est transformée en un vaste marécage de boue. Partout les routes et les voies ferrées étaient endommagées. Et dans les champs, dans les rues inondées, on voyait parfois flotter des cadavres.

Située sur une hauteur, la zone nord où nous étions installés a été relativement épargnée. Certes, la route de la douane était sous l'eau, mais près de chez nous, on n'a pas constaté de gros dégâts. Une fois l'eau retirée, il a fallu attendre encore une dizaine de jours, jusqu'à la fin du mois d'août, pour voir arriver les machines et les équipes chargées de rétablir les voies de communication, car on dépannait en priorité les grandes villes. Les gardes-frontières et les soldats de l'armée, lesquels n'avaient pas trop souffert ni de la famine ni des inondations, ont peiné pour remettre en état les routes et la voie ferrée. L'automne arrivait, il n'y avait rien à récolter dans les champs. Pour survivre, il fallait pouvoir compter discrètement, comme nous le faisions, sur des provisions soigneusement dissimulées. Nous préparions des soupes de maïs auxquelles nous ajoutions des herbes de la montagne, aster, chénopode ou plantain, que nous allions cueillir avec notre grand-mère. Nous avions droit à un seul bol pour, à la fois, le petit-déjeuner et le déjeuner, et seulement un peu de riz blanc pour le dîner. Hyuni, la plus faible, se plaignait devant sa soupe en repoussant sa cuiller :

— Maman, on pourrait pas avoir du riz ? Je peux plus avaler ça, c'est tellement amer…

— Il ne faut pas faire la fine bouche. Beaucoup de gens sont morts, eux ils n'avaient que des herbes à manger. Il va falloir tenir bon cet hiver.

Les grillons ont commencé à chanter, annonçant la fin de cet été torride. Un jour, on a entendu le vrombissement d'un moteur. Il y avait longtemps que, pour cause de pénurie d'essence, les véhicules de la logistique militaire ou les jeeps de fabrication russe du Comité du Peuple ne passaient plus. Et si c'étaient les camions des marchands chinois ? Nous nous sommes regardées, fébriles. Mii est partie en tête et nous nous sommes précipitées à sa suite dans la cour : déjà un camion attaquait la pente. Moi qui avais une bonne vue, j'ai distingué l'oncle Loche au volant. « Ah ! c'est notre sauveur descendu du Ciel ! » s'est exclamée grand-mère comme à son habitude. L'oncle Loche a arrêté son véhicule devant notre maison et il est venu tout droit à nous :

— Hé ! Tout le monde est en vie !

— *Aïgo !* Vous êtes notre sauveur ! a lancé ma grand-mère en lui saisissant les mains.

Maman s'est aussitôt jointe à nous, et mon père, pourtant si respectueux des principes, est accouru sans prendre la peine d'enfiler ses chaussures.

— Te voici enfin, Xialong !

— Je me faisais du souci pour vous. Maintenant ça va aller… Regardez, là derrière, il y a toute une cargaison pour la douane.

Sans plus attendre, il a déchargé un sac de riz, trois sacs de farine de maïs, deux cartons d'huile, de la farine de blé, puis il a ouvert une boîte de gâteaux de lune pour nous. Avant même d'y avoir été invitées, nous avons défait à la hâte le papier d'emballage et avalé un premier gâteau tout en en tenant deux autres, un dans chaque main. J'avais l'impression que ma langue fondait dans ma bouche avec la pâte sucrée de haricots rouges. Beaucoup plus tard, lorsque, à Londres, j'ai eu l'occasion de déguster des tartes tout juste sorties du four, j'ai chaque fois repensé à ces gâteaux de lune en me disant que jamais je ne remangerais les mêmes. Ma grand-mère et ma mère se sont tournées de côté pour essuyer discrètement leurs larmes. L'oncle Loche regardait ailleurs en tirant sur sa cigarette.

— Quand le pays va mal, c'est les petits qui souffrent…

Puis il a fait part de ses plans à mon père :

— La Chine a compris que la situation ici était vraiment sérieuse. Les autorités ont envoyé un message circulaire à l'Association des Commerçants chinois pour leur demander d'acheminer d'urgence des convois d'aide humanitaire. Ce qui sera donné par la suite le sera sous forme de prêts. Car il faut d'abord aider les plus vaillants à se remettre au travail.

— Pas sûr qu'il reste ne serait-ce que la moitié des travailleurs ici. La plupart des mineurs sont partis.

— Aux mines de fer du Tumen, il y a tous ces crassiers qui contiennent encore du minerai. Une entreprise veut raffiner ça. Elle emportera le minerai et, en échange, elle donnera de l'argent ou des vivres.

— Ces scories ! Quelle teneur de fer peut-il bien y avoir là-dedans ?

— De toute façon, c'est du rebut dont vous ne pouvez rien faire. Si vous le vendez, ce sera toujours ça de pris.

Pendant qu'ils discutaient, nous nous goinfrions de gâteaux de lune. Nous étions obligées de boire de l'eau de temps en temps tout en prêtant une oreille distraite à ce que racontaient les grands. Nous ne comprenions pas bien, mais cela semblait signifier que la situation présente n'était peut-être pas tout à fait sans issue.

— … Bon, dans ce cas, faut qu'on aille en parler avec le directeur des douanes.

Là-dessus, avec une petite toux sèche qui dénotait son embarras, tonton Loche a regardé autour de lui, puis :

— Vous avez des nouvelles de votre beau-frère de Chongjin ?

— Tiens donc ! a répondu mon père tout en lorgnant du côté de ma mère. Il est venu pleurnicher ici il y a quelque temps en disant qu'il avait un gros déficit, puis il a disparu…

Ma mère s'est approchée en glissant sur les genoux :

— Et vous, vous savez quelque chose ?

Tonton Loche a ouvert tout rond ses gros yeux, puis, baissant la voix :

— D'après ce que j'ai entendu, il se trouverait au Sud… Il aurait fait parler de lui à Shenyang, on dit qu'il se serait réfugié dans une ambassade étrangère.

— Oh là là !

— Ici, on n'en a rien su… C'est bien vrai, ce que tu dis ? a demandé mon père.

Pour tonton Loche, la question était bien naïve. Il a renchéri :

— Tu sais bien qu'avec les inondations et la famine, des tas de gens meurent partout dans le pays. D'après toi, à quoi peuvent bien penser les survivants, hein ? Quand quelqu'un disparaît, c'est parce qu'il est parti à la recherche de quoi manger… ou qu'il est déjà mort de faim.

Mon père gardait les yeux au plafond. Dépité, il a fini par bougonner :

— Ce gars ne pensait qu'à s'amuser, je me suis toujours dit qu'il finirait par tout gâcher.

— En tout cas, il ne faut surtout pas parler de lui. Si le Parti l'apprend… Réfléchis à ce qu'il va falloir faire… C'est comme pour les combats de coqs : faut pas attendre que l'adversaire emploie les grands moyens, vaut mieux anticiper et prendre le large. N'oublie pas ce que je te dis.

— Tu as raison… Ça alors ! Quel fouteur de merde, celui-là !

A l'approche de l'automne, la rive du Tumen a vu accourir une foule de gens affamés. Ceux qui avaient de la famille en Chine allaient mendier auprès d'eux de la nourriture et de l'argent ; ceux qui n'avaient plus de parents, ceux qui survivaient seuls, ou encore les ouvriers des usines à l'arrêt, se ruaient là dans l'espoir de trouver du travail en Chine. Ils n'osaient pas traverser le fleuve dans la journée au nez et à la barbe des gardes, mais ils se lançaient la nuit, là où l'eau était peu profonde. Comme le nombre des gardes avait été réduit de moitié et qu'eux aussi souffraient de la faim, il suffisait de leur donner un peu d'argent ou quelques denrées pour qu'ils ferment les yeux. (Ce n'est que plus tard, quand la famine aura plus ou moins cessé, que la surveillance sera renforcée ; et ceux qui, alors, se feront prendre à passer la frontière subiront de lourdes sanctions.) Les habitants des villages coréens sur la rive chinoise du Tumen, mais également des Chinois de souche, apportaient de quoi manger à ces pauvres bougres qu'ils prenaient en pitié. Ces affamés se risquaient parfois à quémander de quoi manger, et les villageois leur préparaient de pleines casseroles de riz bien chaud. Nous qui vivions dans un endroit reculé, nous ne savions rien de ce qui se passait ailleurs, mais les employés de l'Agence du

Commerce de passage nous disaient que le pays tout entier était en proie à la famine.

L'oncle Loche a pris la direction de l'exploitation des crassiers. On a vu revenir des véhicules acheminant des vivres. Musan respirait de nouveau. Des travailleurs sont arrivés en grand nombre. La situation alimentaire s'est améliorée, même si l'essentiel des provisions partait pour Chongjin par le chemin de fer.

Un jour où la famille était réunie autour d'un *sujebi* – une soupe de farine et de pommes de terre –, on a entendu une petite toux sèche dans la cour et deux têtes sont apparues dans l'encadrement de la fenêtre. Grand-mère a failli laisser tomber sa cuiller :

— Que se passe-t-il ? Qui êtes-vous ?

Les têtes ont disparu.

— Camarades, qui êtes-vous ? a demandé mon père en s'approchant de la fenêtre.

— On vient de Chongjin, a répondu une voix. Vous êtes bien le directeur adjoint ?

— Oui, effectivement.

— Vous devez venir avec nous... Venez vite.

Mon père est sorti sans dire un mot à ma mère qui le fixait avec des yeux pleins de stupéfaction. Nous nous sommes précipitées, quelques-unes à la fenêtre, les autres sur le *maru,* pour voir partir notre père, le dos courbé, flanqué de deux hommes. L'un d'eux, en costume gris, tenait un dossier dans son dos ; le badge en forme de drapeau rectangulaire qui décorait le revers de sa veste signalait un rang élevé dans la hiérarchie. L'autre portait un blouson du même style que notre Cher Leader et une casquette de travailleur.

Mon père n'est rentré que tard dans la soirée, épuisé. Nous l'avions attendu avec inquiétude, sans oser prendre notre dîner en son absence. Nous nous sommes ruées à sa rencontre sur le *maru*. Ni ma mère ni même ma grand-mère n'ont eu le courage de l'interroger. En jetant un coup d'œil sur nous, il a demandé :

— Elles ont mangé ?

— Ça n'a pas d'importance. De quoi s'agit-il ?

Mon père s'est assis lourdement :

– On va d'abord manger.

Ma grand-mère, impatiente, est intervenue :

— Qui sont ces gens ?

— Ils sont de la Sûreté. Je m'y attendais.

Nous, les enfants, avons compris ce que cela voulait dire. Toute la famille s'est mise à piocher en silence dans les bols de riz coupé de maïs. La table à peine retirée, ma grand-mère pressait mon père :

— Dis-nous tout, c'est à cause de ton beau-frère ?

— Oui, on a porté plainte contre lui car il a disparu quand ses pertes ont été avérées. J'ai dit que je ne savais rien, j'ai insisté. Ce qui est la vérité.

Ma mère bredouillait :

— Si jamais la rumeur se répand qu'il est au Sud… ?

— Chut ! Qu'est-ce que tu racontes ? Ce vaurien est parti chercher de quoi manger, il a dû crever par les chemins.

— L'enquête, alors, c'est fini ?

Mon père n'a pas répondu. Cette nuit-là, ma mère et lui ont chuchoté longuement dans leur chambre ; parfois j'entendais leur voix s'élever. Nous ne cessions de nous retourner sur nos matelas ; ma grand-mère faisait de son mieux pour que nous dormions, remontant souvent la couette sur nos épaules.

Mon père a été contraint de repartir une nouvelle fois avec ces gens et de les accompagner jusqu'à Chongjin. Ce n'était que le début de notre malheur. Au bout de trois jours, il n'était toujours pas rentré, ni même après cinq. Ma mère allait l'attendre tous les soirs à la gare. Et puis, un jour, un travailleur journalier que nous connaissions a débarqué chez nous avec des soldats. Il a tendu un papier à ma mère.

— Une convocation, regardez !

— Qu'est-ce que ça veut dire ?

— On vous demande de vider les lieux. Les nouveaux occupants vont arriver. Allez vite voir à l'administration du district !

Ma mère s'est précipitée au bureau, qui se trouvait non loin de la maison. Pendant ce temps, les soldats sont montés sur le *maru* avec leurs bottes, ils ont ouvert toutes les portes. Ils ont sorti le réfrigérateur et le poste de télévision dans la cour. Ma grand-mère s'est interposée :

— Que faites-vous ? criait-elle. Comment osez-vous toucher à nos affaires ?

— Poussez-vous !

Le délégué du Peuple a essayé de la raisonner :

— Grand-mère, vous perdez votre temps. Vos biens sont saisis, c'est un ordre, vous allez être replacées ailleurs.

Un peu plus tard, j'ai appris que ma mère et ma sœur Mii qui venait de terminer le lycée, ainsi que mes deux autres sœurs Jongi et Sooki, encore collégiennes, devaient aller à Puryong où elles seraient affectées à diverses tâches. Quel serait le sort de grand-mère, de Hyuni et le mien ? Pour nous, aucune instruction n'avait été laissée, nos noms n'étaient même pas mentionnés. Je ne sais plus comment les choses se sont déroulées ensuite. Nous avons passé une nuit blanche en nous tenant serrées sur les couvertures et les vêtements étalés dans la pièce principale à peu près vide. Au matin, ma sœur Mii avait disparu. Sans se départir de son sang-froid, ma mère a commenté ainsi l'événement : « Ah, la petite effrontée ! Elle n'arrêtait pas de dire qu'elle voulait partir en Chine, de l'autre côté du fleuve... Bon, maintenant qu'elle est grande, sûr qu'elle saura se débrouiller ! »

Elle a encore dit et répété à ma grand-mère qu'elle avait insisté auprès du directeur du Comité pour qu'il veille sur elle ; elle était certaine que notre père serait relâché dans un ou deux mois car tout le monde savait qu'il avait apporté une énorme contribution à la nation. Quant à ma grand-mère, a-t-elle ajouté, elle serait affectée ultérieurement à une ferme collective, où elle recevrait des rations de nourriture en échange de son travail. Mais elle savait mieux que quiconque que tout cela, ce n'étaient que des mots. Je les ai longtemps regardées, elle et mes sœurs, sans verser la moindre larme, tandis qu'elles s'éloignaient. Chacune portait son petit balluchon. Elles se retournaient sans cesse, elles voulaient nous voir une dernière fois, graver dans leur mémoire l'image de notre chère maison où nous avions vécu heureuses. A ce moment-là, je n'imaginais pas que nous ne nous reverrions jamais. Plus tard, ma mère et mes sœurs Sooki et Jongi sont apparues dans mes rêves. Chaque fois, elles me regardaient avec un petit sourire triste. Etait-ce leur âme qui me rendait visite ?

Ma grand-mère avait l'intention de rester encore quelques jours à la maison, du moins jusqu'à ce que se présentent les nouveaux occupants. Elle espérait surtout voir revenir mon père d'un jour à l'autre. Nous étions en train de manger des pommes de terre cuites à l'eau en guise de dîner, sans avoir osé allumer la lumière, quand des bruits de pas suivis d'une petite toux se sont fait entendre. Un homme murmurait comme s'il parlait tout seul : « On dirait qu'il n'y a personne. »

En reconnaissant la voix de tonton Loche, Hyuni s'est écriée :

— Monsieur, on est là !

Les reins cassés, ma grand-mère a couru à sa rencontre. Elle s'est laissée choir à terre en s'accrochant à ses jambes :

— *Aïgo !* Nous autres, nous sommes perdues !

— Grand-mère, relevez-vous, on m'a tout raconté.

Il a allumé une cigarette tout en gardant le silence et en poussant de longs soupirs. Ma grand-mère lui a fait, en le ponctuant de ses plaintes, le récit de ce qui s'était passé.

— Je les ai loupés de peu…

Il allait et venait sur le *maru*, absorbé dans ses réflexions. Puis, s'adressant à ma grand-mère :

— Allez, faites vos bagages. Habillez bien les filles.

— Où voulez-vous qu'on aille si tard ?…

— On va passer de l'autre côté, on trouvera bien un moyen.

— Et les autres, alors ?

— Ne vous en faites pas. Le chef de famille, chez vous, c'est quelqu'un qui sait se débrouiller. Il reviendra, c'est sûr. On va partir d'ici avec les enfants et l'attendre de l'autre côté. Quand il sera de retour, on ira chercher celles qui sont allées à Puryong.

Ma grand-mère n'avait pas d'autre possibilité que de suivre les conseils de l'oncle Loche. Pour elle, il était certainement le seul, l'unique espoir. Pour nous aussi. Sa présence était même plus réconfortante, plus rassurante que celle de mon père. Ma grand-mère est allée récupérer le petit reste des céréales que ma mère avait enfouies dans le sol de l'entrepôt avant de nous quitter. Elle a écarté la trappe et réparti les graines dans trois sacs, un pour chacune de nous. Tonton Loche a pris le mien et celui de Hyuni, qu'il tenait d'une seule main.

Nous nous sommes dirigés vers la berge en prenant soin de passer par des chemins de traverse et d'éviter les routes. Chilsong nous suivait en trottinant. Nous savions, tout comme tonton Loche, où se trouvaient les postes de garde frontaliers ainsi que les secteurs où le fleuve était relativement étroit et peu profond. Nous sommes remontés vers l'amont en faisant un grand détour, jusqu'à un endroit où des bancs de graviers facilitaient le passage. C'était le coin où nous avions l'habitude de patiner l'hiver. L'eau était froide, mais tonton Loche nous a calées toutes deux sur ses reins, si bien que nous n'en avons pas souffert, tandis que notre grand-mère manquait, par deux fois, de tomber dans le courant.

De l'autre côté, c'était la terre de Chine. Un vent froid coulant de la montagne nous transperçait. Nous avons marché plus de dix kilomètres, jusqu'à ce que la nuit soit tout à fait tombée, et nous sommes arrivés dans un petit village pas très loin de Chongshan. Quelques rares lumières trouaient l'obscurité.

— Je vais aller voir d'abord, restez là avec votre grand-mère.

Tonton Loche a insisté pour qu'elle ne s'aventure pas à découvert et que nous restions bien sagement à l'abri d'un bosquet. De retour au bout d'un long moment, il nous a guidées sur un chemin. Nous avons longé une plantation d'arbres fruitiers avant d'arriver à une ferme. Habitait là une petite famille : un couple, leur fille, de l'âge de ma sœur Jongi, et sa grand-mère. Entrées chez eux, les fesses sur un sol confortablement chauffé, nous nous sentions revivre. Il n'y avait que deux pièces, dont l'une était réservée au couple. Nous ne pouvions donc pas espérer une petite place pour nous. L'homme appelait tonton Loche « grand frère », tous deux semblaient bien se connaître. Plus tard, nous avons su que notre hôte avait naguère travaillé dans un restaurant juste en face du bureau de tonton Loche.

On nous a donné pour toit une remise à l'extrémité de la plantation. S'y trouvaient rangés des cagettes de fruits, des outils agricoles et un chariot. Tonton Loche et son ami ont dégagé un peu d'espace. Sur le sol, non loin de l'entrée, ils ont étalé des bâches en plastique et des plaids en guise de couchages.

— Votre fils reviendra sûrement. Je dirai un mot à un ami sûr de Musan, ne vous en faites pas. Et puis, vous m'avez dit que Mii, elle aussi, a passé le fleuve : je la retrouverai. Espérons que, dans l'intervalle, elle n'aura pas eu à affronter trop de difficultés.

Il est reparti après avoir prié notre famille d'accueil de veiller sur nous. Leur fille adorait Chilsong. Sans arrêt elle le prenait par le cou et s'accrochait à lui, au point que j'en devenais jalouse. Ces gens devaient penser que la présence d'un chien ne leur serait pas inutile, il chasserait les sangliers, les lièvres et autres animaux sauvages qui dévastaient leurs champs. Le matin, aussitôt levés, ils appelaient Chilsong à tue-tête, tout comme nous le faisions par le passé.

Nous avons survécu jusqu'au début de l'hiver avec les céréales que nous avions apportées, grâce aussi aux *renminbi* que tonton Loche nous avait laissés. Ma grand-mère et moi aidions le fermier à faire la récolte, nous recevions du riz en contrepartie. Le jour de la première neige, en fin d'après-midi, un paysan d'origine coréenne qui vivait dans un village des environs est venu nous rendre visite. Un Coréen du Nord avait échoué chez lui, nous a-t-il expliqué, muni de l'adresse et du nom du propriétaire de la ferme. Joignant les deux mains, ma grand-mère a éclaté en sanglots : « C'est sûrement mon fils ! »

Il était trop tard pour repartir avec le messager. Mais le lendemain matin, très tôt, le fermier s'en est allé au village voisin. Lorsque la haute silhouette de mon père, amaigrie et courbée, est apparue sur le chemin désormais familier entre les branches couvertes de neige, nous ne savions comment exprimer notre émotion. Ma grand-mère, ma sœur et moi nous sommes jetées sur lui d'un même élan. Il était devenu plus fragile, on aurait dit qu'à tout moment il allait verser comme ces vieilles portes coulissantes lorsqu'elles échappent soudain à leur rail. Il poussait de drôles de cris, entre plainte et ricanement. Il portait un pardessus militaire d'hiver molletonné, décousu aux épaules, dont le rembourrage s'échappait par endroits. Ses chaussures bâillaient comme une gueule de chien. Ma grand-mère s'est précipitée au fond de la remise, où l'on avait aménagé un semblant de cuisine en dressant quelques planches en guise de cloisons. Elle a préparé du riz bien fumant, des légumes en saumure, une soupe de pommes de terre au *doenjang*[1]. Depuis

1. Pâte de soja fermentée (Corée).

combien de temps n'avions-nous plus mangé ensemble autour d'une table ? En retrouvant notre père, nous avions l'impression de retrouver notre maison. Nous n'avions plus rien à craindre, désormais il nous protégerait.

— Ah, du riz !

Mon père s'extasiait en plantant sa cuiller dans son grand bol en maillechort. Je lui ai assuré, gonflée de fierté :

— Ici, on ne mange que du riz !

L'instant d'après, nous avons été très surprises de voir mon père s'attribuer dans son bol la moitié de la soupe, sans dire un mot, sans lever les yeux sur nous, avant de se jeter sur le riz pour l'avaler goulûment. Penché sur son bol, il laissait voir au sommet de son crâne une large zone dégarnie. Il avait les cheveux plus blancs que grisonnants. Dépitée, sa cuiller en l'air, grand-mère lui a dit :

— Allez, mange, mange donc !

Il était devenu si différent ! Il ne parlait presque pas. Plus tard, ma grand-mère nous a dit, les yeux humides, que le « camp pour la révolution » l'avait beaucoup changé. Il dormait à longueur de temps comme un mort. Nuit et jour, il sommeillait dans un coin de la remise, replié sur lui-même, ne montrant que son dos, et ne se réveillait que pour manger. Hagard, il s'approchait de la table, mangeait puis se rendormait. Au bout de quinze jours, il a semblé reprendre un peu ses esprits, il sortait, regardait les parages. Il s'aventurait jusqu'à la plantation pour ramasser des branches afin d'aider ma grand-mère à faire le feu. Une fois, nous sommes allés jusqu'au bois d'où l'on apercevait le Tumen, de l'autre côté de la route ; il a observé longtemps la montagne dénudée sur l'autre rive et un minuscule hameau blotti au cœur des champs, où les maisons semblaient des champignons gris.

— Fils de chienne ! a-t-il craché avant de revenir sur ses pas.

Pourtant, de l'autre côté du fleuve, aucune présence humaine n'était visible. A qui donc destinait-il ses injures ?

Vers la fin de l'année, quand le givre a fait son apparition et que les sommets se sont couverts de neige, Chilsong aboyait de plus en plus souvent dans la nuit. A la demande de la fille du fermier, ou peut-être de sa femme, car elle avait peur des animaux qui sortaient des bois, mon chien avait été installé dans une niche devant leur maison. Sans doute aurait-il préféré rester avec nous, mais il était solidement attaché. Pour moi, ce n'était pas si dramatique car, lorsque l'envie m'en prenait, je pouvais aller lui rendre visite dans la cour de la ferme. Alors Chilsong me faisait fête à sa façon, en couchant ses oreilles et balançant frénétiquement la queue.

Depuis quelques jours, donc, il aboyait fort dans la nuit, au point de nous réveiller parfois. La fille du fermier, mais aussi sa grand-mère, nous ont expliqué :

— Des Coréens traversent le fleuve en bandes pour venir voler nos céréales et jusqu'aux sauces mises en conserve dehors dans nos jarres.

Hyuni et moi dormions profondément, un lutin aurait pu nous emporter sans que nous nous en rendions compte. Mais ma grand-mère restait en alerte.

— Moi aussi, j'ai vu de ces rôdeurs. Un couple est resté deux jours, là en bas, ils avaient un enfant dans le dos, un autre qui marchait. La nuit, j'entends des pas.

Que les affamés de Chosen s'aventurent le long de la frontière n'était pas chose rare : cela se produisait dans tous les villages frontaliers. On disait même qu'à Nanping, on voyait des cadavres. Assez souvent, on trouvait des fugitifs morts d'épuisement dans les bois ou dans les resserres des habitants chinois. Premier incident du genre, une nuit, une famille habitant dans un coin isolé avait été tuée par des transfuges de Chosen. La police chinoise avait fouillé les environs puis s'était mise à faire des recensements. Nombreux étaient les Coréens, venus voir leur famille en Chine, qui étaient attrapés et renvoyés dans leur pays. Certains, terrorisés par l'atmosphère qui régnait du côté chinois, préféraient repasser le fleuve. Autrefois, ceux qui résidaient sur l'une ou l'autre rive du Tumen, qui faisait figure à leurs yeux de simple cours d'eau au milieu d'un village, se rendaient visite et échangeaient des denrées ; mais quand la famine s'est mise à sévir au Nord, des opérations de police ont été lancées. Le propriétaire de la ferme où nous nous cachions nous a priés de partir. Il s'apitoyait sincèrement sur notre sort, mais le jour où nous serions découverts, disait-il, lui aussi serait condamné. Il nous a suggéré de nous aménager un abri dans un coin discret de la montagne, il continuerait de nous donner du travail et nous paierait en céréales.

Mon père est allé explorer avec lui l'autre versant de la montagne qui s'élevait derrière sa propriété. Le lendemain, tôt le matin, nous avons rassemblé nos petites affaires, et ma grand-mère, Hyuni et moi, avons suivi mon père et son guide. Au cœur d'une forêt aux essences variées, nous avons fait halte sur un replat abrité par un versant abrupt. Un maigre ruisseau coulait, formant une flaque un peu plus loin. A l'aide d'une pioche et d'une pelle, les deux hommes ont attaqué la terre gelée, comme s'ils étaient venus enterrer des pots de *kimchi* pour l'hiver ; ils ont creusé un trou d'une bonne profondeur, où ils disparaissaient presque complètement. Puis ils l'ont recouvert de branches de pin et de sapin. Pendant plusieurs jours, nous nous sommes affairés à rendre notre abri habitable. Mon père assemblait de grosses pierres plates, jointes avec de la terre et des galets, pour fabriquer un système de chauffage, tandis que grand-mère, ma sœur et moi aménagions une sorte de coin cuisine. Nous avons dressé des branches pour nous abriter du vent et de la pluie, et réussi tant bien que mal à confectionner un âtre. Sur le sol en terre, nous avons étalé des bâches en plastique et des cartons. Quand nous avons allumé le feu à l'entrée de notre refuge, la chaleur s'est glissée à l'intérieur tandis que la fumée s'échappait par une petite cheminée élevée à l'arrière. Nous admirions notre père qui avait si bien fait les choses que pas le moindre filet de fumée ne s'insinuait dans le refuge.

Il nous est arrivé tant de mésaventures en cette période de notre vie que lorsque je dormais serrée contre le flanc de ma grand-mère, en entendant le ronflement de mon père couché près de l'entrée, je me sentais heureuse. Ah ! Nous avions enfin un endroit à nous ! Seule l'absence de Chilsong m'était cause de chagrin. Voyant à quel point sa fille s'était attachée à mon chien, le propriétaire de la ferme l'avait sans doute racheté à mon père. Lui ne nous en avait rien dit, mais il avait dû empocher une petite somme d'argent en échange. Après tout, il valait mieux que Chilsong demeure avec eux, qu'il se fasse aimer d'eux, plutôt que de venir vivre avec nous – si mal ! – au fin fond de la montagne.

4

Au pied du mont Paektu, où nous avions trouvé refuge, l'hiver était aussi beau que rigoureux. Il neigeait jour et nuit, sans discontinuer. De nuit comme de jour, rien d'autre ne s'offrait à notre vue que des flocons en tourbillons. Nous avons passé l'hiver enfouis dans notre trou comme des animaux en hibernation. Les branches des pins, des sapins de Yeso et des mélèzes de Dahurie se brisaient sous le poids de la neige. Lorsque, profitant d'une accalmie, nous écartions la natte de paille qui nous servait de porte, nous voyions scintiller dans le soleil des myriades d'étoiles à la pointe des branches. Mais de ce scintillement, je voyais moins sa splendeur que ce qu'il représentait de menace. Hyuni – bien que d'un an mon aînée, elle était pour moi comme une petite sœur – est morte cet hiver-là. Cela s'est passé par une nuit où la tempête de neige se déchaînait en rugissements sinistres.

— Grand-mère, il fait trop froid, je peux pas dormir…

La voix fluette de Hyuni s'entendait à peine sous les couvertures où elle s'était enfouie. Grand-mère, qui l'avait couverte jusque par-dessus la tête, tentait de la rassurer :

— Oui, oui, le jour va bientôt se lever et ça ira mieux.

Le vent hurlait de plus en plus fort, s'infiltrait impitoyablement entre les claies de branchages. Brusquement, une vague de neige s'est effondrée sur nous : le treillis qui nous servait de toit venait d'être emporté. Les tourbillons de neige s'abattaient sur nos couvertures, notre refuge allait bientôt se trouver tout entier enseveli. Mon père tentait de rattraper les branchages et les sacs d'engrais vides arrachés par le vent, il fouinait en vain dans l'obscurité : tout était parti déjà très loin. Alors, il s'est mis à dégager la neige comme un forcené, mais face à la violence de la tempête, que pouvaient ses mains nues ? Quand nos couvertures se sont alourdies au point de nous empêcher presque de respirer, ma grand-mère et moi sommes sorties pour évacuer la neige à l'aide de bols et de casseroles. Puis je me suis blottie de nouveau dans mon couchage, glissant mes mains sous mes aisselles après les avoir frottées énergiquement l'une contre l'autre. Je claquais des dents, c'était plus fort que moi.

La tempête ne s'est apaisée qu'à l'aube. Notre refuge était dans un état lamentable. Un petit vent continuait de faire voler la neige accumulée sur les pins. Mon père s'est affairé à casser de nouvelles branches que ma grand-mère et moi traînions jusque « chez nous ». Nos colmatages ont tenu bon quelques jours, puis le toit a de nouveau été emporté. Mon père était au désespoir. Pourtant, au lieu d'aller prier le fermier de bien vouloir nous héberger provisoirement, il s'est contenté de lui demander quelques sacs en plastique supplémentaires afin de consolider notre toit. Le cœur humain, bougonnait-il, c'est comme le riz cuit, il se gâte avec le temps. Quand on doit déjà beaucoup à quelqu'un et qu'on lui demande un nouveau coup de main, on risque bien de se le voir refuser. Ma grand-mère était tout à fait d'accord avec lui sur ce point.

Ce jour-là, occupés à dégager la neige, secouer les couvertures, ajouter des branches au toit, nous avons oublié Hyuni. Pendant que mon père tissait des treillis de branchages qu'il superposait couche sur couche, ma grand-mère allumait le feu dans l'âtre au moyen de petit bois et de rameaux secs. Rien qu'à respirer la fumée, on avait l'impression de sentir la chaleur. Quand, soufflant encore de la vapeur blanche, nous nous sommes retrouvés assis ensemble dans notre abri, ma grand-mère s'est inquiétée de Hyuni.

— Mais où est-elle donc passée ?

Elle a soulevé les couvertures, mon père a sondé les coins avant d'aller voir dehors. Il l'a retrouvée sous les grands arbres derrière notre refuge. Elle était couchée sur le côté, recroquevillée comme un poisson séché. Tandis que mon père la relevait, ma grand-mère lui secouait la tête :

— Hé ! Dis, réveille-toi !

Frigorifiée, Hyuni ne bougeait pas. Nous l'avons tout de suite glissée sous les couvertures, lui frottant énergiquement les mains et les pieds. Elle n'est revenue à elle qu'au bout d'un long moment.

— Mais que faisais-tu là-bas ? lui a demandé grand-mère.

— … Pipi…

— Il fallait vite revenir…

Hyuni a fermé les yeux, doucement, comme si elle se rendormait. Elle ne bougeait plus. Mon père lui frictionnait les joues.

— Mère, sa température ne remonte pas. Il faut lui faire boire de l'eau chaude.

Grand-mère a fait fondre de la neige au-dessus de l'âtre à l'entrée de la hutte. Puis elle a approché un peu d'eau chaude des lèvres de Hyuni, mais c'est à peine si ma sœur s'est humecté la langue avant de s'affaisser de nouveau. Nous avons dénoué nos balluchons, les avons réchauffés en les tenant serrés contre notre poitrine, en les frottant aussi fort que possible, en nous asseyant dessus, et nous les avons étalés sur Hyuni, par-dessus les couvertures. Alors que le feu commençait à diffuser sa chaleur, j'ai vu s'élever une étrange vapeur, douce et sombre, au-dessus de ma sœur endormie. J'avais le sentiment qu'il était inutile de m'en approcher, qu'il serait de toute façon impossible de la chasser.

« Grande sœur, me suis-je dit, je sais que tu t'apprêtes à partir. »

Nous sommes restés assis, les jambes sous les couvertures, à somnoler, puis nous avons vraiment dormi. Hyuni est morte dans la nuit. Elle était si fragile, le froid avait eu raison d'elle. De nous trois, mon père, ma grand-mère et moi, personne n'a versé de larmes. Mon père a enveloppé le corps dans ses vêtements et plusieurs couches de sacs d'engrais. En sortant de notre refuge, il m'a jeté un regard péremptoire :

— Toi, reste là.

L'hiver a fini par abdiquer, laissant poindre les pousses nouvelles. Ma grand-mère et moi nous sommes mises à cueillir des herbes au pied de la montagne, aux abords des champs pas encore labourés, dans les rizières. Nous n'avions rien d'autre que le *doenjang* et le sel que nous avait donnés le fermier, mais les herbes cuites à l'eau avec une sauce de *doenjang* ou en soupe exhalaient une bonne senteur fraîche, et à chaque repas nous avalions un plein bol de riz. Ici, nous pouvions en effet manger du riz blanc. Certains jours, au retour de son travail à la ferme, mon père rapportait un peu de farine aussi légère que la neige, et ma grand-mère nous faisait des gâteaux à l'armoise.

Un matin, mon père a mis son pardessus capitonné sur son vieux blouson de travail, il a enfilé ses grosses chaussures dont il a soigneusement noué les lacets. Instinctivement, j'ai compris qu'il se mettait en route pour un long voyage. En me caressant les cheveux, après avoir toussé pour se dégager la gorge, il m'a dit :

— Bari, je serai de retour dans quelques jours, prends bien soin de la grand-mère.

— Où vas-tu, papa ?

Au lieu de me répondre, il s'est adressé à ma grand-mère :

— Mère, j'en ai bien pour cinq ou six jours. Il y a du riz pour au moins deux mois, ne lésinez pas sur la quantité, mangez bien.

Ma grand-mère et moi, nous restions immobiles, toutes bêtes, dans notre hutte. J'aurais voulu accompagner mon père jusqu'au chemin de la ferme, de l'autre côté de la montagne, mais je savais qu'il me jetterait un regard de reproche en grommelant : « Tu es assez grande pour comprendre. » Je suis donc restée bien sagement à côté de ma grand-mère. Il a disparu dans le sous-bois. Je n'ai pas bougé, j'étais profondément déçue. Pour me consoler ou me distraire, grand-mère a chuchoté en me tapotant l'épaule :

— Regarde là-bas, sous l'arbre, il y a un faisan !

En effet, un faisan doré, collier bleu et queue multicolore, faisait le guet en agitant mécaniquement la tête tandis qu'une faisane, grise et dodue, fouillait du bec dans les feuilles mortes à la recherche de graines ou d'insectes.

On le sait, lorsque quelqu'un s'en va, le souvenir qu'on a de lui s'éloigne aussi. Cet hiver passé avec mon père me semblait déjà très lointain. Il en allait de même pour le souvenir de ma mère partie à Puryong avec deux de mes sœurs : l'une ou l'autre apparaissait parfois dans mes rêves, n'effleurant pas plus ma vie que les nuages voguant au loin dans le ciel.

La nuit, après notre dîner fait de pommes de terre ou de riz, quand les chouettes ou les hiboux hululaient dans les bois, je demandais à ma grand-mère de me raconter des histoires. A l'écouter, j'avais l'impression de me retrouver dans notre grande maison de Chongjin. Je voyais mes sœurs jouer au jeu de la ficelle ou à « si tu perds t'auras un gage », je croyais entendre ma mère nous appeler à venir déguster des gâteaux de riz cuits à la vapeur ou fourrés de pâte de haricots rouges, appels suivis des grands éclats de rire de mes sœurs et de leurs pas sonores sur le *maru*.

— Hé, tu me suis ?

— Euh… j'en suis restée là où tu disais que la princesse Bari était la septième fille…

— Bon… Ses sœurs apparaissent l'une après l'autre et éclatent en sanglots : « Oh ! quel malheur pour notre père et notre mère ! » La reine, alors, se tourne vers elles : « Miséricorde, c'est encore une fille ! Votre père, le roi, va entrer dans une colère qui risque de le foudroyer ! Faisons venir un maçon pour fabriquer un cercueil de pierre. On y placera l'enfant.

Les dames de la cour l'emmèneront à petits pas, à petits pas, pour aller le jeter à la mer. » Les jeunes dames innocentes de la cour marchent en portant le cercueil tantôt sur l'épaule, tantôt sur la tête, *okiyongcha okiyongcha*... Lorsqu'elles parviennent à la mer, le chant d'une flûte retentit ; c'est sûrement le Ciel qui parle. Et voici que le Ciel et la Terre se rejoignent, bloquant le passage. « O Ciel, Ciel, nous sommes sans reproche ; ouvrez la voie, nous vous en supplions ; nous sommes au service du roi, nous ne faisons qu'obéir à ses ordres. » Alors le Ciel et la Terre se séparent. Les dames jettent le cercueil. « Ah, nous ne pourrons plus jamais retourner au palais... »

— Grand-mère, elle a donc, comme moi, été abandonnée ?

— Certains disent qu'elle a été jetée dans la rivière ou à la mer, d'autres qu'elle a été abandonnée dans la montagne. Ce sont des grues, ou bien des pies ou encore des tortues dorées, qui l'ont secourue.

— Après, il y a une grand-mère et un grand-père vivant reclus, qui l'ont recueillie et élevée, c'est bien ça ?

— On dit aussi qu'elle a été sauvée par le seigneur de la mer. Elle grandit et, un jour, le roi et la reine tombent malades. D'une maladie qui de jour en jour devient plus grave. Leurs sujets en sont aussi frappés. Que faire ? Les devins qu'ils consultent déclarent qu'ils ne seront sauvés qu'à la condition de retrouver la princesse Bari. On la retrouve donc dans la montagne, mais on veut s'assurer qu'il s'agit bien d'elle et non pas de quelque esprit malin ou d'un fantôme imposteur. La jeune princesse s'approche à petits pas et dit : « Mère, une preuve existe. – Laquelle ? – Des traces de sang sur le papier de la porte coulissante ; si mes doigts correspondent, c'est que je suis bien votre fille. » En effet, il y a là des traces de sang. Elle pose ses doigts sur les marques, comme ceci, comme cela, et tout correspond exactement. « *Aïgo !* Comme tu as grandi ! Tu es lisse comme la lune, forte comme le roi des animaux. Tu as grandi avec l'eau, avec le soleil, avec la rosée, comme tu as joliment grandi ! »

— Je sais ce qui se passe ensuite, on lui dit d'aller puiser l'eau de la vie pour sauver ses parents et tous les autres, n'est-ce pas ?

— Bravo, ma petite Bari, tu te souviens de tout ce que je te raconte. On lui explique que l'eau de la vie se trouve à l'ouest, à l'extrémité du monde, là où le soleil se couche. Alors, il lui faut traverser le pays encombré de tous ces gens malades, aller par monts et par vaux ; malgré l'aide que lui apportent les esprits de la montagne, il lui arrive quantité de mésaventures : elle doit faire la lessive, travailler dans les champs, exécuter d'humbles besognes, chasser les mauvais esprits et même traverser l'enfer. Elle libère les condamnés et parvient à l'ouest, tout au bout du monde, où l'attend un totem. Elle perd le pari que ce dernier lui impose et se trouve forcée de l'épouser, de lui faire des enfants et de travailler à son service pendant au moins trois ans avant d'obtenir l'eau de la vie. Au terme de ce périple, la voici de retour. Entretemps, elle a croisé les nefs chargées des âmes avec leur karma, en route pour l'autre monde, le monde des morts.

— Grand-mère, tu as oublié l'eau de la vie : elle l'a bel et bien trouvée !

— Ah oui, je perds la tête. Bari a demandé l'eau de la vie au totem. Alors, ce scélérat lui répond : « C'est l'eau qu'on utilise tous les jours pour cuire le riz ou faire la lessive… »

— La princesse a donc traversé toutes ces épreuves inutilement ?

— Non, pas exactement. Elle a gagné un cœur capable de voir ce qu'est l'eau de la vie.

— Qu'est-ce que ça veut dire ?

— Tu comprendras quand tu seras plus grande. Quand elle les a aspergés de l'eau de la vie qu'elle avait rapportée, ses parents ont recouvré la santé, ainsi que les autres malades. Depuis, Bari vit en nous, elle est avec nous. Elle est en toi comme en moi.

Cette histoire, je l'ai entendue tant de fois dans le noir, couchée à côté de grand-mère ! A cette époque, je faisais souvent des rêves, mais à part celui où ma mère et mes deux sœurs parties à Puryong me regardaient, comme je l'ai déjà dit, il en est peu qui m'aient marquée. Je me souviens toutefois d'avoir aussi rêvé de la princesse Bari, devenue grande. Etait-ce quand je vivais dans notre refuge montagnard avec ma grand-mère ou bien après sa mort ? Je ne sais plus.

Dans mes rêves, parfois je rêvais que j'étais en train de rêver. Quand Bari m'est apparue, je marchais sur une immense plage. Sur le sable blanc qui s'étendait à perte de vue sous un ciel sans nuage, il y avait une maison. Le toit de tuiles s'élevait très haut, des portes coulissantes en bois ajouré formaient un long alignement. Je me suis retrouvée je ne sais comment dans la cour de cette demeure. Une succession de solides piliers dessinait un espace semblable aux temples ou aux palais que je verrais plus tard, ailleurs dans le monde. Une grande galerie s'ouvrait devant moi, éclairée obliquement par un soleil blanchâtre, mais un pan de mur en pierre plongé dans l'obscurité m'a arrêtée. Une faible lueur, provenant sans doute d'une lanterne, est apparue, se faisant de plus en plus puissante jusqu'à éclairer un plafond d'une hauteur vertigineuse. Je me suis avancée, hésitante. Au cœur de cette lumière, aussi vive que la clarté du plein été, une forme humaine a émergé. Elle avait des cheveux blancs relevés en chignon – étaient-ils vraiment blancs ou était-ce un effet de la lumière ? – et portait un habit immaculé. Les longs pans de sa jupe flottaient dans la brise en une infinité de plis. Son visage était blanc lui aussi, sans âge, mais son doux sourire m'a laissé une forte impression. Cette silhouette impassible émergeant de l'obscurité s'effaçait dès que je faisais un pas en arrière, mais réapparaissait quand j'avançais. Lorsque je suis revenue dans la galerie, le mur sombre ne portait plus la moindre trace de cette forme humaine. J'ai gardé un souvenir précis de cette apparition. Elle ne s'est jamais représentée. Seuls Chilsong et ma grand-mère, partis pour l'autre monde, se sont quelquefois manifestés pour m'apporter leur aide.

Mon père n'est pas revenu après cinq jours, ni au bout de plusieurs mois. Quelques jours après son départ, ma grand-mère m'a dit : « Ton père est allé chercher ta famille à Puryong. » C'était bien ce que j'avais supposé. Il avait pris de grands risques en s'échappant alors qu'il purgeait sa peine à cause de mon oncle ; dans ces conditions, partir à la recherche des siens n'était pas une décision raisonnable. Pourtant, que pouvait-il faire d'autre ? A sa place, j'aurais fait de même, je serais allé chercher ma mère et mes sœurs.

L'été approchait. Ma grand-mère et moi allions souvent chercher des champignons et des racines de plantes médicinales que nous échangions contre des céréales avec le fermier. Le *lingzhi* était un champignon prisé pour ses vertus vivifiantes ; nous cueillions tous les jours un plein sac de raiponces blanches et de fougères dont le sous-bois regorgeait ; nous trouvions aussi des champignons *chaga*, des sarcodons, de la rhubarbe, des pivoines de Chine. Ma grand-mère connaissait parfaitement toutes les plantes de la montagne. Elle me donnait des explications précises pour que je distingue les champignons comestibles des vénéneux. Une fois, nous sommes tombées sur un talus tout couvert de *lingzhi* dans un sous-bois de chênes et d'aulnes : si on avait pu vendre tout ce qui poussait là, on aurait fait fortune. Nous avons décidé de les écouler petit à petit, avec les raiponces et les fougères ; à chaque livraison, nous recevions du fermier une pleine calebasse de riz et quelques autres denrées alimentaires. Un jour où nous cueillions des fougères et des *lingzhi*, j'ai escaladé le talus tandis que ma grand-mère, restée en bas, se réchauffait au soleil, assise contre un arbre – elle sentait, m'a-t-elle dit, des fourmis dans ses jambes. J'ai découvert de l'astragale sur un tronc d'arbre ; d'après ce que ma grand-mère m'avait appris, c'était une plante connue pour ses vertus revigorantes, recommandée aux personnes âgées.

— Grand-mère, de l'astragale ! me suis-je écriée.

Le dos tourné, elle ne bougeait pas. C'est elle qui avait gardé la serpette. Je me suis approchée en me laissant glisser sur la pente.

— Grand-mère, tu me passes ta serpette ?

Quand je l'ai tirée par le bras, elle a versé sur le côté.

Ses bras, ses épaules étaient inertes. Ses yeux, clos. Un filet de sang glissait de son nez sur ses lèvres ravinées de rides. J'ai posé l'oreille sur sa poitrine, j'ai tenté de sentir son souffle sur le dos de ma main : elle était morte. Longtemps j'ai sangloté à côté d'elle. Au bout de plusieurs heures, j'ai pris conscience que nul autre bruit que mes sanglots ne s'entendait dans ce bois désert. Cessant de pleurer, je suis restée assise encore des heures, hagarde, avant de me mettre à creuser la terre. J'ai eu un mal fou à faire un trou suffisamment profond. Je me suis contentée du minimum, juste de quoi dissimuler le corps ; je l'ai tiré dans cette échancrure du sol, puis recouvert de terre, élevant un modeste tumulus. Je n'avais pas eu le courage de revoir son visage : je l'avais couvert d'un de ces sacs de vinyle que nous avions toujours dans nos poches.

« Grand-mère, quand papa reviendra, nous t'installerons ailleurs, dans un endroit bien ensoleillé. »

Je suis redescendue seule de la montagne. Seule j'étais désormais dans le refuge.

Combien de jours y suis-je restée, allongée, solitaire ?

Je me suis réveillée en pleine nuit. Une chouette hululait au loin dans le bois, on aurait dit le vent qui sifflait. C'était comme si je venais d'entendre un appel. Ce n'était pas une voix, ni une forme quelconque, mais quelque chose d'indéfinissable qui m'entravait, me tirait doucement, comme des fils emmêlés à mes cheveux. Comme si, dans le noir, j'avais donné de la tête dans une toile d'araignée ; mais au lieu de brandir les bras pour me libérer, je me laissais faire. J'ai jeté un coup d'œil au-dehors, le ciel commençait tout juste à s'empourprer.

J'ai minutieusement préparé mon départ. J'ai enfilé tous mes sous-vêtements ainsi que le survêtement et la parka de tissu synthétique bleu que m'avait donnés la fille du fermier ; j'ai remonté la fermeture éclair jusque sous mon menton. Dans le balluchon en tissu que nous avions confectionné à Musan pour porter nos provisions, j'ai regroupé les vivres que j'avais préparés la veille : avec la farine qui me restait, j'avais fait des pâtes, emballées dans de la cellophane ; j'avais fait dorer du riz, puis l'avais moulu en poudre ; j'avais également enveloppé de cellophane les graines de soja que ma grand-mère avait l'intention de planter. L'une des bouteilles de polystyrène que le fermier nous avait données et qu'on utilisait pour conserver les sauces ou l'huile me servirait pour l'eau.

Descendant de la montagne, j'ai contourné l'angle du mur de la ferme. Chilsong a glapi de sa voix familière. J'avais tellement envie de le revoir avant de me mettre en route ! En veillant à ne réveiller personne, je me suis approchée à pas de loup : de joie, Chilsong balançait son arrière-train tout entier. Serrant sa tête contre ma poitrine, je lui disais dans mon cœur :

« Je vais aller chercher mes parents. Quand je les aurai retrouvés, nous vivrons de nouveau ensemble. »

Et dans mon cœur sa réponse a résonné, toute vibrante :

« Bari, emmène-moi ! Je t'aiderai. Détache mon collier ! »

« Mais non, attends-moi ici. Dans trois ou quatre jours, je serai de retour. »

J'avais fait de mon mieux pour le consoler. Je suis partie à travers le verger et les bois et j'ai bientôt aperçu le Tumen en contrebas de la route.

Je me suis déshabillée, j'ai calé mon balluchon sur ma tête et je suis entrée dans l'eau, agitant les bras comme je faisais quand j'étais petite, dans un semblant de nage. Quand je touchais le fond, je marchais, quand l'eau devenait profonde, je battais des pieds. Alors que j'approchais de la rive opposée – l'aube empourprait le sommet du Kunham –, un clapotis s'est fait entendre tout près derrière moi. Chilsong était là, déjà il s'ébrouait pour chasser l'eau de son pelage. Au lieu de le gronder, j'ai détaché son collier pour le jeter au loin.

Nous avons marché en suivant le pied des montagnes. Nous avancions en direction du sud-est tout en évitant les villages. Les montagnes de Chosen étaient pelées tant elles avaient été défrichées par les paysans en quête de bois de chauffage. Il n'y poussait plus qu'une maigre herbe verte. Tout ce que je savais de Puryong, c'est que c'était une ville dans la direction de Chongjin, là où je suis née. Par chance, je tomberais peut-être sur un train qui convoyait du minerai. Chilsong et moi avons marché sous le soleil sans être certains d'aller dans la bonne direction.

Pour la suite, j'ai l'impression d'un cauchemar qui n'en finissait pas. Nous nous cachions dans les taillis ou derrière des rochers dès que nous apercevions des gens. Une fois, nous avons vu approcher une femme et sa fille. Au lieu de nous cacher, nous sommes passés tout près d'elle, juste pour voir leur réaction. Elles semblaient affamées, exténuées ; elles ne nous ont pas adressé la parole, elles ne se sont même pas donné la peine de tourner les yeux vers nous. En franchissant un col, tout près d'un village, nous avons découvert le cadavre d'un homme étendu sur le dos, la bouche béante et cernée de bave séchée, les yeux grands ouverts, les joues creuses. J'ai vu son âme, un peu plus loin, au-dessus des branches d'un pin : elle ressemblait à un concentré de fumée d'usine par un jour gris.

« Où vas-tu ? » m'a-t-elle demandé.

« Je vais chercher mes parents. »

« Ce n'est pas la peine, ils sont déjà tous morts. »

Je n'ai pas répondu.

« J'ai faim, donne-moi à manger, murmurait la vapeur en tournoyant dans le ciel, quelque chose à me mettre sous la dent. »

Quand Chilsong a grogné en montrant les crocs, l'esprit follet a disparu, comme chassé par le vent.

Pour éviter les villages et les zones industrielles, il valait mieux ne pas marcher en plein jour. Du sommet d'une petite montagne, j'ai aperçu la voie ferrée qui s'enfonçait, tortueuse, dans le lointain. « Si nous les suivons, les rails nous conduiront à Puryong. » J'ai décidé de dormir dans la journée et de ne marcher que la nuit. Je me suis allongée sur ma parka étendue dans l'herbe. Chilsong s'est collé contre moi ; le museau posé sur ses pattes de devant, il ne me quittait pas des yeux. Quand le froid m'a tirée de mon sommeil, le ciel était constellé d'étoiles – c'était comme si toutes les maisons du monde avaient de la lumière à leurs fenêtres. Pour un peu, en tendant la main, j'aurais pu en décrocher une, la plus grosse, la plus proche.

Je suis partie à la recherche de la voie ferrée repérée de jour. A un moment donné, j'ai senti le ballast sous mes pieds. Alors, j'ai suivi les rails en marchant sur les traverses. Chilsong et moi avons continué toute la nuit. Nous sommes-nous arrêtés pour dormir un peu ? Je ne me souviens plus. Ce que je sais, c'est que nous sommes arrivés à Komusan en pleine nuit. Les maisons du quartier de la gare étaient vides. Nous nous sommes engagés dans une petite rue. Avec, tout d'un coup, l'impression d'être épiés.

« Qui est-ce ? »

J'entendais des chuchotements. De vagues ombres se mouvaient tels de grands draps ténébreux à peine discernables dans l'obscurité d'une nuit sans lune. Surgissant tout près de moi, l'une d'elles m'a demandé d'une voix sonore : « Où vas-tu ? »

Je n'avais pas peur. Dans notre refuge montagnard, même quand nous n'étions plus que deux, ma grand-mère et moi, je ne craignais ni les tigres ni les lynx ; j'y avais même vécu seule dernièrement.

« Ça te regarde où je vais ? Crois-tu que j'aie peur de toi ? »

D'autres ombres ont murmuré : « Elle n'a pas peur, qu'elle dit, pas peur… » Ni Chilsong ni moi ne leur prêtions la moindre attention. Nous avons marché tout droit jusqu'à une maison dont le portail était ouvert. Elle me faisait penser à notre demeure de Musan avec sa grande cour et son *maru*. Quand j'ai voulu m'introduire dans l'enceinte, Chilsong s'est mis à aboyer, solidement campé sur ses pattes arrière.

— Doucement ! Viens, on va se reposer un peu ici, on ira voir à la gare quand il fera jour.

Un vent vigoureux soufflait. Quand je suis montée sur le *maru*, une voix éraillée a grincé dans mon dos :

« Comment oses-tu entrer chez nous, coquine ? »

Une femme, hirsute, se tenait à la porte de la cuisine. La maîtresse des lieux. Mais ce n'était pas un être vivant. Chilsong a de nouveau grogné.

« Excusez-moi, madame, je suis à la recherche de ma mère ; je suis tellement fatiguée, j'aimerais me reposer un peu. »

« Fais disparaître ce chien, mes enfants ont peur de lui ! »

« Il est comme mon petit frère, il ne s'attaque pas aux gens. Mais que vous est-il donc arrivé ? »

De l'intérieur montaient des ricanements : « Elle dit que le chien est son frère, hi hi hi ! »

Dans la pièce principale, deux enfants se tenaient côte à côte. Une fille et un garçon, plus petit, environ sept et quatre ans. Tandis que je m'asseyais à l'extrémité du *maru*, la femme et les enfants sont restés debout dans la pièce principale.

« Nous n'osons pas quitter notre maison. Nous attendons leur père. Lui et moi, nous étions partis en quête de nourriture du côté de Hoeryong et de Chongjin ; mais, faute de moyen de transport, nous avons dû revenir à pied. Il nous a fallu trois jours. Nous avons retrouvé nos enfants morts de froid et de faim. Bouleversée, je suis tombée morte sur le coup. Mon mari est aussitôt reparti, et il ne revient pas. Regarde dans la cour, là, ce sont les habitants du bourg. Ils sont tous partis avant nous, nous étions les derniers. »

Des vapeurs noires pénétraient par le portail et se regroupaient dans la cour. Alors, en songeant à ma grand-mère, j'ai sorti de mon balluchon les pâtes de farine de riz que j'avais emportées et j'en ai jeté aux esprits follets ; j'en ai donné aussi à la dame et à ses deux enfants.

« Tenez, mangez et partez, mangez, mangez donc. »

Les formes ont disparu toutes en même temps. J'ai partagé ce qu'il me restait de pâtes avec Chilsong, puis je suis tombée dans un profond sommeil.

Au matin, je suis allée à la gare : elle était déserte, point de personnel, aucune trace de présence humaine. Je me tenais assise sur mes talons devant le bâtiment quand une grand-mère, mal assurée sur ses jambes, s'est approchée :

« Qui es-tu, ma petite ? D'où viens-tu ? »

« J'habite à Musan. »

« Musan ? Mais que fais-tu ici ? Il fallait traverser le fleuve ! Mon fils et ma bru ont quitté le pays il y a belle lurette pour sauver leur peau ! »

« Grand-mère, pour aller à Puryong, est-ce bien ici qu'on prend le train ? »

« Le train ? Crois-tu donc qu'il passe encore ? Il y a longtemps qu'on ne l'a plus vu. Les gens sont tous partis d'un côté ou d'un autre. Puryong, c'est à une journée de marche, à condition de trotter d'un bon pas ! »

La grand-mère a laissé glisser à terre un panier rempli d'écorces de pin, de fougères et autres denrées de misère.

« Moi, ces derniers temps, voilà tout ce que je mange, et je n'arrive même pas à mourir ! Allez, rentre vite chez toi. Ou alors, va faire le tapin devant la gare de Chongjin : il faut bien manger pour vivre ! »

Quand j'ai tiré de mon sac un sachet de pâtes, elle me l'a arraché des doigts. Quel contraste entre la vivacité de son geste et la lourdeur de sa démarche, la lenteur de son élocution ! Elle enfournait les pâtes à pleines mains. Dépourvue de molaires, elle les cisaillait entre ses incisives puis avalait tout d'un coup. Elle était sur le point de s'étouffer, alors je lui ai tendu ma bouteille d'eau ; elle a dissimulé le sachet de pâtes avant de saisir la bouteille pour boire au goulot. Assise à même le sol, elle a semblé reprendre un peu ses esprits et poussé un long soupir, l'air songeur. Puis, me tendant le sachet et la bouteille :

« Tiens, il faut que tu manges, toi aussi. »

« Mais non, terminez ! »

Elle a tout mangé, cette fois en prenant son temps. Elle m'a tendu le sachet vide. Je me suis relevée pour me remettre en route, Chilsong s'est dressé d'un bond pour sauter sur la voie ferrée.

« Va ! Ici, il n'y a plus personne. »

Tout au long de ce périple jusqu'à Puryong, j'en ai croisé tant et tant de ces fantômes qui, la nuit, erraient par les champs et les villages ! Quand ils passaient par les chemins déserts, même les grands arbres geignaient d'une plainte sourde et sinistre, on aurait dit le souffle d'un vent mauvais. Lorsque, beaucoup plus tard, j'ai découvert tous ces gens heureux de vivre dans leurs grandes villes éclatantes de lumières, j'ai éprouvé un cruel sentiment d'amertume en me disant que le monde nous avait complètement oubliés, abandonnés à notre sort.

Voici le jour effroyable où nous avons rencontré l'enfer du feu !

A un moment donné, alors que Chilsong et moi errions entre les monts Kosung et Chayu, une odeur de brûlé nous a alertés. Chilsong s'est mis à aboyer furieusement. Nous avons voulu redescendre, mais tout d'un coup, un vent puissant s'est levé, poussant vers nous la fumée qui grimpait de tous les côtés sur les pentes. Du haut d'un promontoire, nous avons vu que toute la base de la montagne était en feu. Ce n'étaient que flammes et fumée. Une nuée gigantesque qui s'échappait des arbres en épaisses volutes couvrait le ciel. J'entendais, non loin, l'affreux crépitement des branches englouties dans la fournaise. L'incendie montait à grande vitesse à notre rencontre.

Nous avons tenté de rebrousser chemin. Si pour descendre, il suffisait de se laisser glisser, monter impliquait d'énormes efforts. J'étais à bout de souffle, j'avais les jambes en coton. Jetant des coups d'œil en arrière, je voyais les flammes se gonfler dans le vent, lécher les versants en un rien de temps. Nous étions cernés par la fumée. Nous grimpions aussi vite que nous le permettaient nos forces, mais les flammes couraient plus vite encore. Chilsong allait devant, la langue pendante, et revenait sans cesse à ma hauteur. A peine avions-nous atteint l'endroit où j'espérais pouvoir changer de direction que le feu nous faisait déjà barrage.

L'embrasement avait gagné les champs et les vallons par où je comptais descendre. L'incendie qui s'était déclaré sur un versant s'était ensuite propagé en contournant le massif. Il consumait tout sur son passage dans les vallées étroites, dans les friches, d'où montait une lourde fumée blanche. Dans les sous-bois couraient des chevreuils et des cerfs qui fuyaient à grands bonds d'une combe à l'autre. Ils s'arrêtaient un instant en nous apercevant, puis reprenaient leur cavalcade. Une coulée de flammes approchait à l'ouest ; par chance, il y avait moins d'arbres de ce côté ; elle progressait en dévorant herbes et arbustes. Mais si elle rejoignait le front des flammes qui montait à peu de distance, le versant serait rasé en un instant jusqu'à la cime.

J'ai contourné une éminence pour m'engager sur un autre versant. Je me suis laissée glisser sur les herbes et les feuilles d'un talus escarpé. Tout à coup, le sol s'est dérobé sous mes pieds, j'ai violemment heurté une branche et je me suis retrouvée à terre. J'étais en sueur, mes côtes me faisaient tellement souffrir que j'avais du mal à respirer. La fumée continuait de monter. Chilsong s'est mis à aboyer, les oreilles tirées en arrière, les babines retroussées. Une horde de sangliers accourait, suivant le même chemin que nous. Parvenus à quelque distance, ils ont bifurqué pour disparaître en contrebas. Les marcassins trottaient derrière, aussi vite que le leur permettaient leurs courtes pattes. A Chilsong, disparu sur leurs traces en jappant, j'ai crié : « Imbécile ! Ils ne nous veulent pas de mal, ils fuient le danger ! »

J'aurais voulu le suivre, j'ai tenté de me lever, mais je pouvais à peine respirer. J'avais dû me faire un tour de rein ou recevoir un mauvais coup dans les côtes. Je marchais à quatre pattes comme les animaux, en me traînant, en m'accrochant aux arbustes. Chaque pas était un supplice. La douleur ne s'est atténuée que lentement au bout d'un mois.

Je suis parvenue à me glisser entre les rocs d'un val où coulait un ruisseau. Une fumée suffocante se ruait vers la gorge où je venais de trouver refuge. Les branches sèches crépitaient au-dessus de ma tête. Je suis restée accroupie sous un grand rocher qui surplombait une flaque d'eau guère plus large qu'une grande bassine.

Le feu courait dans les bois en suivant la morphologie du terrain. A un moment, le vent s'est engouffré dans le couloir tracé par le ruisseau, la fumée et le feu se sont rapprochés, c'était une véritable fournaise. Spontanément, je me suis aplatie sous mon rocher après m'être couverte de vêtements trempés dans l'eau. En proie aux flammes, les arbres au-dessus de moi se convulsaient. Malgré ma parka dégoulinante sur mon dos, je sentais la chaleur dans mes reins comme si j'étais tout à côté d'un feu de bivouac. Un souffle impitoyable poussait sur moi la fumée, les odeurs de résine et d'écorce carbonisées, la houle des flammes et leur crépitement. J'avais beau fermer les yeux de toutes mes forces, les larmes ruisselaient sur mon visage, mon nez coulait, je n'arrêtais pas de tousser.

Quand j'ai relevé la tête, le plus gros du feu était passé, des escarbilles voltigeaient encore, des restes de branches se consumaient lentement. L'obscurité gagnait. Le jour baissait plus vite sur le versant où je me trouvais, tourné au nord. Des brandons incandescents explosaient, des souches rougeoyaient comme le charbon dans l'âtre. De la fumée montait encore de toutes parts, renforçant mon impression de me trouver au cœur de l'enfer. J'entendais partout les arbres crépiter. Un grand mélèze brûlait encore, ses branches en feu tendues vers le ciel. Je suis descendue vers le fond de la vallée en boitillant.

— Chilsong, Chilsong !

Seul l'écho répondait à ma voix. J'ai concentré toutes mes forces, toute mon attention pour tenter de savoir où il se trouvait. Je sentais qu'il n'était pas loin. Derrière des rochers, non loin du ruisseau, je l'ai aperçu couché dans l'herbe. Quand je me suis approchée, il a remué faiblement la queue. « Où as-tu mal ? Allez, lève-toi… » Il semblait trop faible pour comprendre mes exhortations. Son pelage était maculé de cendres. Du sang s'écoulait d'une plaie béante à son ventre. Quelle bêtise de s'attaquer à des sangliers qui fuyaient avec leurs petits pour sauver leur vie ! Chilsong s'en était pris à eux dans le but de me protéger. Se retournant contre lui, les bêtes lui avaient ouvert le ventre de leurs défenses. L'incendie avait fait le reste. J'ai pleuré toutes les larmes de mon corps en lui soutenant la tête. Il était l'unique membre de ma famille : à présent, je me trouvais seule sur cette vaste terre.

Il m'a fallu trois jours pour parvenir à Musan, et durant ces trois jours j'ai vu les montagnes environnantes continuer de brûler en dégageant une épaisse fumée. Plus tard, à Yanji, on m'a souvent parlé des incendies de Chosen. Cette année-là, il y en avait eu, paraît-il, beaucoup dans le monde, mais en Corée du Nord, si la sécheresse avait été à l'origine de certains d'entre eux, la plupart avaient été provoqués par les habitants eux-mêmes. Comment empêcher des gens qui meurent de faim de mettre le feu à la montagne ? Ces misérables n'avaient plus rien, les rations des coopératives ne leur étaient plus livrées, chacun devait se débrouiller pour trouver un bout de terre à cultiver. Ils montaient dans les montagnes avec une boîte d'allumettes et, dans quelque coin discret, sur un versant, dans un vallon, à l'abri des regards, ils mettaient le feu puis déguerpissaient. Même si l'alerte était donnée, les habitants des villages voisins n'avaient pas les moyens d'intervenir. On laissait le feu dévorer les flancs de la montagne pendant des jours, jusqu'à ce qu'il ait réduit la végétation en cendres. Alors, chacun de se précipiter pour baliser sa portion de terre avec des piquets. Après avoir défriché de vastes espaces, on plantait du maïs, des pommes de terre ou du soja, de quoi tenir jusqu'à l'année suivante.

Je me suis mise en route pour repasser de l'autre côté du Tumen. En chemin, chaque fois que j'atteignais une hauteur, je me retournais : les montagnes derrière moi, proches ou lointaines, étaient couronnées de fumée – signaux de détresse lancés d'une île déserte au milieu d'une mer immense, à l'intention d'un navire hypothétique ou de quelque lointain rivage. La fumée montait en silence et s'amoncelait, sinistre, dans l'immensité du ciel tandis que sur la terre s'élevaient par vagues les appels des âmes errantes.

5

Je suis retournée seule, en me faisant discrète, à notre ancien refuge dans la montagne. Je n'avais pas retrouvé ma famille dans la région de Puryong, et j'avais perdu Chilsong. La cavité qu'avait creusée mon père était occupée par un horrible blaireau qui naviguait de long en large en ondulant. J'ai dû me battre longtemps contre lui avec un long bâton pour parvenir à le chasser. Il me faisait peur lorsqu'il se dressait contre mon arme et se jetait furieusement en avant en poussant des cris aussi perçants qu'effroyables. Après tout ce que j'avais enduré jusque-là, je n'allais tout de même pas céder devant un blaireau ! Une fois l'animal délogé, j'ai vaguement réaménagé le refuge puis je suis allée récupérer le reste des vivres que nous avions enfouis. Je vivotais là tant bien que mal depuis deux bonnes semaines lorsqu'un jour, j'ai entendu des pas. Ecartant le rideau en plastique, le fermier a passé la tête.

— Qui est-ce ?... Ça alors, c'est toi ?... Tu es donc en vie !

Il a serré mes mains dans les siennes un long moment, il avait les yeux rouges d'émotion. Il m'a tout de suite emmenée à la ferme. Chez lui, on était au courant de la mort de Hyuni et du départ de mon père. Je leur ai appris le décès de ma grand-mère et raconté mon périple à Chosen pour tenter de rejoindre ma famille, et la fin de Chilsong. La grand-mère et la femme du fermier me tournaient le dos pour dissimuler leurs larmes.

— Tu sais, m'a dit la grand-mère, il faut que tu vives pour faire honneur à ta famille, ne serait-ce que pour raconter tout ce que tu as vécu.

Je suis restée presque un mois chez eux. J'ai repris des joues, mes cheveux ont retrouvé leur lustre. Dans le but de contacter l'oncle Loche et de lui demander de m'aider à trouver du travail, le fermier m'a emmenée à Yanji via Helong. Nos retrouvailles ont eu lieu dans une maison de thé du centre-ville. Il avait pris encore un peu plus de ventre, qu'il dissimulait sous un ample blouson. Depuis que la famine sévissait à Chosen, toutes les licences de commerce avaient été annulées. Avec un ami, il avait monté une petite agence de voyages pour accueillir les visiteurs venant de Corée du Sud. Tous trois, nous sommes allés manger un bouillon de viande aux légumes accompagné de riz : les deux hommes ont longuement parlé des malheurs qui avaient frappé ma famille, tandis que je restais assise à côté d'eux, silencieuse. Ils ont vidé plusieurs verres d'alcool, puis l'oncle Loche s'est tourné vers moi :

— Eh oui, ainsi sont les hommes… Je m'étais promis d'aller vous voir, mais ce n'est pas facile, je suis tenu par mes affaires. En tout cas, tu peux me considérer comme ton oncle. N'hésite pas, au besoin, à venir me voir.

Le repas terminé, j'ai risqué un vœu :

— Ma sœur Mii doit se trouver dans les parages, elle est passée de ce côté avant nous. Si elle est par là, j'aimerais tant la retrouver…

— Ah oui, je me souviens d'elle. Je vais me renseigner auprès de connaissances. On doit pouvoir faire quelque chose.

L'oncle Loche m'a présentée à une famille chinoise. L'homme et sa femme étaient tous deux professeurs au collège. Je suis restée six mois chez eux à garder leur gosse et faire leur ménage. Dans le même temps, je me suis familiarisée avec la langue chinoise. C'est la maîtresse de maison qui m'apprenait à lire et à écrire avec un manuel de l'école élémentaire. Le jour où je suis partie, elle m'a dit, avec une petite tape amicale dans le dos :

— Bari, tu es une fille intelligente, tu sauras te débrouiller dans la vie. Je n'ai jamais vu d'élève qui apprenne aussi vite que toi.

Ensuite, je me suis retrouvée dans un salon de massage.

C'est encore l'oncle Loche… enfin, M. Xiaryong, qui m'a présentée au Nakwon (le Paradis). Quand, sans réfléchir, je l'ai appelé tonton Loche, il m'a fait remarquer, en me donnant un petit coup sur le front : « Comment oses-tu m'appeler ? Seul ton père avait le droit d'utiliser ce nom, personne d'autre dorénavant ! » Ce qui a gâché ma bonne humeur. Il m'a annoncé que je devrais apprendre à travailler chez ces gens, plus jeunes que lui, qu'il connaissait bien et qui tenaient un salon de massage. La plupart de ceux qui se trouvaient dans ma situation n'étaient pas rémunérés ; ils s'empressaient de remercier leur employeur, déjà heureux d'être hébergés. La police chinoise n'était pas encore très vigilante, pas autant qu'elle le deviendrait bientôt, à l'égard des transfuges de Corée du Nord ; elle n'intervenait que s'il y avait dépôt de plainte. Quel que soit l'emploi, un Coréen ne percevait au mieux qu'un tiers de ce que touchait, pour le même travail, un Chinois dûment enregistré. Moi, j'avais la chance de recevoir un demi-salaire alors que je ne faisais que de petits travaux. Le Paradis se trouvait dans la rue animée des bars et des karaokés. Dans cet établissement, on s'en tenait aux massages, alors que les autres salons disposaient en plus d'un sauna. Plus chers, ils proposaient aussi, disait la rumeur, d'autres services très spéciaux. Nos clients étaient des employés, des fonctionnaires en mission, des touristes. Il n'était pas rare de voir des couples venir ensemble se faire masser.

C'est au Paradis que j'ai fait la connaissance de Shang. Il y avait là des Coréennes de Chine mais aussi, bien sûr, des Chinoises. Vingt masseuses en tout, dont quatorze jeunes filles, les autres étant des femmes mariées. A vrai dire, parmi ces dernières, deux seulement avaient leur mari avec elles ; les autres vivaient seules ou avec leurs enfants, leur mari étant resté dans leur province natale. Toutes avaient quitté leur village au fin fond de la campagne pour venir gagner un peu d'argent. Shang était l'une de ces deux femmes vivant ici en couple. Elle devait avoir autour de vingt-cinq ans. La plus âgée, Chinchin, qui avait un enfant à sa charge, avouait trente ans, mais d'après Mme Kim, une Coréenne de Chine qui faisait le ménage et la cuisine, elle en avait trente-quatre. La femme du patron gérait la boutique, lui ne venait qu'en fin de journée pour faire les comptes.

En général, les clients se présentaient immédiatement après le déjeuner, sinon au milieu de l'après-midi ou encore tard le soir. Pendant les heures creuses, en début et en fin d'après-midi, les masseuses passaient le temps dans le salon à regarder la télé tout en grignotant. La femme de ménage et moi, nous préparions parfois de petits plats pour elles. Nous devions évidemment surveiller l'humeur de la patronne, mais aussi nous faire bien voir des masseuses car elles partageaient leurs pourboires avec nous.

Un jour, m'apprêtant à nettoyer la salle de bains, j'ai remarqué, retenu par la grille d'évacuation, un objet brillant. C'était une chevalière en or, assez grosse, avec une fleur de lotus gravée sur sa facette carrée. Je l'ai passée à mon doigt : bien trop grande, elle tournait librement. Qui avait bien pu perdre cette bague ? La revendre au marché de nuit m'aurait rapporté une coquette somme. Je l'ai glissée dans la poche de ma blouse. Le lendemain, quand tout le monde est arrivé vers dix heures pour le déjeuner, tandis que j'apportais les plats sur un plateau, j'ai lancé à la cantonade :

— Quelqu'un aurait pas perdu quelque chose ?

Les Coréennes de Chine ont traduit pour les Chinoises. Shang a levé la main :

— Tu as retrouvé ma bague ?

— Comment est-elle ? lui ai-je demandé en chinois.

— Ah, en or… avec une fleur de lotus.

Avec un grand sourire, je la lui ai remise. Quelques jours plus tard, quittant momentanément le salon où elle travaillait, Shang s'est approchée de moi pour me glisser discrètement un papier plié en un tout petit carré. Je l'ai déplié dans la cuisine : c'était un billet de vingt wons, somme énorme pour moi qui n'avais jamais reçu plus de cinq wons à la fois. Quand Shang était fatiguée après ses massages, je lui apportais du thé au jujube, chaud et sucré, dans la salle d'attente. C'est ainsi que nous sommes devenues amies.

Un dimanche où nous étions de repos, Shang a obtenu la permission de m'emmener chez elle. Elle habitait un petit appartement près du marché de l'Est. Dès l'escalier, avant même d'entrer, j'ai senti une bonne odeur de cuisine. Chez elle, il y avait juste une chambre, un petit séjour et une cuisine. Depuis le seuil, j'ai aperçu un homme, de dos, en tricot de corps, occupé à cuisiner. Il faisait sauter des légumes dans un wok.

Shang a crié :

— Je suis là !

— Tu es avec Bari ? a répliqué son mari sans se retourner ni cesser de remuer ses légumes.

Nous nous sommes assises dans le salon où, pour tout meuble, il y avait une table et quatre chaises, et il a aussitôt apporté les plats. Je me suis levée timidement pour le saluer. Je voulais lui apporter mon aide, mais Shang m'a tirée par le pan de ma veste. J'ai compris que, chez eux, celui ou celle qui avait entrepris une tâche devait la mener jusqu'au bout. La cuisine, comme il va de soi chez des Hans, était chinoise : il y avait deux plats de légumes sautés, du porc et un poisson pané. Entre eux, mes hôtes parlaient très vite ; mais moi, je ne pouvais que bredouiller quelques phrases simples.

Lui était déjà au courant de mon histoire. Il m'a raconté son enfance dans la province du Heilongjiang, puis comment il avait quitté son pays natal. Il était apprenti dans une officine de médecine chinoise où il apprenait l'acupuncture, savoir qu'il perfectionnait dans un institut privé : avec un certificat d'acupuncteur, il était assuré de pouvoir gagner beaucoup d'argent dans les grandes villes. Son visage était constellé de poils de barbe clairsemés. Quand il souriait, sa bouche se fendait jusqu'aux oreilles ; en revanche, ses yeux disparaissaient : on aurait dit deux traits esquissés d'un coup de crayon très fin.

— J'ai appris, moi aussi, m'a dit Shang, à identifier les points des méridiens du pied.

— Les points des méridiens ?

— Ben, ce ne sont pas des choses qui se voient, ce sont des points, sur la plante des pieds, qui sont reliés aux autres organes du corps.

Shang, en lui donnant une petite tape, a prié son mari de me montrer son pied. Embarrassé, il a tendu avec réticence un pied crasseux. En pointant son stylo sur différents endroits, Shang m'a expliqué qu'ici c'était le cœur, là l'estomac, et là le foie. Autant de choses difficiles à comprendre pour moi.

— Si tu apprenais, toi aussi tu pourrais faire des massages des pieds et tu gagnerais de l'argent…

— Bien sûr que j'aimerais apprendre !

Ils ont discuté un moment entre eux, puis Shang m'a proposé :

— Tu pourrais venir chez nous le dimanche. Demande la permission à la patronne. Sur les pieds, il y a quantité de choses à étudier, je t'apprendrai.

Je n'ai jamais parlé à personne du don étrange que je possède, seule ma famille était au courant. Que j'aie rencontré des âmes errantes quand je suis partie à la recherche de ma mère et de mes sœurs à Puryong, cela non plus je ne l'ai raconté à personne, pas même à l'oncle Loche, mon protecteur. Je voulais que les gens me considèrent comme une fille absolument ordinaire. Bien entendu, au Paradis, je ne disais pas non plus que je venais de Chosen ; si l'une ou l'autre de mes collègues y faisait allusion, la patronne la tançait vertement : « Si jamais on l'attrape et qu'on la renvoie dans son pays, ce sera une mauvaise affaire pour elle, mais pour nous également ; nous serons condamnées par la justice et obligées de payer l'amende. Et vous perdrez votre travail, vous aussi ! »

Tous les dimanches, désormais, j'allais chez Shang apprendre les techniques de massage. Elle tendait un pied et Zhou, son mari, me donnait des explications tout en exerçant des pressions avec une baguette. Il en possédait de plusieurs sortes, certaines avec une tête arrondie, d'autres avec un bout en triangle, d'autres encore assez pointues. Je préférais presser avec les doigts plutôt qu'avec ces baguettes. J'ai appris à appuyer aussi bien avec le bout du pouce qu'avec le côté en utilisant toute sa longueur, avec l'angle du poing fermé, en tapotant, en pressant ou frappant avec la paume ou avec les doigts écartés, j'ai appris à assouplir les articulations, à faire jouer la cheville, etc. D'après Zhou, c'était plus facile avec les baguettes mais l'effet était meilleur à mains nues.

— Regarde, le pied est composé de trois parties. La plante, le cou-de-pied et enfin le talon et la cheville. Les organes se subdivisent eux aussi en plusieurs parties. Pour la main, c'est pareil. Avant de masser, il vaut mieux s'assouplir d'abord un peu les doigts. La plante du pied et le talon sont en relation avec l'abdomen. Les orteils, avec la tête. La voûte plantaire correspond aux intestins. Cette protubérance entre le dernier orteil et le quatrième, sur le pied gauche, est reliée au cœur ; son équivalent sur le pied droit, au foie.

Après avoir illustré ses explications en utilisant les pieds de Shang, Zhou complétait sa leçon en massant les miens. Puis il me demandait de passer à la pratique sur les siens. Quand je me trompais, il retirait son pied et me fournissait de nouvelles explications. Chaque dimanche, j'allais donc chez eux perfectionner ma connaissance des points des méridiens. J'ai appris les dix étapes pour relaxer les mains, ainsi que les quinze étapes élémentaires du massage des pieds. Puis nous avons repris les points des méridiens pour aborder les méthodes thérapeutiques. Je recevais une formation technique appliquée. Zhou me proposait des situations :

— Un client se présente, pris de boisson ; comment procèdes-tu ?

— C'est le gros orteil que je presse tout d'abord pour soulager le mal de tête ; ensuite, je m'occupe de la plante du pied qui est en relation avec les intestins, puis je frictionne les points du talon qui correspondent au foie et aux reins.

Au bout de huit mois au Paradis, je suis devenue une masseuse qualifiée. Sans carte d'identité chinoise, il ne m'était pas possible d'obtenir une licence professionnelle, mais j'étais, pour ce qui concerne la technique, tout à fait capable d'exercer la profession. Je ne pouvais pas prétendre à des revenus calculés en fonction du nombre de clients reçus, mais j'étais autorisée à garder les pourboires. De cette façon, je gagnais beaucoup plus que lorsque j'assistais la femme de ménage.

Grâce à cette sorte de sixième sens que je possède depuis toute petite, dès que se présentait un client, je voyais à sa tête, avant de le lire dans ses pieds, ce qui n'allait pas chez lui.

Cela s'est avéré dès mon premier client. C'était un Chinois, plutôt costaud, bien enveloppé. Après avoir relevé le bas de son pantalon, il s'est étendu en maillot de corps sur la couchette en bois, jambes pendantes. Je lui ai lavé les pieds dans de l'eau tiède additionnée de vinaigre et de sel, puis les ai plongés dans un bain chaud à l'armoise. J'ai massé doucement d'amont en aval pour détendre les muscles. J'ai procédé à un vrai massage thérapeutique du pied gauche. Appliquant les leçons que j'avais apprises, j'ai cherché les points des méridiens en partant des orteils et, en appuyant dessus, j'ai aperçu une rougeur sur le tendon. J'en ai déduit qu'il avait un problème au foie.

Les pieds de la cliente suivante, une touriste, présentaient des taches rouges et bleues. Tandis que je les massais, une scène a pris forme dans mon esprit : au moment où elle franchissait un pont, une voiture était renversée par un camion surgi par-derrière. J'ai chuchoté à ma voisine, une Coréenne de Chine :

— Cette dame a dû avoir un accident de la circulation.

— Pourquoi ? Elle a des cicatrices ?

— Non, comme ça…

Parmi mes clients, certains ont remarqué que j'étais habile à trouver les points des méridiens. Ils me sont devenus fidèles. Shang a pris conscience de mes talents, mais elle me croyait simplement douée.

J'ai passé deux années entières au Paradis. Je venais d'avoir quinze ans. Sa licence obtenue, Zhou a décidé d'aller travailler à Dalian, avec sa femme, dans le salon de massage d'un de ses amis. J'ai choisi de partir avec eux. Comme il me semblait de mon devoir de mettre M. Xiaryong au courant, je l'ai appelé pour l'inviter à dîner.

— Eh oui ! a-t-il fait en riant, Bari est presque une adulte maintenant…

Il n'était pas du genre à rester inoccupé. A la tête de son agence de voyages où il assurait lui-même les fonctions de guide, tous les jours il lui fallait, au volant de son minibus, aller chercher des gens à l'aéroport, attendre devant tel hôtel, conduire des touristes au mont Paektu.

Il a proposé, pour notre rencontre, un restaurant de brochettes de mouton – spécialité lancée, disait-on, par un soldat démobilisé et devenue populaire dans l'ensemble du pays. Les broches garnies de morceaux de viande tournaient au-dessus du feu. Arrivé avant moi, mon protecteur m'a fait signe depuis le coin compartimenté où il avait pris place. Il ne cessait de s'éponger le front.

— Alors, ça va ? Toujours autant de clients ?

— Oh oui ! On manquait même de bras, on a dû recruter.

— Ah ! C'est bien. Bon, moi je vais prendre un verre de *soju*.

Les morceaux de viande bien cuits que je dégageais de la brochette dans son assiette, il les avalait d'une bouchée, en les faisant passer avec un plein godet de *soju*.

— Quel âge as-tu maintenant ?

— J'ai quinze ans.

— Déjà quinze ans ! Comme le temps passe !

— Je voudrais vous dire quelque chose…

Je lui ai parlé de Shang, j'ai expliqué qu'elle et son mari étaient un peu devenus ma famille, tout comme lui, M. Xiaryong ; qu'ils allaient partir pour Dalian, où ils voulaient ouvrir un salon de massage, et que j'avais décidé de les suivre. Il acquiesçait avec des hochements de tête.

— Puisque tu dis que ce sont des gens bien, je pense qu'on peut leur faire confiance. Tu n'as pas de dette à rembourser au Paradis ?

J'ai fait non de la tête. Il a repris :

— Est-ce que tu en as parlé à ta patronne ?

— Pas encore, je voulais d'abord vous le dire, à vous.

Il a agité la main et, posant un doigt devant ses lèvres :

— Pas la peine de perdre ton temps à en parler. Pars discrètement. Dans ta situation, ne fais pas confiance aux autres. Ici, les gens sont de moins en moins généreux. Tu sais pourquoi ? C'est à cause de l'argent ! Le monde change, comme tu le vois : dès que l'électricité et l'argent arrivent, les gens perdent toute humanité. Tu sais, les jeunes qui faisaient du commerce avec le Nord, maintenant, ils sont tous devenus des entremetteurs, je veux dire – il a vidé un autre verre –, ils vendent des filles comme toi… Tiens, j'ai retrouvé la trace de ta sœur…

— Vraiment ? Ma sœur Mii ? Où est-elle ?

Il avait eu de ses nouvelles par un jeune ami à lui qui tenait un bar à Longjing.

— Pour la retrouver, j'ai fait circuler le nom de ton père en précisant qu'elle était venue de Musan.

J'ai aussitôt reposé mes baguettes et, déjà à moitié levée de ma chaise, je me suis exclamée :

— Allons la voir !...

— Attends, un peu de patience. Je n'allais pas la laisser comme ça, sans rien faire.

Tout juste parvenue sur l'autre rive du Tumen, m'a-t-il raconté, Mii était tombée entre les mains de marchands de chair humaine, qui l'avaient vendue à un Chinois vivant à une quinzaine de kilomètres de Longjiang. Il n'avait pas pu prendre contact avec elle immédiatement, contraint de repousser la date de son voyage à cause de ses affaires ; devant un jour se rendre à Kaishantun, il en avait profité pour aller la voir dans son village, dont il avait écrit le nom sur un bout de papier.

C'était un hameau perdu, desservi par une route non goudronnée, tortueuse et affreusement poussiéreuse, où s'agglutinaient une dizaine de maisons habitées par des Chinois et des Coréens de Chine. Quand il a prononcé le nom de Mii, une Coréenne de Chine entre deux âges lui a discrètement désigné l'une de ces maisons. Une petite masure de deux pièces, tout engoncée dans le sol, avec une cour où se serraient, dans l'ombre de hêtres, un poulailler et une porcherie. Derrière, s'étendait un champ de maïs et de haricots. Ces gens-là devaient manger à leur faim.

— A mon avis, ce qui constitue leur fortune, ce sont les cochons. Sûr qu'ils en ont vendu un pour acheter Mii.

Dans la cour, une vieille s'affairait tandis qu'un bambin pleurait à tue-tête à l'intérieur.

Avec ses cheveux bien peignés et son blouson vert, M. Xiaryong avait des airs de fonctionnaire. Après s'être raclé la gorge, il s'est adressé à la femme : il souhaitait voir la jeune fille de Chosen. La vieille en colère a protesté que la gamine s'était enfuie alors qu'ils avaient payé si cher pour l'avoir ! Son fils était parti à sa recherche, mais aux dires des intermédiaires, elle n'était déjà plus en Chine.

— Je me suis gardé jusque-là de te le dire : Mii a eu un enfant de cet homme. Elle est partie en l'abandonnant. Pour qu'une mère parte de cette façon… En tout cas, pour autant que je sache, elle n'est plus à Yanji. On ne sait jamais, peut-être est-elle en Corée du Sud, c'est ce qui pourrait lui arriver de mieux.

Moi qui étais venue là sans état d'âme, voici que, tout d'un coup, je me suis retrouvée en larmes. Je découvrais que la dispersion de ma famille m'avait laissée à peu près insensible. C'est sur mon propre sort que maintenant je pleurais.

Suivant le conseil de M. Xiaryong, je n'ai parlé à personne de mon départ. Chaque soir, je faisais passer un peu de mes affaires à Shang au moment où elle s'apprêtait à rentrer chez elle. Le dimanche suivant, autorisée à sortir comme d'habitude, je suis allée chez elle pour de bon, et nous avons tous les trois pris le train.

Dalian. Nous caressions de grandes espérances. Là, tout nous séduisait, la beauté des plages, la propreté du centre-ville, l'agrément des parcs… L'ami de Zhou s'appelait Chen. Il avait d'abord travaillé comme manager d'un bar à Yanji. De retour à Dalian, sa ville d'origine, il avait trouvé un local pour l'aménager en salon de massage et avait déjà presque achevé les travaux de décoration intérieure. C'était un vieux bâtiment de trois étages mais le lierre qui dissimulait les murs gris lui conférait une certaine allure. Notre salon se trouvait au premier, au-dessus d'un restaurant. Au second, nous avons obtenu deux pièces contre un loyer mensuel.

La main-d'œuvre ne manquait pas : une annonce passée dans les journaux locaux a suscité une véritable ruée de jeunes femmes. Shang, Zhou et Chen, assis côte à côte derrière une table, accueillaient une à une les candidates qui avaient envoyé leur CV et que moi, à la porte, je faisais mettre en rang. Ils ont retenu en tout vingt jeunes femmes en bonne santé et présentant bien, dont cinq pourvues d'une solide expérience en matière de massages. Chen disait qu'il n'en faudrait garder que dix. Il avait raison : dès la première semaine, dédiée à des sessions de formation assurées par Shang et Zhou eux-mêmes, cinq ont manqué d'assiduité. Juste avant d'ouvrir, Shang en a renvoyé cinq autres dont le comportement n'évoluait pas conformément à son attente.

Chen et Zhou ont préparé des feuillets publicitaires qu'ils ont distribués dans les bars et les salons de thé. Afin de concurrencer le grand sauna moderne de la ville qui offrait des services de massage du corps et des pieds, nous proposions des tarifs très inférieurs. Fort de son expérience de manager, Chen a recruté quelques garçons désœuvrés pour racoler les clients dans la rue, moyennant une commission. Zhou a aménagé, à côté du salon de massage proprement dit, une petite salle réservée à l'acupuncture et à la moxibustion. Certes, nous n'attirions pas la clientèle chic des salons des grands hôtels, mais venaient chez nous les commerçants du quartier ainsi que des gens de passage. Une campagne de publicité auprès des motels et des auberges nous a, de plus, amené de nombreux groupes de touristes. Pour un établissement qui venait d'ouvrir, les affaires marchaient bien. Déjà Chen était devenu quelqu'un qui comptait dans le quartier.

Quand je songe que je devais échouer en Grande-Bretagne, ce pays si lointain, je me dis que mon nom doit y être pour quelque chose. Un nom que je tiens de cette princesse partie à la recherche de l'eau de la vie du côté du couchant… Dans le bateau, je me suis souvent rappelé cette histoire que me racontait ma grand-mère au cours de ces nuits passées ensemble dans notre abri à flanc de montagne…

Un jour, tandis que Shang et moi faisions la grasse matinée au deuxième étage, nous avons été réveillées par de grosses voix d'hommes en pleine altercation et des bruits inquiétants venant de l'étage en dessous. Ouvrant tout grand les yeux, nous voilà saisies de frayeur. Soudain, un homme a poussé un grand cri de douleur. La voix de Zhou, nous a-t-il semblé. Nos regards se croisent, nous sautons du lit et nous ruons pieds nus dans l'escalier. Par la porte du salon de massage grande ouverte, je découvre les poissons rouges frétillant sur le sol en ciment parmi les morceaux de verre épars de l'aquarium. Quatre hommes, debout, font cercle autour de Zhou à terre, qui serre dans ses mains sa tête en sang. Shang se précipite à son secours en criant :

— Qui êtes-vous ? De quel droit frappez-vous mon mari ?

Un quinquagénaire, petit et rondelet, brandit un papier :

— Tu sais ce que c'est ? Une reconnaissance de dette ! Quand on a emprunté, on rembourse, non ?

Shang secoue son mari, lui signifie que c'est à lui que la question s'adresse. Il marmonne d'une voix faible :

— … suis pas au courant, c'est Chen qui a emprunté…

— Est-ce que ça le regarde, crie Shang au type, si c'est Chen qui est concerné ?

L'autre pouffe de rire.

— Il a emprunté au nom de la boutique. Ton mari, c'est pas son associé ?

Un homme au crâne rasé nous menace d'un tesson de bouteille :

— Nous, ce qu'on veut, c'est récupérer notre capital. Même sans compter les intérêts, le montant du pas de porte n'y suffira pas, loin s'en faut !

Il jette son tesson de bouteille par terre. Zhou se réfugie dans les bras de Shang. Les visiteurs, des prêteurs sur gages, se mettent à fouiller partout, inspectant la salle d'acupuncture, ouvrant les meubles, explorant jusqu'à l'étage supérieur. Le quinquagénaire ôte sa veste et, tout en défaisant les boutons de sa chemise, interpelle Zhou :

— Toi, viens t'asseoir ici. Vous autres, fichez le camp.

Bravant son regard, Shang accompagne son mari. Après l'avoir aidé à prendre place, elle s'accroupit à côté de lui :

— Cette boutique est pour nous aussi précieuse que notre vie : j'ai le droit d'écouter, moi aussi.

— Bon, pourquoi pas… Voilà, vous avez le choix : soit vous remboursez la dette avant un mois, soit vous payez mensuellement avec les intérêts.

Zhou ne sait que dire.

— Ça fait combien en tout ? demande Shang.

— Un million cinq cent mille.

C'était bien au-delà de ce que je pouvais m'imaginer. Les trois raviolis qui faisaient tout mon repas dans les moments difficiles me coûtaient un yuan !

Shang s'esclaffe, les yeux au plafond.

— Et si on ne peut pas rembourser ?

— Faudra payer en nature…

Shang et moi restons muettes. Zhou dit tout bas :

— Accordez-nous un délai…

— Qu'est-ce que tu as en tête ?

— J'ai un peu de terre dans mon pays natal. Pour pouvoir l'hypothéquer, il me faut un peu de temps.

L'homme réfléchit, puis, reprenant sa veste et la boutonnant :

— Je t'accorde trois jours.

— Mon pays, c'est dans le Heilongjiang, il me faut déjà trois jours de train et de car…

— Soit ! Je t'accorde deux jours de plus. Si tu ne trouves pas de solution dans les cinq jours, je t'arrache les yeux.

Après leur départ, chacun de nous s'est mis à pleurer, accroupi dans son coin. Moi de peur, Shang et Zhou de profonde déception : ils voyaient leur rêve anéanti. On a entendu un bruit de pas dans l'escalier. C'était le type au crâne rasé, celui qui avait brandi sa bouteille cassée. Il a exhibé, sous les yeux de Zhou, deux billets de train :

— Voilà deux places en seconde. A cause de toi, moi aussi je m'embarque dans ce voyage de merde.

Zhou et l'homme sont partis ensemble pour la gare. Shang et moi sommes restées en haut un bon moment, hébétées, sans même songer à nettoyer le local. Lorsque les masseuses se sont présentées en début d'après-midi pour reprendre leur travail, Shang leur a annoncé que les activités cessaient pour quelques jours.

Le lendemain très tôt, nous avons entendu frapper à la porte. Zhou était de retour, accompagné du crâne rasé. Le visage rubicond, ce dernier était encore lucide alors que Zhou était complètement ivre. Les deux hommes n'ont pas dit grand-chose. Impossible de savoir quel genre d'accord ils avaient passé. Sans nous fournir la moindre explication, Zhou nous a ordonné de préparer nos bagages. Dans un sac, nous avons entassé de quoi faire notre toilette, du linge et quelques vêtements. Nous sommes parties à la suite des deux hommes en évitant de croiser le regard des passants. Après le boulevard Jangjiang, à un bloc de la boutique, nous avons pris un taxi. Contournant le nord de la baie puis longeant le parc Ganjingzu, il nous a laissés au terminal des bus. Par des ruelles sombres et sales, nous avons suivi le crâne rasé jusqu'à une auberge minable. C'était un foyer clandestin fréquenté par des ouvriers venus d'ailleurs, avec des chambres minuscules aux murs couverts d'un papier noir de crasse. Le crâne rasé s'est éclipsé sans un mot. Tout de suite, Shang a demandé à Zhou :

— Qu'est-ce ça veut dire ? Qu'est-ce que tu fabriques ?

— On ne peut plus vivre ici, il faut qu'on prenne le large.

Tandis qu'ils attendaient le train au départ de Dalian, Zhou avait tenté de négocier avec le type chargé de l'accompagner jusqu'à son pays natal, le suppliant de les épargner. L'autre lui avait demandé quelle était sa part dans le montant du pas de porte, dans l'intention de la récupérer. Il avait sans doute déjà décidé de se mettre à son compte plutôt que de continuer à travailler pour un patron qui ne lui accordait qu'une modeste participation aux bénéfices. Son revirement n'était certainement pas dicté par un quelconque sentiment de pitié. Il lui avait aussi demandé s'il savait ce qu'était le « gang des serpents ». Zhou en avait entendu parler lorsqu'il était à Yanji avec Chen. On appelait « serpents » les passagers clandestins qui s'embarquaient au port de Dalian. Le passage d'un serpent, lui avait expliqué le crâne rasé, se payait pas moins de cinq mille dollars. Pour ceux qui n'avaient pas de quoi, on faisait signer une reconnaissance de dette à la famille restée sur place, à charge pour l'émigré, une fois installé à l'étranger, d'envoyer de l'argent pour rembourser sa dette. Les intérêts s'élevaient à trente pour cent. L'émigré qui ne remboursait pas dans les délais recevait, en guise d'avertissement, une phalange prélevée sur un doigt d'un membre de sa famille…

— Mais où comptes-tu trouver des sommes pareilles ? s'est inquiétée Shang.

— Si on rassemble tout ce qu'on a gagné en cash jusqu'à maintenant, sans même tenir compte du pas de porte, on y arrive à peu près.

Shang et moi sommes restées enfermées dans notre minuscule chambre. Quant à Zhou, il est sorti, encadré par le crâne rasé et un autre homme, et n'a pas reparu de la journée.

C'est cet inconnu qui, la nuit suivante, nous a servi de guide. Nous avons traversé une voie ferrée pour nous rendre au quai nord du port. Les vagues se jetaient contre la digue, la bruine avait un goût salé. Au cœur des ténèbres, on distinguait à peine les lumières d'un chalutier à l'approche, dont on entendait vrombir le moteur. Dans l'ombre se découpaient des silhouettes humaines. Nous nous sommes avancés jusqu'au bord de la jetée et quelqu'un nous a tendu la main.

— Allez, vite !

Je me suis élancée la première. On m'a tirée sans ménagement, je me suis retrouvée affalée sur les planches. Shang m'a suivie. Quand Zhou a voulu sauter à son tour, l'un des hommes à bord l'a repoussé brutalement :

— On n'a été payés que pour deux !

J'entendais Zhou hurler dans le vent : « Shang ! Shang !… » tandis que le type qui nous avait conduits jusqu'ici le maîtrisait. Le moteur a grondé, nous partions. Shang s'agrippait au bordage en criant. Le matelot l'a frappée violemment. Elle a roulé au sol comme une grenouille. Quand elle a tenté de se relever, un autre homme s'est jeté sur elle :

— Si tu te tiens pas bien, on te jette à la mer. Sois sage !…

Le chalutier a traversé la baie jusqu'à la zone d'accostage des navires de haute mer. Nous approchions du flanc d'un énorme cargo. Avec une lampe de poche, le pilote a envoyé des signaux en direction du pont du navire marchand, lequel me faisait l'effet d'un mur d'une hauteur vertigineuse. Une forme noire est apparue tout en haut, quelques mots ont été échangés, une corde est descendue. Un matelot l'a saisie et, sans un mot, me l'a nouée autour de la taille ; il lui a donné deux ou trois petites tractions, et je me suis retrouvée dans les airs, le souffle coupé. La corde tournait, je me cognais contre la paroi. Tout en haut, deux hommes m'ont hissée à bord en me prenant sous les aisselles. J'étais étourdie, j'avais terriblement envie de vomir.

Ils ont redescendu la corde pour aller pêcher Shang. Sans échanger une parole, les deux hommes nous ont secouées et tiraillées par les bras pour nous faire descendre des escaliers. Nous avons suivi des couloirs très bas de plafond, bordés d'une multitude de portes. Je suis tombée plusieurs fois. A force de se cogner aux tôles d'acier, mes genoux saignaient. Au bout d'un moment, j'ai compris que nous étions à fond de cale. Au milieu d'une multitude de conteneurs rangés en bon ordre, nous avons trouvé, dans un coin, un espace juste assez large pour étendre nos jambes. Dans le noir, je sentais qu'il y avait là d'autres personnes, appuyées comme nous contre la cargaison. Shang s'est mise à pleurer, la tête sur mes genoux, tremblant de tout son corps.

— Shang, grande sœur, as-tu mal quelque part ? Dis-moi…

Quelqu'un dans le noir m'a dit tout bas :

— Chut, ne parle pas.

Je me suis tue. J'entendais des bruits de ferraille, de métaux s'entrechoquant.

Au bout d'une longue attente, il m'a semblé percevoir un léger balancement. Le cargo s'ébranlait, nous partions. Assises à même le sol, adossées à la paroi du navire, Shang et moi nous sommes mises à somnoler, tête contre tête. La fatigue accumulée de ces derniers jours avait eu tout à coup raison de nous.

« Hé ! Bari, c'est moi… »

Du fond de l'obscurité, une voix m'appelait. Deux petites lueurs d'un bleu étincelant luisaient tout là-bas. J'ai aussitôt reconnu les yeux de Chilsong. Mon chien était déjà revenu dans mes rêves, mais c'était la première fois qu'il m'interpellait aussi directement. Une traînée de lumière blanche pareille à un rayon de lune glissait jusqu'à mes pieds, trouant l'obscurité absolue. Au milieu de ce chemin lumineux, mon chien d'un blanc immaculé m'attendait en remuant la queue.

« Arrête-toi ! Ne t'en va pas ! »

« Viens, quelqu'un t'attend. »

Chilsong trottait loin devant moi, il se retournait de temps en temps, s'arrêtait pour voir si je le suivais, puis reprenait sa marche. Nous sommes parvenus à un fleuve. Le vent soufflait, soulevant un nuage de sable. L'eau était d'un noir d'encre. Au milieu d'un pont lancé sur le cours d'eau, se tenait, immobile, une personne tout de blanc vêtue. Je me suis approchée. De l'obscurité émergeait un visage familier, auréolé de lumière.

« Te voilà donc, ma petite Bari ! »

« Grand-mère, d'où viens-tu ? »

J'ai avancé pour me jeter dans ses bras, mais elle a prestement bondi en arrière, avec la légèreté des sachets de plastique chassés par le vent. J'ai fait un nouveau pas vers elle, elle a de nouveau reculé.

« Tu m'as tellement manqué, tu ne veux pas me serrer dans tes bras ? »

Elle souriait tout en hochant la tête.

« J'aimerais tant pouvoir le faire... mais nous n'appartenons pas au même monde. Je t'ai appelée parce que je me faisais du souci pour toi. Ecoute-moi bien. Tu vas parcourir plusieurs milliers de lieues sur la mer et sous le ciel. C'est un véritable enfer que tu vas traverser, rempli d'embûches, regorgeant d'esprits malins. Tes membres, ton corps tout entier courent le risque d'être déchirés. Mais ne t'engage jamais dans les chemins aux couleurs malsaines, jaunes ou verts, prends toujours le chemin blanc. Au terme de ce long voyage, tu ne seras plus la petite Bari, tu seras devenue une grande chamane. Chaque fois que tu seras en peine, je viendrai à ton aide, Chilsong te guidera jusqu'à moi. »

Brusquement, une lumière éblouissante a chassé le fleuve et le pont où se tenaient, dans l'ombre, ma grand-mère et Chilsong. Quelqu'un dirigeait sur nous le faisceau d'une lampe de poche.

— Allez-y, comptez-vous, chacun à son tour, en levant la main. Toi, commence !

L'homme assis tout au bout a dit « un » en tendant le bras. La femme à côté de lui a laissé passer plusieurs secondes avant de souffler « deux » d'une toute petite voix. Quelqu'un s'est avancé devant l'homme à la lampe pour la frapper violemment à la tête.

— On continue !

L'ordre a été suivi d'effet. On a entendu « trois », « quatre », « cinq » et la suite. Nous étions douze.

— Vous vous souvenez de votre numéro ? C'est le nouveau nom des serpents que vous êtes !

J'avais le numéro onze, Shang le douze. Nous étions quatre femmes, les huit autres étaient des hommes. Celui qui tenait la lampe a repris :

— C'est moi qui ai la responsabilité de vous conduire jusqu'à un endroit sûr. Votre vie dépend complètement de nous, ne l'oubliez pas. Ceux qui refusent d'obéir seront immédiatement jetés à la mer. Bientôt nous accosterons à Xiamen. Jusque-là, vous ne bougerez pas d'ici. On vous apportera à manger une fois le matin. Vous aurez chacun un petit seau d'eau. Débrouillez-vous pour tenir le coup avec ça. Jusqu'à Londres, il faut un mois. Si vous tenez encore une dizaine de jours après l'arrivée, vous pourrez gagner autant d'argent que vous voudrez dans ce nouveau monde. Juste avant d'arriver à Xiamen, on vous dira ce que vous devrez faire.

Ils nous ont distribué une boule de riz et un gobelet d'eau. Ils nous ont indiqué l'endroit pour les besoins : un fût partagé par le milieu avec deux planches dessus, coincé dans le goulet aboutissant à la cale. Au début, nous dormions tous assis, adossés à la coque du cargo. Mais bien vite, nous nous sommes entendus pour adopter tous la même position afin de tenir, couchés sur le côté, dans l'espace exigu ménagé entre les conteneurs. Au début, nous ne parvenions pas à discerner les traits des visages de nos voisins, tant il faisait noir, mais peu à peu notre vue s'est accoutumée grâce à l'infime clarté qui descendait jusqu'à nous dans la journée.

A Xiamen, une vingtaine de personnes nous ont rejoints. Elles sont montées à bord comme nous l'avions fait, juste avant que le bateau ne lève l'ancre. Avant cela, les deux jours qu'a duré le chargement de la cargaison ont été un véritable enfer. Les « passeurs de serpents », comme ils se faisaient appeler, nous avaient poussés dans des conteneurs pourtant pleins jusqu'à la gueule. Il nous fallait faire littéralement le serpent, insérés debout entre caisses et cartons. Pour reposer nos jambes, nous pouvions les laisser pendre en prenant appui des coudes sur les caisses. C'est dans cette position qu'il nous fallait faire nos besoins. Evidemment, pas de repas, ni la moindre goutte d'eau. Lorsque le cargo a commencé sa manœuvre pour s'éloigner du quai, on a fait descendre les nouveaux clandestins. Ce n'est qu'à ce moment-là que nous avons pu sortir des conteneurs ; incapables de marcher, nous avons rampé jusqu'à la place que nous occupions auparavant. Celle qui avait été frappée, le premier jour, pour n'avoir pas été assez prompte à se compter, avait maintenant le plus grand mal à se mouvoir par ses propres moyens. Elle est morte alors que nous étions encore dans la mer de Chine du Sud. Les passeurs de serpents sont venus l'enlever en la tirant par les jambes et les cheveux. La femme numéro huit se trouvait elle aussi dans un état d'extrême faiblesse et ne pouvait aller faire ses besoins sans l'aide de l'une ou l'autre d'entre nous. C'est à notre jeunesse que nous avons dû, Shang et moi, de rester valides. Les personnes embarquées à Xiamen, jeunes pour la plupart elles aussi, ont été casées dans un autre intervalle le long des conteneurs. Il devait y avoir sept ou huit femmes. Sous l'équateur, la chaleur est devenue infernale. Affamés, mourant de soif, nous devenions des fauves.

6

Au cours des longues journées passées dans l'obscurité totale, il m'arrivait de m'échapper de mon misérable corps, un corps dont il ne restait que la peau sur les os. Guidée par Chilsong sur le chemin de lumière, je rendais visite à ma grand-mère. Quand je reprenais conscience, je réalisais que l'enfer n'était rien d'autre que ce que nous étions en train de vivre. Sur ce bateau, j'ai passé l'une après l'autre toutes les portes de l'enfer.

Les yeux clos, étendue tout au fond de ce cargo sans cesse ballotté par la houle, assommée par le grondement assourdissant des machines, je laissais mon esprit s'évader vers d'autres mondes. C'était comme si je me déshabillais, comme si je me dépouillais de ma peau. J'avais l'impression de m'affranchir de mon corps, de flotter dans l'obscurité telle une feuille emportée par le vent.

Chilsong m'apparaît avec son pelage d'une blancheur éblouissante. Il frétille de la queue. Nous glissons ensemble, lui tantôt devant tantôt derrière, sur la sente lumineuse semblable à un rayon de lune sur un fond de ciel totalement noir. Tout au bout, apparaît le fleuve où souffle une brise légère, puis le pont qui l'enjambe. L'eau est opaque, mais une clarté venue du fond de l'univers illumine l'arche où s'avance ma grand-mère dans une longue robe blanche flottant au vent.

« Bari, suis-moi, tu veux bien ? »

Un arc-en-ciel embrasse le pont tout entier. Chilsong me montre le chemin. De l'onde montent des voix : appels au secours, cris stridents de femmes, plaintes et pleurs, gémissements, sanglots hoquetants d'enfants, hurlements de suppliciés sous les coups de bâton, râles de mourants, claquements de dents, ricanements de fous… Je n'ose plus avancer.

« Ne regarde ni d'un côté ni de l'autre, n'écoute pas. Si tu t'écartes de ce chemin, tu perdras tout le bénéfice des efforts fournis jusque-là. »

Sur l'autre rive, un soleil resplendissant rayonne dans un silence étrange. Une lande verdoyante s'étend à l'infini, où des fleurs des champs ondoient sous une douce brise. De la main, ma grand-mère me montre un orme au bout de la plaine.

« Va près de cet arbre, tu y trouveras ton guide. Va vite. »

« Et toi, tu ne viens pas ? »

« Non, je ne peux pas, je suis à la limite du monde auquel j'appartiens. »

« Et Chilsong ? »

Le chien se contente de remuer la queue, doucement – sa manière à lui de laisser parler son cœur. Ma grand-mère me tend trois petites fleurs.

« Prends-les. Elles te viendront en aide. »

Elle les laisse glisser dans la paume de ma main. Je file en direction de l'orme en flottant dans les airs.

L'arbre est gigantesque. Aussi énorme qu'une maison de trois ou quatre étages. Plus je m'en approche, plus il me paraît redoutable. Ce n'est pas l'hiver, pourtant il est dépourvu de feuilles. Il lance en tous sens une multitude de branches nues aux ramifications infinies. Juché sur l'une d'elles, un corbeau aiguise son bec contre l'écorce. Il me demande :

« Où vas-tu ? Tu seras punie, petite sotte ! »

« Qu'ai-je donc fait ? »

Il y a de la colère dans ma voix. Toutes ces épreuves, je les ai endurées sans me plaindre, sans accumuler de rancune, c'est injuste ! Ouvrant son bec, l'oiseau ricane :

« Toi, tu n'es pas près de trouver l'eau de la vie ! Ceux qui vivent dans ce monde souffrent beaucoup, vraiment beaucoup… »

Contrôlant ma colère, je lui demande :

« Montre-moi le chemin pour aller à l'ouest. »

« Viens, suis-moi ! »

Le corbeau déploie ses ailes, tournoie au-dessus de ma tête puis plonge tout droit vers la base du tronc.

« Oh, l'imprudent ! Tu vas te fracasser le crâne ! »

Mais à l'endroit de l'impact, je découvre un énorme trou, pareil à l'entrée d'une caverne. Nulle trace du corbeau ! Il a sans doute disparu dans cette ouverture. Avançant un pied, me voici aspirée dans le gouffre. Lorsque j'en touche le fond, le ciel m'apparaît très lointain, tout là-haut. Devant moi, il y a cinq chemins, chacun menant à un point cardinal, l'est, l'ouest, le sud, le nord et… le milieu, où se tient campé, gardien redoutable, un lion en habit noir sous un grand chapeau de cérémonie. Dans ses griffes, il tient un éventail, fermement.

« Où vas-tu ? » me demande-t-il.

J'aurais voulu l'interroger la première, mais il a été plus rapide. Je réponds ce qui me passe par la tête :

« Je suis invitée à un déjeuner. »

Le lion réfléchit un moment, puis :

« Tu veux dire que les rois t'ont invitée ? »

Je fais signe que oui. De son éventail il me désigne un chemin. Je marche un bon moment dans la direction indiquée. Soudain, une grande place apparaît, où dansent les flammes de torches. Le lion de tout à l'heure surgit devant moi et m'emmène jusqu'au milieu de la place. Un mur se dresse devant mes yeux, d'une hauteur vertigineuse ; à son sommet, siège un tribunal immense. Sur la tribune se tiennent dix grands rois, chacun portant une couronne différente : l'une avec deux cornes, une autre en forme de cône renversé et décoré d'encombrants ornements, une autre en forme de boule, une autre encore toute plate… Mon apparition provoque un peu d'agitation dans cette assemblée. Assis au milieu de leur alignement, le roi à la couronne encornée – il a une barbe noire et de gros yeux protubérants – s'écrie :

« Petite insolente ! Toi qui n'es pas encore morte, comment oses-tu nous convoquer dans ton rêve ? »

Le roi à barbe blanche et couronne conique vocifère à son tour :

« Tu as menti quand tu as dit que nous t'avions invitée au festin ! »

Le roi à la couronne plate ajoute son grain de sel :

« Puisque tu as abandonné ton corps, on ne te laissera pas repartir ! »

Un autre précise :

« Toi, une créature insignifiante, prétendre aller puiser l'eau de la vie aux confins du monde ! »

A la fin, celui qui porte une couronne toute ronde conclut :

« Tu as abandonné ton peuple alors qu'il meurt de faim ! Cette faute ne te sera pas pardonnée, quand bien même tu passerais le reste de ta vie à faire des offrandes aux dieux et à réciter des sûtras ! »

Et les dix rois, à l'unisson :

« Sept fois sept quarante-neuf, si tu sors invaincue de quarante-neuf jours d'épreuves, alors seulement tu pourras t'en retourner ! »

La sentence prononcée, le lion me saisit par la nuque et m'emporte jusqu'au bord d'un gouffre où il me jette. Du fond de l'abîme montent des flammes menaçantes. Avec un cri déchirant, je virevolte comme un fétu de paille tandis que s'approche la gueule béante de la fournaise. Dans ma chute, je me souviens des fleurs que ma grand-mère m'a données. J'en jette une et le feu se volatilise, et me voici portée par une sorte de voile, de nuée, flottant dans les airs avec légèreté.

Quand je touche le sol, une lueur bleutée m'enveloppe, des vapeurs grises montent ici et là. L'une d'elles s'approche de moi, soupirant :

« Donne-moi un peu de riz, juste une cuiller. »

Une autre m'effleure :

« Du gâteau de riz, s'il te plaît, de la bouillie, ou un peu de soupe de riz. »

Ces vapeurs, en même temps qu'elles emplissent la grotte, reprennent les traits des visages qu'elles eurent autrefois. Je revois alors la femme rencontrée à Komusan avec ses enfants, la grand-mère croisée à la gare, mais je découvre aussi beaucoup d'autres personnes que je n'ai jamais vues. Trois ou quatre tapineuses de Chosen dormant dehors sous un escalier du marché de Yanji, des bébés somnolant contre leur mère. Ensemble, tous ces gens dessinent une masse sombre et informe. Ils ont les yeux cernés, les joues creuses, le cou étonnamment maigre et long. Ils semblent murmurer la même incantation. « J'ai faim, j'ai faim, j'ai faim, donne-moi à manger… » Je suffoque, mon cœur bat à grands coups, je me bouche les oreilles pour ne plus entendre… Je finis par me laisser glisser à terre et me surprends à jeter par-dessus ma tête une autre fleur de ma grand-mère. Des marmites de riz fumant, des gâteaux de haricots rouges, toutes sortes de viandes, de légumes et de soupes surgissent miraculeusement ; des assiettes, des bols s'emplissent de quantité de bonnes choses et des bruits de mastication se font entendre de toutes parts. De ma bouche s'échappe une chanson :

O vous, les fantômes des morts,
Devant la porte de l'autre monde, je formule ce vœu :
Vous qui devez la vie à des prières dans la montagne,
Vous qui habitiez le corps des vivants,
Vous qui êtes les âmes de ceux qui sont morts de faim,
Puissiez-vous retrouver la paix
Et rejoindre le monde du bonheur céleste !
Vous qui n'êtes pas coupables,
Laissez là votre affliction !

Mon chant terminé, les vapeurs se dispersent. La grotte s'ouvre d'un coup sur ma gauche et sur ma droite, révélant un étang couvert de brume. Lorsque celle-ci se lève, la surface apparaît, aussi claire et calme qu'un miroir. L'eau stagne, verte, sur un fond tapissé de mousse. Une vague image frémit dans l'onde, dont les contours peu à peu se précisent.

Sur une mer agitée, fouettée par le vent et la pluie, un bateau danse, ballotté comme une feuille par la houle. C'est une petite embarcation dotée, à la poupe, d'un habitacle pas plus grand qu'une hutte. Dans une citerne à fond de cale – le plafond est si bas qu'à peine peut-on y tenir assis – s'entassent les poissons qu'on vient de pêcher. Mais j'y vois aussi des formes humaines qui remuent – des adultes et des enfants, par dizaines… Les vagues fouettent les bordages, balaient le pont, plongent dans la cale. Les séquestrés tentent de s'échapper en rampant. Les matelots les repoussent vers le fond à coups de pied et referment la trappe qu'ils cadenassent au-dessus de leurs têtes. Après la tempête, le soleil caresse la mer. J'aperçois au loin la chaîne de montagnes d'un pays étranger. De la citerne aux poissons, les matelots tirent des corps et les jettent à la mer, où ils flottent au gré des vagues.

Une plage dans un pays étranger. Un bateau échoué, gîtant sur des hauts-fonds. Des caisses de légumes flottent alentour. Un grand navire approche. Des hommes en uniforme pénètrent dans l'embarcation sinistrée. Ils ouvrent les caisses. Ils y trouvent des corps gisant entre des tomates et des choux.

Des humains à demi asphyxiés dans l'obscurité d'un conteneur. Visage en gros plan d'une femme en train de griffer la paroi de ses ongles. Ils sont nombreux à se presser contre la porte. Ils tentent de trouver un peu d'air, s'affaissent entre les cageots.

Certains sont appelés dans la cabine des matelots, qui leur demandent de l'argent. Ils n'en ont pas. Les matelots les frappent à coups de poing et de pied à la tête, au ventre, aux jambes. Ils s'en prennent à plusieurs au même homme, puis passent à un autre. La colère déforme leur visage. Les suppliciés s'écroulent, en sang. Les matelots s'emparent maintenant d'une femme, ils la dénudent, se jettent sur elle l'un après l'autre. Elle secoue la tête, elle se débat, elle n'est que sanglots.

Une ruelle étroite. Des femmes descendent d'un minibus l'une après l'autre. D'autres, maquillées de façon outrancière, les toisent depuis l'angle de la rue ou d'une fenêtre. Le patron compte le nombre de têtes nouvelles. Il paie le fournisseur. Celui-ci compte les billets en s'humectant les doigts de salive. Les femmes sont poussées dans une pièce isolée par un rideau, puis mises nues pour l'inspection.

Elles restent accroupies, tentant de couvrir leur nudité de leurs vêtements roulés en boule et de retenir leurs pleurs. L'une d'elles secoue violemment la tête puis éclate d'un grand rire. Elle est devenue folle.

La voici qui s'échappe en titubant dans la rue, comme ivre. Un homme se lance à sa poursuite, la gifle avec un parfait cynisme, puis la ramène en la traînant par les cheveux sur le sol crasseux.

Un sous-sol obscur. Au plafond, très bas, un unique tube fluorescent est allumé. Assises devant leurs machines, des femmes s'affairent à coudre une montagne de vêtements. Un homme fait les cent pas derrière elles, les mains dans le dos.

Au sous-sol d'un restaurant, dans la réserve de légumes et de fruits de mer. Sur le ciment inondé, des hommes nettoient les choux, vident les poissons.

De nouveau la mer, sous la pluie et le vent. Dans un javeau de vase, quasiment nus sous un imperméable en plastique, des hommes fouillent à la recherche de coquillages. L'un d'eux crie soudain, les mains en porte-voix : « La marée monte ! » L'eau gagne le monticule, avale le sable, les vagues viennent lécher le ventre des hommes, puis leur poitrine. Ils se débattent, le ressac les engloutit dans l'eau opaque.

Les scènes que j'observais à la surface de l'eau laissent place à l'obscurité. Quelqu'un m'a saisie par la nuque, m'entraîne. Je flotte comme une vapeur dans l'air noir.

Tout en bas, je discerne vaguement le fond de la cale avec sa cargaison. Shang, à mes côtés, est épuisée, tout comme moi, tout comme cette dame plus âgée, incapable de se relever. J'aperçois aussi les hommes, l'un après l'autre. Dans l'intervalle entre les conteneurs, certains restent pliés en deux. Plusieurs trouvent de quoi manger un peu en fouillant dans leur ballot. Ils écartent brutalement ceux qui leur jettent des regards envieux. Trois hommes se sont approchés d'une femme. Elle agite les mains pour les repousser, mais elle ne peut résister longtemps. Ils lui arrachent pantalon et sous-vêtements, et l'enfourchent l'un après l'autre.

Voici Shang qui cherche de l'eau. Elle se renverse le seau sur la tête : pas la moindre goutte. Dans le noir, quelqu'un avance la main vers moi, Shang pousse un cri. La main s'éloigne, mais deux matelots ont accouru. Ils frappent d'abord Shang sans merci, puis, après avoir exploré les lieux du regard, ils dégagent deux hommes d'un recoin. L'un des marins les frappe au dos avec son bâton, sur la tête aussi. Jusqu'à ce qu'ils s'effondrent, inertes.

Après avoir fumé une cigarette, ils tirent Shang à eux, la traînent jusqu'à la coursive. Ils lui arrachent ses vêtements. Elle résiste, se débat en agitant des bras sans force. Ils la giflent, elle s'écroule. D'autres matelots rappliquent. Ils échangent des plaisanteries, la tournent et la retournent, lui font subir tous leurs caprices. Ils l'abandonnent, nue, inconsciente, et disparaissent.

Celle qui portait le numéro huit est tombée sur le côté, elle ne bouge plus. Est-elle morte ? Les deux matelots l'emportent en grommelant, la tirant par les bras et les jambes, ils la halent le long des coursives et des escaliers sans fin, se reposent sur un palier en jurant, parviennent enfin sur le pont. A la poupe, ils font osciller le corps en comptant une, deux, et à trois, le jettent par-dessus bord. Les vagues noires, l'écume blanche…

Quand le corbeau est-il réapparu ?

Du bout de son bec, il soulève mon âme, telle une nuée qui alternativement s'enfle et se dégonfle ; il la dépose sur une balustrade en métal dans l'obscurité.

Tout en bas, très loin, je me vois étendue, en blouse blanche et jupe noire, comme dans une scène de théâtre vue dans mon enfance. Les démons, tout noirs, le visage caché dans une ombre ténébreuse, me déshabillent. Vu d'en haut, mon corps tiendrait au creux d'une main. Me voici tranchée en deux d'un coup de sabre ! Ah ! Mon âme pousse un cri de stupeur. Mes bras, mes jambes, ma tête, se dispersent en autant de fragments épars ! Et voici que les démons les jettent en pâture aux spectres noirs campés aux aguets derrière eux. Ceux-ci dévorent ma chair avec de gros rires. Ceux à qui est échu mon abdomen le déchirent, en extraient les intestins et le foie dont ils se régalent.

Une fois la douleur passée comme une tempête, le monde replonge dans un silence total. Ma chair disparue, je contemple ce qu'il reste de mon corps : un paquet d'os décharnés ! Les spectres dansent avec mes tibias, lesquels se dandinent en rythme et s'entrechoquent. O musique macabre ! Tout est donc vanité !

Me voici suspendue au bout d'une branche de l'orme immense, à me balancer dans le vent. Est-ce le corbeau qui m'a amenée jusque-là ? Je le vois apporter des choses dans son bec, qu'il entasse sur le sol : ce sont mes tibias, les os de mes bras, de mes mains, de mes pieds, puis une boule roule sur le tas d'ossements – mon crâne !

L'oiseau vient se percher sur la branche où est accrochée mon âme. Il frotte son bec, pousse un croassement :

« Mort ou vivant, cela revient au même, mort ou vivant… »

Ma grand-mère a surgi ; elle chasse l'oiseau à grands gestes, s'assoit devant mes restes. Elle regroupe mes ossements et les dispose en bon ordre ; Chilsong l'aide à retrouver ceux qui se sont éparpillés plus loin. En remettant chacun à sa place, elle chante, lentement :

Aidons Bari, Bari aidons !
O toi qui as subi quatre-vingt-quatre mille enfers,
L'enfer du sabre et celui du feu,
L'enfer du serpent venimeux et celui du froid,

L'enfer de l'eau et celui de la terre,
Toi qui es parvenue au bout du monde,
Là où se couche le soleil,
Quel autre enfer attendrais-tu encore ?
Ames animées de rancœur,
Ames de ceux qui ont eu faim,
O vous, les âmes des morts,
Si nombreuses, innombrables,
Revenez à la vie, à la vie revenez !

Mon âme suspendue à la branche est alors prise dans un tourbillon, elle virevolte autour de mes os, et voici que mon corps est de nouveau complet, enrobé d'une chair toute neuve. Comme un mourant subitement revenu à la vie, je me tâte, palpe mes bras et mes jambes.

Ma grand-mère nous montre, à Chilsong et à moi, l'autre rive obscure du fleuve.

« Allez maintenant, partez ! »

« Grand-mère, où vas-tu ? »

« Il me faut quitter ce monde intermédiaire. Je viendrai de temps en temps te rendre visite dans tes rêves. »

« Grand-mère, grand-mère, non, ne t'en va pas sans moi ! »

Elle a soudain disparu comme une bulle qui éclate. Chilsong et moi sommes seuls devant le fleuve. En essayant de retrouver le pont, je me souviens qu'il me reste une fleur. Je la jette à l'eau de toutes mes forces. Un arc-en-ciel jaillit, dessine une arche au-dessus de l'onde. Chilsong s'y engage le premier en balançant la queue, je traverse à sa suite. Un grand calme règne sur l'onde, point de cris cette fois.

Derrière moi, rien d'autre que l'obscurité. Plusieurs chemins s'ouvrent devant nous. Ma grand-mère m'a dit de prendre le blanc, jamais le vert ni le jaune. Je m'engage sur le chemin immaculé qu'on dirait tracé par le clair de lune. Chilsong court devant moi. Tout au bout, un mur d'ombre nous arrête. Le chien me fait face en balançant la queue, doucement. Je comprends que le moment est venu de nous séparer. Chilsong me laisse entendre : « Où que tu ailles, je saurai te retrouver. »

Je m'avance pour le serrer dans mes bras, mais déjà il a disparu.

7

Quand on m'a débarquée sur cette terre étrangère, si lointaine, c'était l'automne. J'avais seize ans.

De mon arrivée, je n'ai pas gardé le moindre souvenir. Sans doute à cause de cette mystérieuse aptitude de ma conscience à s'échapper. Ce qui s'est passé pendant les dix jours où nous sommes restés cloîtrés dans un conteneur au fond de ce cargo amarré à quai n'a repris forme dans ma tête qu'un an plus tard lorsque Shang me l'a raconté.

Sa vie et la mienne avaient pris des chemins différents. Elle n'avait pas quitté la maison où elle avait été placée à notre arrivée. Et elle était devenue beaucoup plus économe en paroles.

— On a failli y laisser notre peau, a-t-elle simplement résumé.

— Comment donc ?

— Etouffées.

Allongées tout contre la double paroi d'acier du conteneur, nous respirions en collant nos lèvres à des trous pas plus gros que des pièces de monnaie. La suite m'est revenue petit à petit. La camionnette a roulé un long moment, puis on nous a débarqués en pleine nuit, les hommes d'abord. Nous nous trouvions à Londres, dans un petit entrepôt.

On nous a transférées, Shang et moi, dans un établissement lové au fond de Chinatown. Un étroit escalier débouchait sur un couloir bordé de pièces de chaque côté. Les portes s'entrouvraient à notre passage, laissant apparaître les têtes de femmes opulentes, des blondes, des brunes. On nous a introduites dans un salon garni de plusieurs canapés. Une grosse femme blanche, essoufflée, est venue nous dire quelques mots que je n'ai pas compris. L'homme qui nous avait amenées là nous a demandé de nous déshabiller. Shang, moi et une autre, nous hésitions à obtempérer. Le type a haussé le ton, nous ordonnant de nous dépêcher. Je restais debout, les mains sur ma poitrine. M'ayant brutalement écarté les bras, la matrone s'est esclaffée à la vue d'une gorge aussi plate. On s'est débarrassé de moi, mais mes deux compagnes sont restées sur place.

On m'a conduite dans une petite ruelle à l'arrière d'un alignement de restaurants chinois donnant sur une grande artère. Un homme nous attendait à la porte de service. C'était Lew, le chef cuisinier du Shanghai Fantien. Après avoir balayé du regard, de haut en bas, le misérable état de ma personne, il m'a fait signe de le suivre à l'intérieur. Il a chargé quelqu'un de m'emmener prendre une douche à l'étage et m'a fait remettre quelques vêtements de rechange.

Pendant les dix jours qui ont suivi, je n'ai pas échangé une parole avec les gens de cet établissement. Je mangeais seule dans la salle de préparation au fond de la cuisine. A une heure du matin, tout le monde partait. On fermait la porte. Je nettoyais la salle et la cuisine jusqu'à deux heures passées. Alors seulement, je pouvais me coucher sur une feuille de plastique étendue sur une table de la salle de préparation, avec un plaid pour couverture.

C'était très dur. Il m'était impossible de dormir plus de quatre ou cinq heures. Je travaillais dur tout le temps sans jamais m'asseoir. Je lavais les légumes, je faisais des vaisselles à n'en plus finir. Il fallait jeter les restes, nettoyer les assiettes avec du produit, les ranger dans le sèche-vaisselle : à peine un cycle était-il terminé que d'autres fournées s'amoncelaient déjà. Après le service du déjeuner, il me fallait balayer la salle et me mettre tout de suite à la préparation du dîner.

Le chef, je ne l'ai revu qu'après plusieurs mois. Dès lors, j'ai pu parler un peu avec les jeunes serveurs. Lew n'était pas un grand bavard. C'est lui qui est venu à ma rencontre, sous le prétexte d'une visite qu'il attendait, pendant les trois jours de fermeture du restaurant à Noël.

Tout en me tendant un panini, il m'a demandé d'où je venais. J'ai avoué que j'étais une Coréenne de Chine. Aux autres employés du restaurant, majoritairement du Sud de la Chine, j'avais toujours affirmé venir du Nord-Est, histoire de ne pas trop éveiller les soupçons car je parlais assez mal le chinois. Il m'a révélé que lui aussi avait quitté Hongkong en tant que passager clandestin, mais tout seul. Déjà, à cette époque ancienne, les transfuges arrivaient par bateau comme nous. Il a poussé un long soupir en hochant la tête :

— Si c'était à refaire, je ne m'en sentirais pas capable. Il m'a fallu onze ans pour obtenir un titre de séjour !

Il m'a questionnée sur le montant de ma dette. J'ignorais quelle somme avait été versée au départ et donc ce qu'il me restait à payer.

— Que faisais-tu là-bas ?

— Massage des pieds, mais je n'ai pas de certificat.

— De toute façon, ça ne servirait à rien ici.

Il m'a prévenue que, dans le quartier, des gens s'occupaient des clandestins qui n'avaient pas encore remboursé la totalité de leur dette. Il avait confiance en moi, il m'a encouragée en me disant que, motivée comme je l'étais, je parviendrais certainement à rembourser au bout d'un an ou deux.

— A ta place, j'irais travailler dans un salon de massage. Le salaire est supérieur, et puis il y a les pourboires…

— Oui, ai-je fait timidement, mais je ne suis pas libre de mes mouvements…

Son visage est devenu grave :

— C'est vrai, tu ne peux pas partir comme ça. C'est le patron qui a la charge de rembourser ta dette à tes créanciers.

Cette année-là, il n'était question, dans les conversations, que du passage au vingt et unième siècle. Pendant toute une semaine, Londres a retenti de pétards et de feux d'artifice. Même si Chinatown restait relativement peu mobilisée – on attendait le Nouvel An chinois pour faire la fête –, flâneurs et touristes venaient beaucoup plus nombreux qu'en temps ordinaire. Le Nouvel An passé, une fois cette agitation un peu retombée, Lew venait de temps en temps fumer une cigarette dans le local où je travaillais. Un jour, il m'a soufflé discrètement :

— Si tout marche bien, tu vas pouvoir changer de travail.

Il avait pour voisins des Vietnamiens qui tenaient une boutique de manucure. Devant notre patron commun, il s'était porté garant pour moi. On irait voir ces gens le lundi suivant, jour de fermeture du restaurant.

— Tu t'appliques bien, tu es jeune, tous les espoirs sont permis. Ta dette, tu pourras la rembourser rapidement. Une fois embauchée dans une boîte qui paie bien, il ne te faudra pas plus d'un an.

Touchée par ses encouragements, je me suis inclinée bien bas. Pour la première fois depuis mon arrivée à Londres, j'ai pensé à l'oncle Loche, j'avais la vague impression qu'il me protégeait encore. Sentir monter de nouveau dans mon cœur les émotions du temps passé m'a tiré des larmes. Et moi qui me croyais désormais incapable de pleurer ! Lew m'a tendu une serviette amidonnée.

— J'ai laissé une fille en quittant mon pays, il y a vingt ans. Elle doit être aussi grande que toi maintenant.

Le lundi suivant, guidée par Lew, je suis sortie de Chinatown pour la première fois. Prendre le métro me terrorisait tant il y avait de monde. Quand il fallait entrer ou sortir, j'agrippais le pan arrière de sa veste. Nous sommes allés à Elephant and Castle – le nom du quartier, comme je l'ai appris plus tard. Nous avons emprunté l'une des nombreuses sorties de la station, débouché sur une place puis traversé plusieurs rues avant d'arriver au Tonkin, le salon de manucure. Là aussi, on travaillait le samedi et le dimanche, le jour de fermeture étant le lundi. Dans les rues de Chinatown, même si on voyait passer quelques Blancs, les gens étaient pour la plupart originaires d'Asie, ils avaient tous un air de famille. A Elephant and Castle, il y en avait de toutes les couleurs. Je voyais des peaux jaunes, des grises, des noires, même quelquefois des blanches… non pas d'Anglais mais de travailleurs d'origine polonaise ou tchèque engagés sur les chantiers de construction ; tous les autres étaient des gens de couleur.

Lew a frappé deux fois à la porte vitrée. Un homme en train de lire son journal dans la boutique vide a relevé la tête. Il est venu, sourire aux lèvres, déverrouiller la porte. Très mince, de petite taille, comme souvent les Vietnamiens, il portait une blouse blanche. Notre hôte et Lew ont engagé la conversation en anglais. Quand ce dernier m'a désignée d'un geste de la main, j'ai compris qu'ils parlaient de moi. Je me suis inclinée devant M. Tan, le patron de la boutique.

— Veux-tu nous montrer ce que tu sais faire ? m'a demandé Lew.

M. Tan a posé les pieds sur un tabouret qu'il avait approché. J'ai proposé de les lui laver, mais il a décliné l'offre, disant que le massage suffirait.

J'ai fermé les yeux et mon imagination a dessiné, à traits de plus en plus précis, les chemins par lesquels ces pieds décharnés étaient passés. J'ai vu un mur de béton tomber et une foule se ruer par les brèches. J'ai vu M. Tan, en veste de cuir noir au milieu de la multitude, franchir des collines, marcher dans des plaines, prendre un bateau pour traverser un bras de mer.

— Dis donc, qu'attends-tu pour commencer ?

A ce rappel à l'ordre de Lew, j'ai rouvert les yeux.

— Ce monsieur est venu d'un endroit où un mur s'est écroulé. Après, il a marché dans la campagne, puis il a pris un bateau.

Tan et Lew ouvraient des yeux tout ronds.

— Comment sais-tu cela ? a demandé Lew.

M. Tan était venu d'Allemagne de l'Est après la

chute du mur de Berlin. Il était passé aux Pays-Bas, avait vécu plusieurs années à Amsterdam.

— Je peux deviner la vie des gens rien qu'en leur touchant les pieds.

J'ai ajouté que je savais aussi diagnostiquer leurs problèmes de santé. J'ai commencé le massage. Sous la plante, le méridien des reins irradiait une inflammation manifeste. J'ai appuyé et M. Tan a laissé échapper un petit gémissement. J'ai pratiqué les techniques de base, répétant à huit reprises les mêmes gestes et massant soigneusement les douze points méridiens.

— Monsieur, vous avez une faiblesse au niveau des reins, ai-je conclu en essuyant les gouttes de sueur qui perlaient à mon front.

Quand Lew a traduit mon commentaire, M. Tan a opiné avec un sifflement d'admiration. En se levant, il a tiré un billet de dix livres de son portefeuille.

— Prends, c'est pour te remercier.

Lew a traduit, j'ai accepté en baissant la tête. Les deux hommes se sont parlé un long moment. Sur le chemin du retour, Lew m'a expliqué :

— Il va t'engager. C'est une chance pour toi que j'aie su voir tes talents…

La semaine suivante, j'étais employée au Tonkin. M. Tan m'a aidée à trouver un logement : Luna, une Bangladaise de trois ans de mon aînée, acceptait de partager son appartement avec moi. Elle était déjà deux fois mère bien que n'ayant que vingt ans. Elle avait été mariée à seize ans, dans une autre ville. Elle s'était réfugiée à Londres après s'être séparée de son mari. Quand nous sommes devenues plus intimes, elle m'a montré ses cuisses et son dos striés de cicatrices, témoignages des violences conjugales qu'elle avait subies.

Comme souvent, j'ai eu de la chance. Dans le coin, il n'y avait guère que des HLM dans un assez triste état, gérées par la municipalité – des logements d'une seule pièce avec un coin cuisine. Avec des gosses courant dans les couloirs. Chaque appartement était surpeuplé. Les gens qui vivaient là étaient surtout des Noirs et des Jaunes.

Mais Luna, elle, habitait dans un petit immeuble du quartier résidentiel de Lambeth, pauvre mais calme et sécurisé. Bien que vétustes, les bâtiments de trois étages en brique, aux murs recouverts d'un badigeon blanc, dégageaient une impression de propreté. L'appartement que je partageais avec Luna était en demi-sous-sol. Il fallait, pour entrer, descendre quelques marches depuis la rue, mais une fois à l'intérieur, on se trouvait en rez-de-jardin.

Puisque c'est là qu'allait s'écouler ma vie désormais, il me faut présenter mon nouvel environnement et les gens que je côtoyais. L'escalier qu'on descendait débouchait sur un petit couloir donnant accès à deux portes en vis-à-vis. Notre appartement était constitué d'un séjour, qui servait aussi de chambre à coucher, et d'un coin cuisine. En face de chez nous, demeurait un couple de Nigérians. Le mari travaillait dans une station-service, elle, comme femme de ménage à temps partiel.

Au rez-de-chaussée à droite, un cuisinier chinois et un éboueur philippin partageaient l'appartement au-dessus du nôtre. Côté gauche, il y avait une famille originaire du Sri-Lanka qui tenait un petit restaurant indien non loin de là.

A l'étage au-dessus, à droite, résidait un ménage polonais ; le mari faisait venir des travailleurs saisonniers de son pays qui, en équipes, réhabilitaient des habitations. Sa femme et sa fille étaient vendeuses dans des magasins. A gauche, c'était chez M. Abdul. Dès mon arrivée, Luna m'a conduite chez lui pour me présenter ; il est la seule personne dont je n'ai pas oublié le nom.

M. Abdul était le gardien de l'immeuble. Le teint basané, arborant une belle barbe, il portait par-dessus son pantalon une tunique traditionnelle boutonnée jusque sous le menton. Quand Luna m'a introduite chez lui, il nous a préparé un thé qui sentait bon la menthe. Il était toujours en train de lire avec des lunettes qui ne cessaient de lui glisser sur le nez. Plus tard, quand j'ai su un peu d'anglais, j'ai pu bavarder avec lui. Ce qu'il lisait à longueur de journée, c'était le Coran.

Le propriétaire, un Indien d'une quarantaine d'années, rendait parfois visite à M. Abdul. En costume cravate, il était toujours impeccablement mis. Jamais il ne nous adressait la parole, pas même pour dire bonjour. Au début, j'ai cru avoir affaire à un fonctionnaire municipal. La première fois que je l'ai croisé à la porte d'entrée, j'ai même failli rebrousser chemin. M. Abdul lui donnait du « monsieur Hajad » même s'il avait à peu près l'âge d'être son fils.

N'oublions pas les autres locataires, ceux du troisième étage. J'avais d'abord cru que le cuisiner chinois, l'éboueur philippin et moi-même étions les seuls Asiatiques de l'immeuble ; en réalité, l'appartement de droite au troisième était occupé par un couple d'étudiants thaïs, et celui de gauche, par un Bulgare et sa femme, tous deux âgés. Voilà, j'ai fait le tour des locataires.

Je me levais en général à sept heures. Luna et moi prenions un petit-déjeuner tout simple, puis nous allions suivre des cours d'anglais dans un institut de langues de neuf heures à midi. Ces cours, obligatoires pour l'obtention d'un titre de séjour, étaient subventionnés : on ne payait que demi-tarif. Il aurait été facile de les faire sauter (les professeurs étant laxistes), mais la plupart d'entre nous étaient très assidus. Les classes faisaient le plein, du moins en début de semaine, et nous étions répartis en groupes de niveau. Seules les femmes qui travaillaient de nuit ou dans le secteur des services faisaient des apparitions irrégulières.

Un sandwich avalé pendant le trajet jusqu'à la boutique de manucure nous tenait lieu de déjeuner, à Luna et moi. Là, nous travaillions de treize heures à vingt et une heures.

M. Tan employait quatre manucures. Pour ma part, j'étais chargée de masser les pieds des clientes tandis qu'elles se faisaient faire les ongles des mains ou qu'elles laissaient sécher le vernis. Certaines, pressées, déclinaient mon service, mais celles qui en avaient bénéficié une fois revenaient souvent. Sur la proposition de M. Tan, j'ai appris à Luna l'art de masser. C'était un échange de bons procédés car elle m'aidait à préparer et répéter mes leçons d'anglais. J'apprenais vite en sa compagnie (elle était venue en Grande-Bretagne toute petite), bien plus vite qu'autrefois le chinois. Et puis, côtoyer des clients tout l'après-midi m'aidait aussi beaucoup.

Un jour, rentrée avant Luna, je me suis aperçue en fouillant dans mon sac que j'avais oublié les clés de l'appartement. Trépignant d'impatience devant la porte, je me suis résignée à appuyer sur la sonnette de M. Abdul. Une voix m'a interrogée par l'interphone ;

j'ai répondu que c'était Bari du sous-sol, que j'avais oublié mes clés. Quand je suis arrivée à l'étage, M. Abdul, devant sa porte, me toisait par-dessus ses lunettes.

— Allez, entre.

Un autre homme s'est levé dans le séjour. Il était si grand qu'il touchait presque la lampe pendue au plafond. Grand, mais aussi colossal. Avec ses cheveux frisés coupés court, son teint gris, ses prunelles sombres luisant au cœur de ses yeux immenses, il me terrifiait, je n'osais pas le regarder en face. Plus tard, j'ai appris qu'au lycée, il jouait au cricket.

— Tu peux te reposer ici en attendant Luna, m'a dit M. Abdul.

— Je vous remercie.

— Tu n'as pas encore mangé ? Veux-tu que je te fasse une tarte ?

Craignant de devoir m'asseoir en face du géant, j'ai répondu timidement :

— Non, merci bien.

— Lui, c'est mon petit-fils Ali.

Tout en s'inclinant maladroitement, celui-ci m'a tendu une main énorme, une vraie patte d'ours.

— Très heureux de faire votre connaissance ! a-t-il dit d'une grosse voix enrouée.

Je lui ai tendu la main à mon tour. Il a lâché le bout de mes doigts après les avoir à peine étreints, ce qui m'a rassurée. Il était assis en face de moi, et chaque fois que nos yeux se croisaient, il m'adressait un sourire avenant et plein de bonté, qui découvrait des dents d'une blancheur éclatante. Désarmée, je lui ai souri à mon tour.

— Qu'est-ce que vous faites comme travail ? m'a-t-il demandé.

— Je suis employée dans un salon de manucure. Et vous ?

M. Abdul, qui apportait sur une assiette une tarte tout juste sortie du four et coupée en morceaux, a répondu pour lui :

— Il conduit un mini-cab.

Je ne savais pas ce que c'était. Il s'agissait simplement d'un taxi bénéficiant d'une autorisation provisoire. Ali n'avait pas de voiture à lui, il n'était pas enregistré officiellement comme taxi. Il travaillait, surtout de nuit, au service d'un patron propriétaire de plusieurs voitures, lequel engageait des chauffeurs selon les besoins. Je n'avais pas grand-chose à lui dire, aussi lui ai-je demandé :

— Et ce soir, vous ne travaillez pas ?

— Demain, c'est l'anniversaire de mon grand-père, m'a-t-il répondu après lui avoir adressé un coup d'œil.

Affairé devant le plan de travail de la cuisine, M. Abdul a éclaté de rire :

— Ma date de naissance, moi je l'avais oubliée. Ça remonte à si loin ! Mais lui, il s'en est souvenu !

— En réalité, moi aussi j'avais oublié, c'est maman qui me l'a rappelé au téléphone, a précisé Ali avec un beau sourire.

La tarte et le thé m'ont paru délicieux. M. Abdul a ajouté :

— Ils vivent à Leeds. Je leur ai bien demandé de venir s'installer avec moi, mais ils sont têtus !

Ali n'a pas relevé, il se contentait de sourire.

— Demain soir, viens avec Luna, on dînera ensemble, m'a proposé M. Abdul. Tu connais la cuisine pakistanaise ?

— Non, pas encore. J'en parlerai à Luna.

— Les autres, dans cet immeuble, vivent tous en famille, a-t-il ajouté pour justifier le fait que nous serions ses seuls invités.

Autant de gentillesse m'allait droit au cœur. Je remerciais le hasard de m'avoir permis de rencontrer cet homme. J'avais, en outre, fait la connaissance de son petit-fils.

Le lendemain, veille d'un jour de congé, Luna et moi avons pu rentrer une heure plus tôt, avec le consentement de M. Tan. Nous avons acheté des plats chinois à emporter, de style malais. Luna m'ayant avertie que les hindous et les musulmans ne mangent pas de porc, nous avons choisi des préparations aux champignons, aux pousses de bambou, des légumes sautés, des crevettes et du poulet. Dès l'escalier, nous avons été accueillies par de puissantes odeurs de cuisine flottant dans les couloirs. Les soirs des jours de fête, des fumets de toutes sortes envahissaient l'immeuble, mais je n'ai jamais entendu personne s'en plaindre.

C'est M. Abdul lui-même, en longue tunique sur son *sarwal*, qui nous a ouvert la porte. « Joyeux anniversaire ! » lui avons-nous lancé. Occupé à la cuisine, Ali nous a adressé un sourire en guise de salutation. Sur la table, devant de grandes assiettes, étaient disposés des plats de curry, de poulet au piment, des kébabs de mouton, tout cela en grande quantité. Ce que nous apportions a eu du mal à trouver place. Ali préparait des chapatis. Des naans et des chapatis, on en trouvait partout à Londres. Ali était en train de réchauffer de ces galettes de pain. Quand il les a apportées dans une corbeille d'osier, nous sommes passés à table. M. Abdul nous a servi du thé. Les musulmans ne buvant pas d'alcool, il était hors de question de lever nos verres à sa santé. « *Bismillah !* » a-t-il prononcé en guise de prière, et Ali l'a imité. Nous avions faim, nous avons mangé de bon appétit.

Les parents d'Ali et sa sœur habitaient au nord de Leeds. Au début, le père d'Ali résidait lui aussi à Lambeth, mais il avait trouvé du travail à Leeds où il était parti s'installer avec sa famille. M. Abdul disait que, dans son pays natal, grands-parents, parents, enfants et petits-enfants, tous vivaient ensemble sous le même toit ; que c'était la meilleure façon de préserver les liens et d'entretenir l'affection entre les membres de la famille. Le repas s'est terminé avec du café et des biscuits aux amandes, nous étions repus. Ali me faisait des signes en clignant les paupières et haussant les sourcils :

— Grand-père, a-t-il dit, je vais aller faire un tour chez Bari.

M. Abdul s'est contenté de sourire, sans rien répondre. Luna a juste ouvert les mains pour me signifier qu'elle ne savait qu'en penser. Ali a dissimulé dans son gilet une enveloppe jaune tirée d'un placard de la cuisine. Après avoir remercié M. Abdul, nous sommes descendus à notre étage. A peine entré chez nous, la main droite sur le cœur, la tête inclinée, Ali s'est excusé :

— C'est que je ne peux fumer ni boire devant mon grand-père.

Luna s'est tournée vers moi :

— Si ça ne te gêne pas, moi ça va.

— Ça ne me gêne pas.

Ali a versé un peu de whisky dans les verres, puis allumé une cigarette du Pakistan. Il avait l'air heureux en sirotant son scotch. Luna en a bu aussi, mais en faisant la grimace. La petite gorgée que j'ai avalée a déclenché une violente quinte de toux. Loin de son grand-père, Ali était un autre homme.

— Pfff ! Devant mon grand-père, c'est dur ! Je ne peux même pas boire une goutte de bière…

Son verre de whisky à la main, Luna a rétorqué d'un ton railleur :

— Moi, je préfère les Anglais ! Chez vous, les musulmans, il y a trop de choses qu'on ne doit pas faire…

— Mais je suis anglais, moi aussi.

— Tiens donc ! a répliqué Luna d'une voix nasillarde, le type qui me battait tous les jours, il était né en Angleterre, lui aussi. Hindous ou musulmans, moi, je ne leur fais plus du tout confiance.

Ali ne semblait pas se formaliser. Il s'est resservi, il buvait à petites gorgées, sans hâte.

— Mon père et mon grand-père ne s'entendent pas très bien. Maman se fait du souci pour mon grand-père.

— D'habitude vous ne venez pas le voir ?

— Je viens une ou deux fois par mois. Si je le voyais tous les jours, ce serait un peu compliqué, mais comme ça, ça va.

Luna a apporté un jeu de cartes. L'a-t-il fait exprès ou était-ce manque de chance, Ali a perdu trente livres. Luna et moi nous exultions, nous avions gagné assez d'argent de poche pour nous amuser pendant le week-end. Tard dans la soirée, Ali s'est levé pour remonter chez son grand-père. Au moment où j'allais fermer la porte derrière lui, il m'a demandé tout bas :

— Vous ne travaillez pas demain ?

— Non.

— Tu veux venir faire un tour dans les environs de Londres avec moi ?

Je me suis retournée vers Luna pour lui lancer :

— Luna, il nous propose une sortie demain !

Ali hochait la tête. Luna a pouffé de rire :

— C'est à toi que ça s'adresse ! Qu'est-ce que moi, j'irais faire avec vous ?

Comprenant enfin, j'ai vite refermé la porte. Par le judas, j'ai vu Ali s'attarder un instant, figé sur le palier, avant de s'engager dans l'escalier. Luna se moquait de moi :

— On t'a proposé un rendez-vous : c'est à partir de ce moment qu'une femme doit faire attention !

— Qu'est-ce que ça veut dire ?

— Ça veut dire que ce gros éléphant te drague !

Depuis ce rêve où j'avais vu mon corps tomber en pièces, je n'avais plus peur d'aucun homme. Lew, le chef du Shanghai, avait dû le comprendre, mais ni M. Tan ni les filles du Tonkin n'en savaient rien. Pour eux, je n'étais qu'une petite fille, pas encore une adulte. J'avais eu mes premières règles quand je travaillais au restaurant. Ça n'avait pas été une surprise, car Shang m'avait parlé de ces choses. De toute façon, il y avait déjà bien longtemps que je me considérais comme une femme.

Le lendemain, je ne suis pas sortie avec Ali, mais j'ai tout de même eu une petite pensée pour lui, pour ses grands yeux, pour sa taille si impressionnante. Quand je pensais à M. Adbul, j'avais l'impression, en dépit de la différence de sexe, que ma grand-mère était revenue. Je me sentais de nouveau bercée dans sa tendresse. Tandis qu'Ali n'était pour moi qu'un petit garçon dans un corps de géant. C'est sans doute pour cela qu'au début je me suis montrée si indulgente.

8

Je travaillais depuis plusieurs mois au Tonkin quand une certaine Sarah s'est présentée au salon. Se tournant pour mieux voir, elle observait la manière dont je massais les pieds de la cliente qui la précédait. Dès que j'en ai eu terminé avec elle, Sarah, accompagnant sa demande d'un signe du menton et de la main : « La même chose, s'il te plaît… »

Brune de peau, le nez long et fin, le regard vif, elle avait dû être fort belle. Ainsi que je l'apprendrais plus tard, elle était sri-lankaise – non pas bouddhiste, mais chrétienne. En fait, métisse, son père étant un Blanc. Ses pieds, qu'elle avait fins et élancés, je les ai, comme à mon habitude, serrés dans mes mains, et j'ai fermé les yeux un instant. En dépit de quelques revers de fortune, elle n'avait pas mené une vie trop mouvementée. Je voyais un homme blanc quitter la maison, une femme pleurer devant une porte fermée, un bébé dans les bras ; un autre homme, un Noir, apparaître. Je voyais la femme, de nouveau seule, travailler dans un hôpital ; et l'enfant, qui avait grandi, ramper parmi d'autres dans une crèche.

— Que fais-tu donc ? Tu ne veux pas me masser ?

La question avait sonné comme un rappel à l'ordre. Je me suis mise au travail. Tout en elle accusait une grande fatigue. J'ai massé, tapoté soigneusement la plante des pieds, étiré les articulations, appuyé sur les points méridiens. Petit à petit, Sarah s'est détendue, jusqu'à s'endormir tout à fait. Fermant de nouveau les yeux, je l'ai vue adulte, rencontrant et quittant successivement plusieurs hommes. Quand, au cours d'une séance, une cliente s'endormait, nous avions pour principe de la laisser se reposer un moment.

Sarah s'habillait avec élégance, elle portait des accessoires de valeur, et jamais elle ne se montrait avare de pourboires : nous l'imaginions riche, jouissant d'un statut social sans commune mesure avec le nôtre. M. Tan la traitait comme une reine. Mais moi, en tenant ses pieds dans mes mains, j'avais deviné qu'elle n'était pas si différente de nous.

Luna ne l'aimait guère. Elle lui reprochait de nous regarder de haut en dépit de sa peau foncée. Moi, je la traitais avec respect, je lui lavais les pieds, lui soignais les mains, les orteils, lui enlevais consciencieusement la corne aux talons. Quand elle se réveillait, je lui apportais du thé chaud et, pour terminer, je lui massais une dernière fois les pieds avec de la crème puis les lui enrobais dans une serviette chaude. Elle me donnait dix livres de pourboire, alors que les autres clientes ne laissaient en général que de la menue monnaie, et jamais plus de cinq livres.

De plus en plus de gens venaient se faire masser les pieds. Luna, à qui j'avais appris la technique, a dû me prêter renfort, ainsi qu'une Vietnamienne, Binh, qui s'y est mise très vite. Mais Sarah n'acceptait les services de nulle autre que de moi. Alors qu'elle ne nous adressait presque jamais la parole, un jour, après avoir réglé sa note, elle a pris M. Tan à part :

— J'aimerais bien parler un peu avec cette fille, si vous le permettez. Je vous réglerai le temps qu'elle aura passé avec moi au tarif habituel.

— Je vous en prie, Madame.

M. Tan, tout sourire, m'a fait un signe du menton pour m'inviter à la suivre. Dans la rue, après avoir jaugé les alentours en faisant la grimace, elle m'a emmenée dans le café en face de notre boutique. Elle a allumé une cigarette.

— D'où viens-tu ?

Après avoir hésité quelques instants, j'ai dit que je venais de Chine.

— Si ce n'est pas de Thaïlande, a-t-elle dit en hochant la tête, ça ne pose pas de problème.

J'aurais aimé connaître la raison de cette réserve, mais je me suis tue.

— Je vais te présenter à quelqu'un. Mais nous ferons comme si c'était moi qui t'engageais. Bien entendu, j'en parlerai à ton patron. Tu diras que c'est chez moi que tu viens travailler. Si tu restes discrète, je te ferai gagner beaucoup d'argent.

— J'ai compris, Madame.

Sarah a eu l'air de réfléchir un moment, puis :

— Dis-moi, le mercredi, ça te va ? Si le massage plaît à cette dame, elle voudra pas moins de trois séances par semaine. Moi, c'est tous les jours que j'aimerais…

— Si M. Tan est d'accord, pour moi, il n'y a pas de problème.

— Comment t'appelles-tu ?

J'ai décliné mon nom, elle m'a donné le sien. Elle m'a posé des questions sur ma famille, le quartier où j'habitais, mon âge.

— Autre chose qui a son importance. Dis-moi, est-ce que tu as un petit ami ?

Curieusement, le souvenir d'Ali m'a traversé l'esprit. Mais j'ai répondu :

— Je n'ai pas d'autre amie que Luna, chez qui je loge.

— C'est bien, même si Luna est une méchante fille.

La négociation s'est conclue sans difficulté entre Sarah et M. Tan. J'ai été autorisée à sortir tous les mercredis pour travailler à l'extérieur. Le mercredi suivant, Sarah est venue me chercher. Moi qui ne m'étais jamais aventurée au-delà de Piccadilly Circus, tout à côté de Chinatown, ou de Lambeth, près de la station Elephant and Castle, comment aurais-je pu me figurer ce nouvel endroit ? C'était un manoir de Kensington donnant sur Holland Park – trois étages et une façade d'une blancheur resplendissante. Les arbres gigantesques du parc dissimulaient en grande partie la demeure derrière leur épais feuillage, ne laissant paraître qu'un nombre limité de fenêtres.

Sarah m'a conduite au sous-sol par une petite porte à côté de l'entrée principale. C'était le quartier réservé aux domestiques, comprenant la cuisine et la buanderie. Je l'ai suivie à travers un vaste hall au rez-de-chaussée puis par un escalier menant au premier étage. Là, dans un salon, j'ai découvert Mme Emily, une femme d'une cinquantaine d'années, aux yeux encore tout pleins de sommeil. J'ignorais tout des riches et de l'aristocratie de ce pays, mais j'avais déjà compris que, s'il y avait tant de gens autour d'elle, c'était pour assurer son service. En revanche, de maître du logis, point. Assise près d'un guéridon, en robe blanche, Mme Emily était au téléphone. Sarah et moi avons attendu longtemps dans le couloir qu'elle eût terminé sa conversation. En reposant le combiné, elle a enfin levé les yeux sur nous. Sarah s'est adressée à elle avec déférence :

— Madame, je vous ai amené la masseuse.

Tout en parcourant ses factures et son courrier étalés sur le guéridon, Mme Emily a répondu sans nous prêter beaucoup d'attention :

— C'est bien une Chinoise, n'est-ce pas ?

— Oui, Madame.

— Vous m'en avez dit tant de bien, je vais essayer…

— Je vais préparer votre chambre.

Nous sommes allées dans la chambre à coucher pour y disposer, à côté d'une chaise, une cuvette, une serviette et des huiles essentielles. Sarah m'a chuchoté :

— La prochaine fois, c'est toi qui feras les préparatifs.

Mme Emily est venue s'étendre en travers du canapé. J'ai d'abord plongé ses pieds dans l'eau chaude pour détendre les nerfs. Je les ai séchés dans une serviette, puis leur ai appliqué de l'huile pour adoucir la peau. J'ai commencé à masser en allant du talon aux orteils. Fermant les yeux, j'ai laissé parler l'histoire de ma patiente.

Je l'ai vue cernée par une masse énorme de nuages noirs, puis quitter un grand manoir dans une immense forêt avec son mari. Cela ne se passait pas en Grande-Bretagne. Autre scène : les yeux inondés de larmes, Mme Emily se querellait avec son mari aux côtés de qui apparaissait une petite Asiatique. Hormis le visage de Mme Emily, tout est devenu imprécis, comme sur une photo floue. Qu'étaient donc ces ténébreux nuages qui, en se levant lentement, laissaient voir, gisant au sol devant des huttes de terre, des femmes et des enfants noirs ?

— Que fais-tu donc ?

J'ai rouvert les yeux. Mme Emily me foudroyait d'un regard inquisiteur.

— Je tente de voir, ai-je bégayé, où sont vos problèmes de santé…

— Pas de divination, s'il te plaît, je le sentirais immédiatement !

Comment lui révéler que j'avais un don de voyance ? Elle possédait sans doute les mêmes dispositions que moi. J'ai fait semblant de ne pas comprendre ce qu'elle voulait dire.

— J'ai essayé de voir, en fermant les yeux, où vous avez mal.

— Vraiment ? Serais-tu chamane ? m'a-t-elle demandé en inclinant un peu la tête.

Alors, j'ai préféré tout lui avouer.

— Je ne sais pas exactement pourquoi, mais depuis quelque temps, lorsque je touche les pieds de mes clients, je vois des choses sur eux.

— Tu es chinoise, dis-tu, mais quelle est ta religion ?

— Je n'en ai pas, Madame.

— Alors, tu saurais donc où j'ai mal ?

Je lui ai frotté la plante des pieds. Une rougeur est apparue sur l'excroissance à la jonction des deux premiers orteils. Il y avait une inflammation identique sur le cou-de-pied.

— Il semble que votre cœur soit faible ; vos genoux ne sont pas très solides.

Intriguée, Mme Emily me scrutait :

— Tu as vu aussi ce qui s'est passé dans ma vie ?

Je me suis sentie obligée de lui décrire les scènes que je venais de voir.

— Vous avez quitté une vaste maison blottie derrière de grands arbres s'étageant à perte de vue.

— Ah, c'est à Johannesburg ! Comment l'as-tu appris ?

— J'ai vu une petite femme à côté de Monsieur, j'ai l'impression que Madame se disputait avec Monsieur.

Comme tétanisée, Mme Emily semblait étouffer, elle serrait les poings contre sa poitrine, respirait de façon saccadée, les yeux révulsés. Puis, petit à petit, elle a repris son souffle et relâché la pression de ses mains.

— Heureusement, tu n'es pas thaïe !

Je ne lui ai rien dit de ces sinistres nuages, ni de ces femmes noires et de leurs enfants gisant à terre devant des huttes. Elle s'est allongée sur le divan en me faisant un signe de la main :

— Maintenant, veux-tu me masser ?

J'ai commencé en faisant appel à toutes les ressources de mes doigts, de mes pouces, en pesant, en caressant. Mes mains ont accompli les cent douze gestes de l'art du massage, prodiguant leur pression sur la plante, sur le cou-de-pied, les orteils, le talon, jusqu'au mollet. Détendue, ma patiente a semblé s'assoupir. Pour finir, j'ai enduit ses pieds de crème et les ai enveloppés dans une serviette chaude. Comme je le faisais lorsque mes clients dormaient, je me suis retirée tout doucement pour rejoindre Sarah qui feuilletait des magazines dans le salon.

— Tu as fini ? m'a-t-elle demandé en se levant.

— Oui, Madame dort.

— C'est bien. Maintenant, tu veux bien t'occuper de moi ?

Nous sommes descendues dans les dépendances réservées aux domestiques. Sarah semblait chargée de fonctions semblables à celles d'un majordome indien, responsable de la domesticité. Elle a allongé les jambes sur un canapé ; une femme de chambre a apporté une serviette et une bassine d'eau chaude. Pendant que je m'activais, l'interphone a sonné : Madame voulait la voir. Sarah s'est essuyé les pieds avant de se hâter de monter. Elle est revenue un moment après, radieuse.

— Madame est très, très contente de toi, elle aimerait que tu reviennes demain.

Sarah m'a reconduite en voiture.

— Voici l'adresse. Demain, tu viendras toute seule. En arrivant, annonce-toi à la porte que nous avons empruntée, d'accord ?

Dans la voiture qui me ramenait à Elephant and Castle, elle m'a demandé :

— D'après Madame, tu aurais des pouvoirs surnaturels ?…

Je me suis sentie obligée de lui rendre compte des propos échangés avec sa maîtresse.

— Comme c'est étrange ! a-t-elle fait en secouant la tête. Comment as-tu pu voir leur maison de Johannesburg ? Ils y vivaient depuis plusieurs générations…

Quand j'ai parlé de la petite Asiatique qui avait mis Mme Emily en émoi, Sarah m'a interrompue, comme prise de colère :

— Il ne fallait pas ! Monsieur vit à Brighton séparé de Madame à cause de cette garce de Thaïe, c'est la honte de la famille !

Elle a continué de grommeler un moment avant de s'arrêter sur une idée, et, se tournant subitement vers moi :

— Quand tu as touché mes pieds, tu as vu aussi des choses ?

Résignée, déjà elle pouffait de rire, mais je n'ai pas répondu.

— Tu as dû voir mes minables conquêtes ?

Dans un premier temps, j'ai pensé qu'il valait mieux garder le silence, puis je me suis décidée à lui dire juste quelques mots, histoire de l'impressionner.

— J'ai vu votre père, un Blanc, et le Noir que votre mère a rencontré quand elle travaillait à l'hôpital.

— Mon Dieu ! a fait Sarah en lâchant le volant. Tu es vraiment quelqu'un d'exceptionnel !

A elle non plus, je n'ai rien dit de ces nuages sombres qui entouraient Mme Emily, ni des femmes et des enfants noirs gisant à terre. Quand nous sommes arrivées au Tonkin, elle m'a tendu une enveloppe. Elle contenait le double de ce que j'aurais gagné à la boutique. A continuer ainsi, j'allais pouvoir rembourser ma dette en six mois. Pour la première fois depuis mon arrivée dans ce pays, je me sentais soulagée. Bien évidemment, je n'ai remis à M. Tan que la part qui lui revenait en fonction du tarif horaire. Il a eu l'air de s'en contenter : ne lui avais-je pas fidélisé une cliente ?

Le lendemain, j'ai pour la première fois pris le métro seule pour me rendre à l'adresse indiquée. Au début, j'avais très peur, mon cœur battait vite. Mais en même temps, j'éprouvais l'ivresse de me sentir libre de mes déplacements.

Il m'a fallu changer deux fois pour parvenir au manoir de Kensington en passant par Holland Park : j'avais dix minutes de retard quand j'ai appuyé sur la sonnette de la porte qui donnait au sous-sol. Peu après le visage de Sarah est apparu.

— Bonjour, Bari, j'ai cru que tu t'étais perdue en route…

— Je m'y suis mal prise dans le métro, j'ai dû changer à plusieurs reprises.

— Madame t'attend. Voilà deux fois qu'elle me demande si tu n'es pas arrivée.

Sarah m'a conduite au salon. Enfoncée dans son canapé, Mme Emily portait une robe de chambre en soie dans le style chinois. Je l'ai saluée gracieusement, imitant la génuflexion de Sarah.

— Te voici ? m'a-t-elle dit sur un ton nonchalant, je suis contente de te revoir.

Elle m'a servi une tasse d'une infusion noire déjà préparée.

— Est-ce du thé ?

— Non, c'est une tisane de plantes médicinales. Tu verras, tu te sentiras fraîche et dispose.

Hésitante, j'ai bu une gorgée. Cela n'avait guère de goût, sinon de bois sec et d'argile. Elle m'a conduite dans sa chambre, m'a invitée à m'étendre sur un grand divan tandis qu'elle s'allongeait sur son lit en face de moi.

— Tu as bien des choses à me dire ; toi et moi, on va discuter…

J'avais l'impression d'être bercée par des vagues, emportée par le reflux. Mes paupières pesaient des tonnes. Entre les battements de mes cils, j'apercevais une silhouette derrière le lit de Mme Emily, celle d'une dame noire habillée de sombre.

— Derrière vous, je vois quelqu'un, on dirait une dame noire…

Sans manifester le moindre signe d'étonnement, Mme Emily a chuchoté :

— Ah, ce doit être Bekky, ma nourrice. Elle me protège.

Je voulais me lever pour la saluer, mais je n'avais plus de jambes. La voix grave de Mme Emily m'est parvenue :

— Dors, mon petit, dors…

Je me trouve au cœur d'une vaste lande où poussent des herbes, maintenant sèches, aussi hautes que moi. Pareil à un énorme kaki mûr, le soleil déclinant inonde de pourpre l'horizon. Le bruit sourd d'un tam-tam résonne dans mes oreilles, sur un rythme lancinant. Peut-être est-ce mon cœur qui bat…

Au milieu de la plaine, une immense montagne rocheuse s'élance vers le ciel. Tandis que j'en gravis la pente, je découvre progressivement qu'elle a la forme de deux mains ouvertes. Une clairière s'étend devant moi, bordée d'un marécage aux allures de gueule de fauve. Partout dans le fond insondable de l'eau s'ouvrent des grottes noires.

Dans l'espace ouvert de la clairière, une tente et des cabanes de planches à toits de chaume. A l'intérieur de la tente, des hommes blancs se tiennent assis ; l'un d'eux, moustachu, est en chemise blanche, les autres portent un uniforme militaire.

J'évolue à mon gré à l'intérieur de cette scène. Des échelles se rompent tout d'un coup, des hommes tombent dans le marécage par dizaines. On entend des tirs d'abord continus, puis sporadiques. Enfin, un silence de plomb. Les soldats s'approchent des corps sans vie.

Je m'en retourne vers la plaine. Elle est recouverte d'une brume sombre pareille à celle que je voyais dans mon pays. J'entends geindre tout bas. Le ciel ne déverse qu'une faible clarté, comme à l'aube ou à la tombée du jour. Partout règne la même sérénité. Des lumières apparaissent. Des panaches de fumée montent au-dessus des maisons en feu, des fumerolles et des flammèches jaillissent encore du chaume en cendres. Vautours et corbeaux fondent sur les cadavres.

Une forêt. Les baobabs dardent leurs racines vers le ciel, des frênes, des chênes, des robiniers, des marulas se dressent comme un rempart. Au-delà, j'aperçois de la lumière. Je me glisse entre les arbres, parviens à la zone éclairée. Blanches, jaunes, grises, bleues sont les tuniques portées à même la peau par les gens. En m'approchant, je m'aperçois que ce sont surtout des femmes de tout âge et des enfants, des bébés aussi. La source de lumière provient du feu d'un bivouac. Personne ne parle.

Je sais que ces gens me regardent. Je sais aussi qu'ils ne sont pas de ce monde. Quand je m'approche du feu, ces formes humaines s'écartent de part et d'autre en cachant leur visage. Une seule femme reste dans la pleine lumière du feu. Elle m'attend. Parvenue en face d'elle, je reconnais Bekky. Elle porte une ample robe sombre de rude étoffe qui tombe de ses épaules à ses pieds et, sur la tête, un bandeau tissé de perles de cristal où sont fichées des plumes d'oiseau – on dirait des nuages flottant dans le ciel.

— Te voici donc, Bari, c'est ma petite Emily qui t'envoie !

Tandis qu'elle me parle, Bekky balaie devant elle avec une plume tirée de ses cheveux. Le sol s'entrouvre comme sous l'effet d'un tremblement de terre, les formes humaines glissent dans le gouffre, s'y amoncellent en une sorte de brume obscure qui emplit la béance. A la surface surgit une main, puis une autre, puis le visage d'un homme, celui que j'ai vu plus tôt sous la tente, avec des moustaches. Un autre homme, âgé, cheveux blancs et tenue militaire rouge, émerge en tendant les mains, suppliant. Cette funèbre brume me semble maintenant un magma liquide.

« Ah ! laissez-nous, laissez-nous partir d'ici ! »

La crevasse tout d'un coup disparaît, le sol retrouve sa forme première. Les silhouettes noires ont repris leur aspect originel, certaines sont assises, d'autres se tiennent debout. Le feu continue de brûler. Devant la forêt que j'ai traversée, j'aperçois Mme Emily telle que je l'ai vue, en robe de chambre de soie bleu ciel, qui s'approche de moi. Elle a les larmes aux yeux. Elle implore Bekky :

— S'il te plaît, laisse-les partir.

— Je n'y peux rien, mon petit, répond Bekky avec froideur. Les âmes de ceux qui ont été tués ne veulent pas les libérer…

— Que faut-il faire alors ?

— Demande à Bari.

Je me suis réveillée avant que Mme Emily ait eu le temps de m'interroger. Les perles de cristal du lustre accrochaient mon regard. J'avais l'esprit encore flou, mais je voyais clairement les objets autour de moi et les feuilles à travers la fenêtre. Leurs couleurs, pourtant, me paraissaient vaguement passées. Je restais silencieuse, attendant qu'elles retrouvent toute leur vivacité.

— Ah ! Elle se réveille…

C'était la voix de Mme Emily. Elle s'est levée et, chancelant un peu, s'est approchée de mon divan.

— Alors, qu'as-tu vu ?

Impossible de tout lui rapporter !

— J'ai vu des Noirs en grand nombre creuser dans des grottes gigantesques. Beaucoup de cadavres aussi.

— Ce sont les mines d'or.

— Il y avait aussi deux hommes, l'un d'âge moyen, l'autre beaucoup plus âgé…

Quand je lui ai parlé de ces deux hommes pris dans des nuées noires, Mme Emily a porté les mains à sa poitrine en baissant la tête.

— Tu as donc vu mon père et mon grand-père !

Elle a saisi mes mains et, les serrant, s'est exclamée :

— Quel médium tu fais !

Comme j'avais deviné qu'elle aussi avait un don de voyance, je lui ai demandé :

— Et vous, qu'avez-vous vu ?

— J'ai vu un long fleuve… une montagne en feu… un bateau dans une obscurité totale.

— N'avez-vous pas vu ma grand-mère, ou bien Chilsong, un chien tout blanc ?

— Non, je n'ai pas pu voir jusque-là.

Moi, j'avais très clairement vu Bekky, je me souvenais très bien de son visage et de ses vêtements. J'ai rapporté ces détails à Mme Emily, je lui ai décrit le village, le grand feu, tout cela.

— Bekky, ma nourrice, est venue chez nous quand j'avais quatre ans, m'a expliqué Mme Emily. Ce que tu as vu, ce doit être son village natal à Ulundi. C'était une sorcière zouloue. Personne à part moi ne le savait.

Après avoir regardé prudemment autour d'elle, elle a ouvert le tiroir d'un meuble près de son lit, dont elle a tiré un écrin de velours incarnat. A l'intérieur, des molaires de panthère, des fragments d'os et une toute petite figurine en bois d'ébène, plus dur que le fer. Cette statuette, qu'elle tenait dans ses doigts avec un soin extrême, représentait un homme noir caractérisé par des yeux en amande, une bouche aux commissures tombantes et un long pénis turgescent. A l'instant où cet objet est entré dans mon champ de vision, j'ai été saisie de tremblements fébriles et une bouffée de chaleur est montée à mes joues. Je lui ai arraché la figurine des mains pour l'enfermer dans sa boîte. Alors seulement j'ai retrouvé une respiration normale.

— C'est le mari de Bekky, tous deux avaient uni leurs âmes selon le rite des sorciers.

— Il faut que je prenne congé de vous.

— La semaine prochaine, m'a demandé Mme Emily en posant la main sur mon épaule de façon encore plus douce que Sarah, peux-tu venir me voir deux fois ?

— Bien sûr, Madame.

J'avais accordé trop de temps et d'énergie à sa patronne pour m'occuper de Sarah. Sur la route du retour, l'image de la figurine revenait sans cesse devant mes yeux. Je gardais les paupières closes. C'était comme si la statuette se tenait devant moi, métamorphosée en géant. J'avais l'impression de voir Ali. Ali devant moi, tout nu ! Le bruit assourdissant du métro s'est arrêté un moment, le temps pour des passagers de descendre et pour d'autres de monter. Alors que je gardais les yeux fermés, une grosse voix a soudain tonné au-dessus de ma tête.

— Bari, où vas-tu ?

Surprise, j'ai levé les yeux. Un vrai géant me souriait. Mon regard est descendu le long de son corps. Entre ses cuisses, il y avait certainement un long pénis effilé. J'ai senti mes joues devenir écarlates.

— Je faisais une visite, je retourne au salon.

Ali m'a accompagnée jusqu'à Elephant and Castle et nous avons mangé des kébabs dans un restaurant turc du quartier.

Une fois rentrée à la maison, couchée à côté de Luna profondément endormie, j'ai eu de la peine à trouver le sommeil. Je m'endormais par intermittence pour me réveiller peu après. J'entendais ma grand-mère me narrer à voix basse l'histoire de Bari qu'elle m'avait si souvent contée dans cette hutte de l'autre côté du Tumen. Je lui demandais :

— Grand-mère, continue l'histoire. Tu m'as dit que Bari avait tant et tant à faire, elle préparait le riz, elle allait chercher du bois, elle ne rechignait devant aucune tâche. Elle est même allée jusqu'aux enfers, elle a libéré des âmes, elle est restée prisonnière un moment. Enfin, elle arrive au ciel de l'ouest…

— C'est exact, tu n'as rien oublié. Elle parvient donc au ciel de l'ouest. Là, un grand totem l'attend. Et elle perd son pari : si elle veut obtenir l'eau de la vie, elle va devoir vivre trois ans avec ce géant et lui faire des enfants… Sais-tu comment elle l'a rencontré ? Elle s'est rappelé qu'elle ne devait prendre que les chemins blancs, jamais les jaunes. Mais, bien que s'étant toujours engagée dans les chemins blancs, voici qu'elle bute soudain sur un géant de plus de neuf pieds de haut. *Aïgo !* Comment faire ? Si elle se laisse attraper, elle est perdue. Il va lui falloir ruser pour l'amadouer.

— Grand-mère, Bari lui a demandé le chemin du ciel de l'ouest ?

— Eh oui ! Et le totem lui répond : « Le ciel de l'ouest, pourquoi donc ? Tu n'as qu'à vivre avec moi. Mon grand-père ne s'est marié qu'à l'âge de quatre-vingt-onze ans, faute d'avoir trouvé une femme plus tôt. Moi, j'ai la chance de t'avoir rencontrée, tu vas vivre avec moi… » Bari essaie de se montrer gentille, mais le totem veut la prendre sur son épaule.

C'était moi qui racontais la suite à ma grand-mère, comme si j'étais Bari : « Hé ! Pourquoi me porter ? Marchons l'un devant l'autre… »

Ils se mettent donc à marcher elle devant, lui derrière. Il dit tantôt que la porte de sa maison est en paille, tantôt que le toit est de tuiles, il est prêt à entrer dans la première chaumière qui se présente sur leur route. Finalement, ils arrivent chez lui, une modeste baraque fermée par une porte de branchages. Craignant de ne pouvoir désormais lui échapper, Bari dispose un bol d'eau fraîche dans un coin de la cour, dénoue ses tresses et se roule par terre en sanglotant.

Ma grand-mère me demandait ensuite : « Ah, pourquoi pleures-tu ? »

Et moi je répondais : « Aujourd'hui, c'est l'anniversaire de la mort de mon grand-père. »

La nuit se passe sans que rien de fâcheux ne se produise. Le lendemain soir, elle défait ses cheveux, elle se roule de nouveau par terre et elle pleure.

« Qu'est-ce qu'il y a encore ?

— C'est l'anniversaire de la mort de ma grand-mère. »

Le totem s'en va. Revenu au bout de trois jours, il la trouve encore en train de pleurer :

« Aujourd'hui, pourquoi pleures-tu encore ?

— C'est l'anniversaire de la mort de mon père. »

Quand il revient, elle est toujours en train de pleurnicher :

« Qu'est-ce qu'il y a encore ?

— C'est l'anniversaire de la mort de ma mère. »

Ma grand-mère continuait sur un ton amusé : « Dis donc, quelle malédiction a-t-on jetée sur ta famille ? Comment chacun a-t-il pu mourir comme cela un jour après l'autre ?... »

Il est de retour quatre ou cinq jours plus tard.

— Grand-mère, est-ce que le totem finit par épouser la princesse Bari ? Comment peut-elle continuer à lui échapper ?

— Eh bien, elle l'a d'abord imploré.

C'est moi qui poursuivais : « Je vous en supplie ! Si vous et moi, nous devons vivre ensemble, il nous faut d'abord prier devant nos ancêtres. Mais comment prier dans une maison aussi pleine de poussière ? Préparons le rituel, puis organisons une cérémonie de trois jours avant de nous marier. Aujourd'hui, je nettoierai la maison tandis que vous irez chercher du bois.

— Moi, aller chercher du bois ?

— Et pourquoi pas ?

— Vas-y donc, toi ! »

— Qu'il est bête, enchaînait ma grand-mère, qu'il est maladroit ! On dirait un moine qu'on a chassé du temple, il ne sait rien faire ! Comme il ne part pas, elle le pousse dehors, elle lui met une hotte sur le dos et lui attache un fil, dont elle noue l'autre extrémité à sa propre main. Elle se met balayer de-ci de-là. Cet idiot revient vers midi, sa hotte vide. Il a dû tomber en chemin : il est maculé de plaies par tout le corps.

Je demandais : « Que s'est-il donc passé ? Avez-vous rencontré un ours, un tigre ?

— Que non, mais la hotte danse sans arrêt dans mon dos et ma main se balance de droite et de gauche.

— Ah ! C'est que, pour nettoyer la maison, il me faut bien bouger les mains ! Quel idiot vous faites ! Enlevons donc ce fil. En revanche, emportez mon portrait et, quand vous faites du bois, attachez-le à un arbre : vous saurez que je suis là. Si le portrait s'en va, c'est que je suis partie. Assurez-vous qu'il tienne bien, mettez-y du riz bien collant. »

— Alors le totem s'en va avec le portrait et, quand il veut voir sa future épouse, il le regarde et lui sourit. Il colle le portrait sur un pin ; confiant, il fait du bois sans plus s'inquiéter.

— Le destin veut donc que le totem et la princesse s'unissent. Grand-mère, faut-il aussi qu'ils fassent des enfants ?

En me rappelant cette légende que j'interprétais avec ma grand-mère, j'ai sombré peu à peu dans le sommeil.

9

Un jour, environ un an après mon installation au Tonkin, alors que j'avais presque remboursé la totalité de ma dette, M. Tan m'a appelée dans le couloir menant aux toilettes, derrière la boutique. Vu sa mine, il avait une mauvaise nouvelle à m'annoncer. Mon cœur s'est mis à palpiter comme si j'étais prise en faute.

— Tu es au courant ? Des contrôles vont commencer cette semaine.

— Quels contrôles ?

— Tu n'as pas de visa, pas de permis de travail.

J'ai baissé la tête. Lew, du Shanghai Fantien, avait dû l'informer de ma situation.

— Ne t'en fais pas, je n'ai pas l'intention de te licencier. Seulement, si je me fais prendre, ça me coûtera deux mille livres d'amende, peut-être qu'on me retirera ma licence, et toi tu risques de te faire expulser après un séjour en prison.

Binh, la Vietnamienne de notre salon, vivait dans un immeuble subventionné par la mairie. La veille au soir, débarquant de plusieurs fourgonnettes, la police et les inspecteurs de l'immigration avaient bloqué l'entrée. Ils avaient fouillé partout et emmené plusieurs dizaines de résidents en situation irrégulière. M. Tan a sorti de l'argent de sa poche.

— Je me suis renseigné, on dit que cette semaine ce sera le tour de ton quartier. Tu vas arrêter dix jours jusqu'à ce que le calme revienne.

Je me suis inclinée deux fois devant lui :

— Je vous remercie. Je n'ai pas besoin de cet argent, d'autant que je ne vais pas travailler pour vous pendant ce temps.

— Ce n'est pas grave, tu me rembourseras après, petit à petit.

— Que vous me repreniez, c'est tout ce que je demande.

J'ai refusé son argent sans en démordre. Puis j'ai quitté le salon, bien que ce ne soit pas encore l'heure de la fermeture. Luna m'a suivie :

— Qu'est-ce que tu as ? Que se passe-t-il ?

— Je vais me reposer, j'ai très mal à la tête.

Elle m'a pris une main qu'elle balançait légèrement :

— Si c'est ça, rentre te reposer. Mais tu es sûre, ce n'est rien de grave ?

J'ai confirmé d'un léger signe de la tête. Je suis rentrée à Lambeth en prenant mon temps. Quand je suis arrivée, l'escalier était déjà dans l'obscurité. Je descendais en tâtonnant quand la porte d'en face s'est ouverte d'un coup.

— Ah ! Je… je me demandais qui rentrait… s'est exclamée une forme humaine dans l'ombre.

C'était notre voisine nigériane. Pourquoi n'avait-elle pas allumé alors qu'il faisait si sombre ? Point de lumière dans son appartement ; seule répandait un peu de clarté la fenêtre donnant sur le jardin.

— Coupure d'électricité ?

Sur ma question, elle a allumé comme si elle avait oublié de le faire. J'allais ouvrir ma porte mais, la trouvant encore sur le pas de la sienne, je lui ai demandé sans trop réfléchir :

— Votre mari n'est pas encore rentré ?

— Je l'attends.

Quand je me suis retournée pour refermer ma porte, elle n'avait pas bougé.

— Je peux vous offrir un thé ? lui ai-je proposé après l'avoir fixée un instant.

J'attendais sa réponse sur le pas de ma porte entrouverte. Alors, elle s'est avancée sans un mot. Une fois la porte refermée derrière elle, elle a éclaté en sanglots en se jetant à mon cou.

— Que se passe-t-il ? ai-je demandé, étonnée, tout en lui tapotant le dos.

Echappant à mon étreinte, elle s'est laissée choir sur le sol.

— Ils ont emmené mon mari.

Je l'ai aidée à se relever et à s'asseoir sur le canapé douillet dont Luna et moi, d'habitude, nous nous disputions l'accoudoir. Le visage ruisselant de larmes, elle a poursuivi :

— Ses collègues de la station-service m'ont appelée. Il n'a pas de permis de travail.

J'ai senti mon cœur se décrocher. Ces mises en garde avaient donc de véritables raisons d'être !

— Vous savez tout ce qu'il nous a fallu faire pour venir ici… Ah ! Nous ne pouvons pas retourner…

Elle parlait, intarissable, pendant que je préparais le thé, faisais bouillir l'eau, sortais les tasses.

— On n'a pas de permis de travail, on en a loué un pour le mois, ça nous coûte cent livres par semaine, mais mon mari n'a pas le même âge que celui qui l'a fourni, quand on regarde les papiers de près, on comprend immédiatement… Dans ce genre de situation, les employeurs payent moins… Avec un permis emprunté, on touche quand même soixante-dix pour cent du salaire… Il y en a beaucoup qui travaillent pour la moitié, parfois juste trente pour cent…

Quand j'ai apporté le thé, elle s'était un peu calmée, elle a reniflé plusieurs fois puis s'est mise à boire à petites gorgées.

— Si on l'expulse, moi je vais me cacher.

Puis, les yeux fixés au sol :

— On a laissé nos trois enfants là-bas, on s'est endettés pour venir ici, on est loin d'avoir remboursé…

Je me suis gardée de lui dire que j'étais dans la même situation. Je ne devais faire confiance à personne. Jusque-là, je me souciais avant tout de rembourser ma dette, je ne pensais à rien d'autre, mais à présent je prenais clairement conscience de ma situation. Bien qu'inquiète pour mon propre sort, il me fallait réconforter ma voisine en proie à la panique :

— On ne sait jamais, on va peut-être le libérer.

Elle secouait la tête, accablée :

— Le miracle s'est déjà produit une fois. Il a été arrêté dans un contrôle mais comme il y a eu une rotation du personnel, le fonctionnaire a fait son travail à la va-vite sans regarder plus loin que la liste des permis. Et puis, il a aussi bénéficié de l'aide d'un vieux monsieur, assez malin. Mais maintenant, ils ont dû s'en rendre compte… Notre avenir ne dépend plus que de la volonté d'Allah.

Je gardais mon calme, bien que sachant parfaitement qu'un grand danger la guettait, et qu'il en allait de même pour moi. Au cours de leurs investigations, ils découvriraient que son mari avait emprunté un permis de travail, ils lui demanderaient où il habitait et s'il avait de la famille. Les inspecteurs pouvaient se présenter dès le lendemain matin. Pour ce couple, être là sans ses enfants était une chance. Comme elle restait tout hébétée, je lui ai demandé :

— Vous n'avez pas d'amis chez qui aller loger quelques jours, en attendant ?

Elle a immédiatement compris ce que je voulais dire.

— Oh ! Mon Dieu… Ils sont capables de débarquer dès demain !

Prise de panique, elle secouait la tête, les deux mains sur la poitrine ; elle a tangué un moment puis s'est immobilisée. Enfin, se précipitant à la porte :

— Je vais appeler la dame chez qui je travaille. On ne sait jamais. Peut-être préféreront-ils que je reste chez eux, puisque je fais leur ménage et qu'ils me confient la garde de leurs enfants.

Une fois ma voisine rentrée chez elle, je me suis mise à tourner en rond dans notre minuscule appartement. Quand pourrais-je vivre au calme ? Peut-être me faudrait-il fuir, moi aussi ? On a frappé à la porte, j'ai ouvert après avoir épié par le judas. C'était elle de nouveau. Parlant à toute vitesse, elle m'a expliqué :

— C'est bon pour quelques jours. En plus, le mari est en mission. Elle m'a dit qu'on parlerait de tout ça chez elle. J'ai appelé un ami de mon mari, il m'a promis d'aller lui rendre visite.

— Tant mieux, votre mari reviendra, sûrement.

Elle m'a serrée dans ses bras, tout d'un coup, en murmurant :

— Je vous remercie. Ah, si on pouvait tous vivre en bonne entente comme ça dans cet immeuble !

La porte refermée, j'ai marché un moment de long en large, puis je me suis décidée. Je suis sortie dans le couloir et suis montée d'un seul élan à l'étage supérieur. J'ai repris mon souffle sur le palier avant de frapper avec le heurtoir en laiton. Ouvrant sa porte, me regardant par-dessus ses lunettes, M. Abdul s'est éclairci la voix de sa petite toux sèche habituelle :

— Ah ! C'est toi, Bari ! Entre vite.

Je me suis assise en face de lui. Tête baissée, je gardais le silence. Il ne m'a pas pressée, il souriait, simplement, avec un air de réelle gentillesse. Je lui ai expliqué pourquoi j'étais rentrée plus tôt, je lui ai rapporté aussi ce qui venait d'arriver au couple nigérian. Son sourire s'est effacé et il est devenu grave.

— Ce pays est très sourcilleux en matière de sécurité, a-t-il fait en hochant la tête.

Je ne comprenais pas ce qu'il voulait dire.

— Partout dans le monde, c'est la même chose. Les riches se sentent menacés. Ils veulent garder le contrôle de ce qui se passe chez eux. Bari, tu n'as sans doute pas de passeport ?

— Si, mais…

— C'est un faux ?

Mes pérégrinations m'avaient appris qu'il valait mieux être sincère pour gagner la confiance des autres. Je lui ai parlé de mon pays, de ma ville natale, de mon voyage depuis la Chine. Il acquiesçait, attendait la suite avec un doux sourire quand, après m'être exaltée, je reprenais mon souffle. Lorsque, avec mon arrivée à Londres, je suis parvenue au terme de mon récit, il a poussé un long soupir.

— Eh oui ! Tu découvriras plus tard ce qui déchire ce monde… Moi aussi, je me trouve ici pour les mêmes raisons que toi, exactement les mêmes. Le couple nigérian aussi, certainement. Dès demain, il va falloir se bouger. Dans l'immeuble, les autres sont en règle, à part le jeune Philippin du rez-de-chaussée… et toi. Bon, cela dit, tu n'as sûrement pas encore mangé ?

— Non, Luna non plus ; quand elle rentrera, elle aura faim.

— Voyons voir, je crois qu'on a du poulet tandoori. J'ai aussi des chapatis. Je suis fatigué de dîner tout seul le soir ; je serai ravi de t'avoir à ma table.

Il a mis le poulet au four, réchauffé des chapatis à la poêle sans ajouter d'huile. A table, il m'a donné quelques conseils :

— Dans les jours qui viennent, tu ferais mieux de t'éloigner de ces parages. Le soir, tu peux venir dormir ici. Je vais en parler à Ali.

— Ali travaille la nuit, il faut qu'il dorme dans la journée.

— Ce n'est pas grave s'il fait sauter quelques jours, je crois d'ailleurs qu'il ne gagne pas grand-chose en ce moment.

Quand je suis redescendue à notre appartement, Luna était là, elle avait déjà mis du riz à cuire. Tout en faisant sauter des légumes et de la viande, elle s'est écriée en brandissant sa cuiller en bois :

— Où t'étais ? Je me faisais un souci monstre pour toi !

Je lui ai dit que j'étais montée chez M. Abdul. Je lui ai rapporté ce qui s'était passé dans la journée : M. Tan me conseillant de ne pas aller au travail pendant quelques jours, les craintes de notre voisine nigériane… Elle a retiré la poêle du feu.

— Encore ces tracasseries ! Maman m'a raconté qu'avant ma naissance, elle en avait subi, de ces contrôles ! J'espère qu'ils ne vont pas venir fouiller partout demain, vérifier les pièces d'identité. Ce genre de choses, ça m'est déjà arrivé à moi aussi…

— En tout cas, moi je vais ranger mes affaires ; mes fringues, tu pourras toujours dire qu'elles sont à toi. Je monterai ma trousse de toilette et quelques vêtements de rechange chez M. Abdul.

Tôt le lendemain, pendant que Luna dormait encore, j'ai préparé un petit sac de voyage que j'ai porté chez M. Abdul. Il m'a dit qu'Ali allait venir, qu'il me conduirait. N'ayant en lui qu'une confiance relative, il l'a appelé. Son petit-fils était apparemment encore au lit.

— Hier, je t'ai bien demandé de venir à l'heure, s'est écrié M. Abdul, et tu dors encore ?

Il a raccroché. Il marchait de long en large, les mains dans le dos, jetant de temps à autre un coup d'œil dans la rue.

— Ce voyou, il aurait dû arriver avant que les fonctionnaires prennent leur service !

Au bout d'une heure, les pas d'Ali ont résonné dans l'escalier.

— Dis donc, tu es sacrément en retard ! Tu veux que la police embarque Bari ?

Ali semblait ne pas comprendre.

— Je suis en retard, a-t-il grommelé, parce qu'il a fallu que j'emprunte une voiture à un copain. Si Bari déménage, il faut bien une voiture, non ?

— Mais qui t'as dit qu'elle déménageait ? Je t'ai juste prié de la garder chez toi quelques jours.

Ali m'a souri en découvrant ses dents blanches quand nos regards se sont croisés. Une fois dans la voiture, je me suis sentie plus à l'aise. La Nigériane était sans doute allée se réfugier chez la dame pour qui elle travaillait comme femme de ménage. Quant au Philippin, agent de propreté dans un hôpital, M. Abdul s'était engagé à l'informer. Il n'était pas question que les locataires de son immeuble soient arrêtés ou expulsés. Il ne voulait pas se faire mal voir de M. Hajad lorsqu'il viendrait encaisser les loyers. La voiture qu'Ali avait empruntée était une vieille guimbarde aux portières et pare-chocs enfoncés.

— Où va-t-on ?

— D'abord, on va chez moi, a répondu Ali tandis que nous sortions du quartier à vitesse réduite.

Il semblait au courant de la situation ; sans doute M. Abdul lui avait-il expliqué que je pouvais être dans le collimateur des inspecteurs.

— Ne t'en fais pas trop ! Dans ma boîte, il y a plein de types en situation irrégulière. Certains n'ont même pas de permis de conduire.

Assise à côté de lui, j'étais d'humeur sombre.

— Pourquoi, ai-je marmonné, les gens ont-ils inventé les frontières ?

Ali habitait dans les quartiers ouest, à Shepherd's Bush. A peu de distance du manoir de Mme Emily à Holland Park. Il suffisait de traverser une rue pour se trouver dans un autre monde. Avec sa terre dénudée par endroits, Shepherd's Bush était aussi sale, aussi moche qu'un chien pas lavé depuis des lustres. Cinq rues encadraient un espace vert jonché de détritus. Entre les nombreux magasins qui se serraient en arc de cercle se faufilaient des ruelles. Nous sommes entrés dans l'une d'elles. Ali occupait un studio au troisième étage d'un immeuble dont l'entrée était d'aspect lugubre.

C'était un minuscule logement, tout en profondeur, coupé par une cloison à mi-hauteur. Dans la première section, un meuble de cuisine à deux portes, une table bancale et quatre chaises ; dans l'autre, un lit le long du mur et une armoire métallique de récupération. Lui demander pourquoi il ne logeait pas chez son grand-père m'a effleuré l'esprit. Mais vivre avec un monsieur âgé devait présenter pour lui bien des inconvénients, comme sans doute pour tous les jeunes dans le monde.

Ce jour-là, Ali et moi sommes devenus beaucoup plus proches. Je lui ai raconté comment j'étais arrivée à Londres, comment ma famille s'était trouvée dispersée, mon passage du Tumen, mon séjour en Chine. Des histoires semblables, Ali en avait entendu souvent de la bouche de son grand-père et de son père, alors que lui, né à Londres, n'était jamais allé dans le pays de ses parents.

— Srinagar, a-t-il prononcé en séparant bien les syllabes, tu en as entendu parler ?

— Non, c'est la première fois que j'entends ce nom. Et toi, Chongjin, ça te dit quelque chose ?

— Chong… quoi ?

Nous avons passé toute la journée dans son studio. Le soir, en se rendant à son travail, il m'a raccompagnée à la maison. Je suis montée chez M. Abdul, qui m'a annoncé que deux fonctionnaires du bureau de l'immigration étaient passés. Ils n'avaient pas visité tous les appartements, mais ils voulaient des informations sur tous les locataires. M. Abdul leur avait montré la liste des occupants avec leur nom et leur profession. A propos du Philippin, il avait convenu qu'il avait en effet résidé ici, mais qu'il avait déménagé récemment il ne savait où. Pour ce qui me concernait, il avait prétendu que Luna occupait seule le studio. Ce qui était plausible, le contrat étant à son nom. Elle y habitait d'ailleurs seule jusqu'à mon arrivée. Si je n'étais que de passage, je n'avais pas à figurer sur la liste des locataires. Ils avaient voulu visiter l'appartement du couple nigérian, mais M. Abdul s'y était opposé.

— Je leur ai dit que je ne pouvais pas ouvrir un appartement sans l'autorisation des locataires. Ils n'avaient qu'à revenir, s'ils voulaient, avec un mandat en bonne et due forme… En tout cas, à cause de la Nigériane, il se peut bien qu'on les revoie. Mais bon, encore quelques jours, et tout sera réglé.

Il m'a proposé de l'agneau et des chapatis. Dans un premier temps, j'ai décliné, puis je me suis ravisée en précisant que, le lendemain, je viendrais plus tôt pour lui préparer de bons plats. Assis en face de moi, il m'a demandé :

— Alors, Ali a été gentil avec toi ?

— Oui, mais je me demande pourquoi il vit tout seul là-bas.

— Je me le demande aussi, a fait M. Abdul en riant. Nous, on a toujours vécu ensemble, en famille. J'ai eu du mal à m'adapter à la vie d'ici. Le père d'Ali a rencontré une musulmane, qu'il a épousée. Quand il est parti à Leeds pour son travail, ça m'a secoué. Je travaillais à Londres, je ne pouvais pas le suivre.

Avant de prendre sa retraite, M. Abdul était employé dans un hôtel. Maintenant, il gérait l'immeuble de M. Hajad qui, en échange, lui accordait la gratuité de son logement. Banquier, M. Hajad ne possédait pas moins de cinq immeubles.

— Ali a été élevé avec ses frères et sœurs, a poursuivi M. Abdul. Il a toujours dû partager la même pièce avec eux. Pour le moment, il aime mieux être seul.

En effet, Ali m'avait dit, l'air embarrassé, qu'il avait six frères et sœurs. Ce que disait M. Abdul, je le comprenais parfaitement.

J'ai passé trois autres journées chez Ali, me pliant aux conseils de son grand-père qui m'avait recommandé de rester vigilante jusqu'à la fin de la semaine.

Luna m'a remis un message de M. Tan : tout allait bien à la boutique, je pouvais rester absente jusqu'à la fin de la semaine. Il souhaitait que je reprenne mon travail le mardi suivant. Sarah avait appelé plusieurs fois pour me demander. Mme Emily souhaitait me voir.

Quand je me sentais seule, quand j'étais inquiète, je pensais à ma grand-mère. Je me remémorais les conversations que nous avions depuis ma petite enfance lorsqu'elle me contait des histoires. Je murmurais nos répliques, jouant ma partie et la sienne. Luna dormait en ronflant légèrement, je me tournais et retournais, laissant mon esprit prendre son envol. Le présent m'apparaissait dans une implacable clarté, mais ce que me réservait l'avenir, je ne le voyais pas.

Mon esprit plane dans l'espace : je me vois couchée sur le côté, les genoux remontés contre mon ventre. Je vois Luna à côté de moi, je vois clairement l'intérieur de l'appartement. Une profonde obscurité se répand sur le monde, d'où se détache une longue sente lumineuse. Et comme d'habitude, dès mes premiers pas sur ce chemin, j'aperçois le pelage immaculé de Chilsong. Comme d'habitude, il remue gentiment la queue.

« Chilsong, j'ai envie de voir ma grand-mère, tout de suite. »

« Vraiment ? Elle aussi t'attend… »

Le chien avance devant moi en se retournant de temps à autre. Je glisse sur le chemin de lumière. Au sommet d'une colline noyée dans une sorte de brume ou de vapeur, se dessine un pavillon octogonal desservi par un escalier monumental ; d'énormes piliers soutiennent un toit aux extrémités incurvées. Tout de blanc vêtue, ma grand-mère est là qui m'attend, elle me fait un signe de la main. Je cours me jeter dans ses bras. Elle sait si bien consoler mon âme !

« Ma petite Bari, de quoi es-tu en peine ? »

« Je vais bien, grand-mère. »

« Tu as réussi à venir jusque-là, mais tu as encore un long chemin à faire. Regarde là en bas. »

Elle s'est approchée de la balustrade pour me montrer, tendant le bras, un endroit précis. La brume se lève et, tout là-bas, très loin, des montagnes, des champs et des rivières apparaissent, des villes aussi.

« Où est-ce ? »

« C'est là où tu habites. Tu as vu beaucoup de gens, n'est-ce pas ? »

« J'ai rencontré un tas de personnes très différentes. »

« Tu n'as pas oublié ce que je te disais autrefois quand tu écoutais mes contes. Tu trouveras sur ta route une foule de personnes qui t'interrogeront, qui voudront savoir pourquoi elles souffrent. »

« La princesse Bari leur répond qu'elle leur apportera la réponse à son retour de l'enfer. »

« Eh oui ! Il faudra donc que tu les possèdes, les réponses. »

« Je les apprendrai en traversant l'enfer. »

« Non, c'est au cours de ta vie que tu les trouveras. »

« Même si on ne parle pas la même langue, même si on est différents, même si on ne vit pas au même endroit ? »

Un sourire très doux creuse les rides de son visage.

« Bien sûr, c'est la même chose pour tout le monde. Les gens ne sont pas parfaits, ils tombent malades, ils sont immatures, avides. »

« Ils sont à plaindre », ajouté-je.

« Bravo, Bari ! Si tu as compris que nous sommes pitoyables, tu les trouveras, les réponses. »

Elle agite de nouveau la main, une nuée blanche enveloppe le pavillon.

« Tu vas te lier avec le totem. C'est en vivant avec lui que tu trouveras l'eau de la vie. »

« Grand-mère, est-ce que les âmes des gens des autres pays sont aussi là-bas ? »

« Bien sûr, c'est partout pareil. Les âmes souillées doivent toutes se purifier. Maintenant, il faut que tu partes, je dois m'en aller moi aussi. »

Je me sens poussée hors du pavillon, aussi légère qu'une brise, ondoyant parmi les nuages, et je me retrouve sur le chemin, devant Chilsong qui, de joie, balance la queue en me voyant revenir. Il est passé, le bref instant où mon âme flottait au plafond de la chambre, déjà elle a regagné mon corps. J'ouvre l'œil, je viens de me réveiller. L'arbre du jardin dessine une ombre noire dans l'encadrement de la fenêtre.

C'était le troisième après-midi que je passais chez Ali. On était à table. Il se lève tout d'un coup et, se penchant en avant, voilà qu'il m'embrasse sur les lèvres. Je me suis aussitôt essuyée du revers de la main. Et il m'a imitée en pouffant de rire !

— Qu'as-tu donc à rire comme ça ?

— Tu as tellement l'air d'une enfant... pffui...

— Pourquoi me singes-tu ?

Là-dessus, le gaillard me soulève comme un fétu pour me déposer sur son lit. Sans doute croyait-il que j'allais me débattre... Je suis restée allongée comme une poupée. Quand il est venu s'étendre à mon côté, j'ai eu l'impression que le lit allait s'effondrer. Il a posé les mains sur ma poitrine, je les ai repoussées doucement. Je me suis souvenue de ce moment où, lors de notre arrivée à Chinatown, une grosse maquerelle s'était esclaffée à la vue de ma poitrine. Je n'étais pas fière de mes seins. Peu importe, j'avais très bien compris où il voulait en venir. Il s'est débarrassé de son tee-shirt et déjà il tentait de défaire ma ceinture. Je l'ai repoussé pour la dénouer moi-même et ôter mon pantalon. Il a fait de même. Je l'ai laissé faire quand il a retiré mes sous-vêtements. J'étais nue. Lui aussi. Sa poitrine, ses bras, ses jambes étaient couverts de poils noirs. Une pensée incongrue m'est passée par la tête : « Est-ce à force de manger de l'agneau qu'on devient aussi velu ? » Quand il m'a pénétrée, brutalement, ça m'a fait si mal que mes cheveux se dressaient sur ma tête ; mon âme, par intermittence, s'échappait de mon être. Un moment, au-dessus du lit, j'ai cru voir des femmes portant le hijab et un homme barbu en tunique.

Ce week-end-là, Ali et moi sommes allés voir M. Abdul. C'est moi qui avais pris l'initiative de cette visite. Quand j'en ai présenté la raison à Ali, il a eu l'air désemparé. Pourtant, après m'avoir écoutée et avoir réfléchi un moment, la tête penchée, il a fini par acquiescer. « Toi et moi, lui ai-je expliqué, nous sommes différents des Occidentaux. J'ignore ce que sont les coutumes chez toi, mais chez nous, si l'on n'a pas l'intention de se marier, on ne doit pas avoir de relations. J'ai donc décidé de devenir ta femme. »

Plus tard, j'ai entendu des histoires horribles sur ce qui se passait dans le pays d'origine d'Ali : les filles, les sœurs qui se donnaient à un homme sans l'accord des parents – ce qui était mon cas – pouvaient être tuées à coups de pierres en toute légalité par le père ou les frères. Quand nous sommes entrés chez M. Abdul, au lieu de nous demander pourquoi nous avions cette mine contrite, il nous a regardés d'un œil un peu sévère. Il attendait que nous nous décidions à parler. Alors, j'ai pincé les fesses d'Ali.

— Aïe ! a-t-il crié avant de se jeter à l'eau. C'est que… je… j'aimerais épouser Bari.

Quel nigaud ! Comment s'y prendre plus maladroitement ? Il m'était impossible d'intervenir, je me suis contentée de planter mes yeux dans les siens quand nos regards se sont croisés.

— Et toi, Bari, tu es d'accord, hein ?

Je n'osais pas répondre, j'ai simplement baissé la tête, en faisant signe que oui. M. Abdul nous a regardés par-dessus ses lunettes.

— Viens t'asseoir ici, m'a-t-il ordonné. Ali, toi, tu veux bien sortir un moment ?

— Pour aller où ?

— Je ne sais pas, moi, va boire une bière au pub dans la rue. Reviens dans une heure, pas avant.

Il est sorti, l'air anxieux. Je suis restée seule, face à M. Abdul, prudemment assise sur le bord de la chaise longue, en face du canapé où il avait pris place.

— Quel âge as-tu maintenant ?

— Je viens d'avoir dix-huit ans.

— C'est bien jeune, mais dans ma jeunesse, on se mariait encore plus jeune. Nous, nous sommes des musulmans et croyons en Allah. Les musulmans se marient en général avec des jeunes filles musulmanes. Mais aujourd'hui, ce n'est plus une obligation. Dis-moi, toi, tu l'aimes vraiment, mon petit-fils ?

Je n'ai pas pu m'empêcher de rire.

— Ali a l'air d'un gros nigaud ; malgré sa taille, on dirait un enfant.

— Ça veut dire que tu l'aimes. Si vous vous plaisez, moi je n'ai pas l'intention de m'y opposer. Qu'il se remue un peu, qu'il travaille assidûment et gagne bien sa vie, qu'il respecte les règles de vie des musulmans, je ne lui demande rien de plus dans ce pays étranger.

Il s'est ensuite soucié de savoir où nous avions l'intention de nous établir. J'ai répondu sans hésiter que j'aimerais quitter le studio de Shepherd's Bush pour venir vivre chez lui. M. Abdul avait un appartement avec deux chambres et un séjour confortablement meublé. Surtout, je me disais qu'auprès de lui, je me sentirais en sécurité.

— Tu ne crois pas qu'Ali va se sentir gêné ? Attendez un peu, l'appartement en face du tien va bientôt se libérer. Vous pourriez vous y installer.

En effet, la Nigériane l'avait appelé pour lui annoncer que son mari, expulsé, était rentré dans son pays et qu'elle allait déménager.

— Et puis, il n'est pas nécessaire de respecter scrupuleusement les coutumes de chez nous. Vous vous contenterez d'organiser des soirées *mayoun* et *mehndi* avec vos amis pour leur annoncer votre mariage. La cérémonie, il faudrait la faire à Leeds chez les parents d'Ali, en invitant la famille et les voisins.

Ensuite, il m'a parlé de son pays :

— Mon père gardait des moutons. Il avait un peu de terre aussi. Ma famille a vécu pendant plusieurs générations à Kargil dans l'Etat du Jammu-Cachemire. Quand mon père a été assassiné, nous avons déménagé à Srinagar.

Je suis donc devenue membre de leur famille, mais pour moi, même après plusieurs années, la religion musulmane est restée un mystère. Tout comme l'histoire des aïeux d'Ali. Quant à mon pays, j'ai appris qu'il était coupé en deux, que les habitants du Sud et du Nord s'étaient battus comme chien et chat, que les modes de vie de part et d'autre étaient désormais différents, de même que les conceptions idéologiques ; on disait que c'était à cause des longs nez, des Américains. La famille d'Ali s'est elle aussi trouvée divisée entre musulmans et hindous, entre Pakistan et Inde – une rivalité qui remonte à loin dans le temps. Maintenant, le Jammu-Cachemire était occupé par l'Inde. Les Pakistanais en voulaient aux Anglais.

M. Abdul disait qu'encore aujourd'hui, on tuait des innocents dans des combats fictifs. Quand il était jeune, on venait fracasser les portes et on tuait les gens en plein jour.

— Que voulez-vous dire par « combats fictifs » ?

— Les soldats tuent les musulmans pour leur prendre leurs biens ; puis ils établissent des rapports où ils prétendent que nos frères se sont rebellés et ont été tués dans un combat. Ils se voient attribuer des primes, ils obtiennent des promotions. J'ai encore lu des récits de ce genre dans les journaux il n'y a pas très longtemps.

Un jour, au retour des champs, il avait trouvé sa femme et ses deux filles tuées par balle ; son fils – qui deviendrait le père d'Ali, il n'avait alors que cinq ans – n'avait eu la vie sauve que parce qu'il avait eu la présence d'esprit de se dissimuler sous un grand bassinet.

— Autrement dit, dans ma famille, le père d'Ali et moi sommes les deux seuls survivants.

M. Abdul était arrivé en Angleterre dans les années soixante, époque où les affrontements au Cachemire étaient d'une rare violence.

— J'avais trente ans, je me suis tapé toutes sortes de boulots. Je me suis remarié. Un homme, il faut qu'il soit marié pour gagner un peu d'argent ; s'il est seul, il se laisse aller. Ma femme est décédée il y a quelques années. Aujourd'hui, je n'ai qu'un vœu à combler, faire le pèlerinage de la Mecque.

Je l'ai interrogé sur les personnes que j'avais vues en songe chez Ali :

— Dans un rêve, j'ai vu une femme et des jeunes filles portant le hijab, et puis un monsieur en tunique, avec une longue barbe.

M. Abdul a penché la tête, doucement.

— Sans doute la grand-mère d'Ali et mes deux filles. L'homme à la barbe, ce devait être mon père.

Il a essuyé des larmes avec le pan de sa chemise.

— Merci pour ce que tu viens de me dire. Si tu les as vus, cela signifie qu'ils t'acceptent dans la famille.

Ali m'a proposé d'aller rendre visite à ses parents. M. Abdul a donné son accord. La décision a été prise de nous rendre à Leeds dès le lundi suivant puisque ni Ali ni moi ne devions travailler ce jour-là. Leeds se trouve dans le Yorkshire, à deux heures et demie de train de Londres. Faire l'aller-retour dans la journée ne nous aurait pas laissé beaucoup de temps sur place, aussi avons-nous décidé de passer la nuit là-bas. M. Abdul a téléphoné au père d'Ali pour lui annoncer notre venue tandis qu'Ali appelait sa mère. Si Ali avait été le seul à annoncer la nouvelle, ses parents auraient cru à un canular.

Ils résidaient dans un quartier périphérique de Leeds où vivait une importante communauté musulmane. Avec leurs murs blancs et leur toit en terrasse, les maisons se ressemblaient beaucoup. Les habitants, presque tous pakistanais, aimaient manger sur ces terrasses, y boire autour de grillades. Ali était le deuxième enfant de la famille ; son frère aîné, déjà marié, vivait ailleurs ; sa plus grande sœur, mariée elle aussi, habitait à Bradford. La mère disait qu'ils ne pourraient venir nous voir qu'à l'occasion du *baraat*, la procession nuptiale, c'est-à-dire le jour même du mariage.

Etant donné que la famille ne serait réunie que le soir, Ali et moi ne sommes partis de Londres qu'après le déjeuner. La mère d'Ali nous attendait. C'était une dame un peu forte, très calme et douce, qui portait une longue tunique et dissimulait ses cheveux sous un hijab. Elle m'a serrée dans ses bras. Comme Ali me l'avait appris, j'ai dit tout bas *Assalaam alaykoum*, salutation qu'elle m'a adressée à son tour en me regardant dans les yeux. Je voulais l'aider à préparer le dîner, mais elle a insisté pour que je reste avec les autres dans le salon. J'ai bien été obligée d'obéir. Une odeur de coriandre flottait dans la maison.

Les petites sœurs d'Ali sont bientôt rentrées de l'école. Après les présentations, elles m'ont saluée en pouffant. Uthman, un des frères d'Ali, n'est rentré qu'à la tombée du jour. Il a serré la main de son frère puis la mienne, mais si fort que j'ai longtemps eu mal aux doigts. Le père enfin est arrivé. Cheveux courts poivre et sel, moustache fournie. Au premier coup d'œil, j'ai vu ce que deviendrait Ali quand il aurait son âge. Il s'est éclipsé pour passer des vêtements traditionnels plus confortables. Je suis restée assise à côté d'Ali sans dire un mot. Toute la famille a pris place, les yeux rivés sur nous. Les jeunes sœurs riaient chaque fois que leur regard croisait le mien. Le visage du père, plutôt silencieux, m'a paru serein. La famille est passée à table et le père a récité rapidement une prière. Quand la mère a commencé à apporter les plats, je me suis levée pour l'aider. Toutes ces têtes me semblaient sympathiques et bienveillantes. C'est le père qui a entamé la conversation :

— Vous avez vos parents chez vous ?

En répondant à ma place, Ali a mis un terme à mon hésitation :

— Ses parents sont décédés.

— Oh, je suis désolée ! s'est écriée la mère.

— Allah prend en premier ceux qu'il chérit le plus, a ajouté le père.

Ali a raconté que, dans un rêve, j'avais vu son arrière-grand-père, sa grand-mère et ses deux tantes qui avaient péri à Srinagar. Le père continuait de manger sans répondre. La mère a dit à Ali sur un ton de reproche :

— On parlera après le repas.

Au dessert, les sœurs d'Ali sont allées prendre position devant la télé avec un gâteau et sa mère est retournée à la cuisine. Il n'est plus resté que son père et nous deux autour de la table. Tout en prenant du thé, le père a expliqué :

— Ton grand-père m'a parlé. Si on repousse trop le mariage, on va tomber dans la période du Ramadan ; mieux vaut se dépêcher un peu.

— Oui, si on faisait le mariage le mois prochain ?

— Quoi ? Le mois prochain ? est intervenue la mère depuis la cuisine. Mais c'est aller trop vite ! Donnons-nous quelques mois, le temps de faire plus ample connaissance...

Le père, passant outre :

— J'en ai parlé avec ton grand-père. Lui et moi, nous allons t'acheter une voiture. Tu pourras gagner ta vie correctement en faisant le taxi.

— Vrai ? Je n'aurai plus besoin d'emprunter les voitures ?

— Moi, c'est un cadeau, mais ton grand-père, je tiens à ce que tu le rembourses. Tu vas avoir des enfants, tu devras aller à la mosquée, faire les prières, en somme mener une vie nouvelle.

Deux jours après notre retour à Londres, en rentrant du salon de manucure avec Luna, j'ai aperçu de la lumière à la fenêtre de notre voisine. Me demandant si elle était revenue, j'ai frappé à la porte. La Nigériane m'a ouvert ; elle portait un tablier et un fichu sur la tête, elle était en train d'emballer ses affaires. Elle m'a fait signe d'entrer. Il y avait partout des cartons.

— Je pars demain. C'est un appartement meublé, mais le lit était à moi. Le gardien me l'a repris pour la moitié de son prix. J'ai eu de la chance. C'est vous qui allez venir habiter ici ?

J'ai répondu que oui. Elle m'a pris la main :

— Félicitations, M. Abdul m'a dit que vous allez épouser son petit-fils…

Comme je n'osais pas demander des nouvelles de son mari, c'est elle qui a abordé le sujet :

— Mon mari a reçu un ordre d'expulsion. Mais moi, je ne peux pas rentrer comme ça. Tous les deux, nous sommes nés pendant le génocide chez nous.

Je ne comprenais pas ce qu'elle voulait dire.

— A l'époque, beaucoup d'enfants sont morts. Nous, c'est par miracle que nous avons survécu. Mon mari reviendra, quoi qu'il arrive.

Je n'ai appris que plus tard comment les gens arrivent d'Afrique en passant par Gibraltar, comment ils traversent le continent et enfin la Manche. La traversée sur de petites embarcations depuis le Maroc, ce doit être tout autre chose que le passage du Tumen ! Il leur faut ensuite franchir des montagnes à pied ou en train, passer des frontières, traverser la Manche. Seuls sont admis en Grande-Bretagne ceux qui y ont des connaissances ou des membres de leur famille déjà installés.

Il avait fallu trois ans à tel chauffeur de radio-taxi pour parvenir à son but. Il avait été repoussé deux fois alors qu'il tentait de traverser la Manche depuis Calais. Il était finalement arrivé sur le sol britannique, accroché au toit de l'Eurostar. A l'approche du tunnel, le train ralentit. Prostrés sur les talus, les clandestins attendent ce moment pour sauter sur le toit. Il leur faut rester solidement agrippés, pendant les vingt minutes que dure la traversée, pour résister à la pression de l'air. Il leur faut surtout guetter l'instant où sauter à la sortie du tunnel de l'autre côté de la Manche. Il arrive aux cheminots de ramasser des corps dans le tunnel. Un ami d'Ali, arrivé sur le sol britannique avec l'espoir de retrouver l'oncle d'un ami proche, avait appris, au terme d'une laborieuse enquête, qu'il était décédé depuis plusieurs années. Le nom de cet homme qu'il cherchait à rejoindre avait été, pendant tout ce temps, sa seule lueur d'espoir…

Chaque fois que les circonstances m'ont amenée à parler, avec les uns ou les autres, des pays que nous avons quittés, nous avons fini par évoquer la guerre, la famine, la maladie, le pouvoir détenu par des militaires violents et redoutables. Partout dans le monde, aujourd'hui encore, des gens meurent parce qu'ils ont tenté de passer une frontière à la recherche de conditions de vie meilleures.

Après le départ de la Nigériane, Ali et moi avons commencé, un soir, à arranger l'intérieur de l'appartement ; nous avons repeint les murs, tout nettoyé de fond en comble, modifié la disposition du coin cuisine. L'agencement de l'appartement étant le même que celui de Luna, je n'étais pas dépaysée.

On appelle *shadi* l'ensemble des cérémonies prénuptiales et nuptiales. La veille du mariage ont eu lieu les rituels du *mayoun* et du *mehndi* : nous avons invité des amis, qui nous ont offert des cadeaux. Et le lendemain a été célébrée, chez les parents d'Ali à Leeds, la cérémonie de mariage proprement dite, c'est-à-dire la procession (*baraat*) et la réception (*valima*).

Ces événements m'ont permis de prendre la juste mesure de l'amitié que me portaient les personnes dont j'avais fait la connaissance en arrivant dans ce pays, moi qui avais perdu tous mes parents. Lew du Shanghai Fantien et M. Tan du Tonkin ont été pour moi de vrais parrains ; quand j'ai demandé qui accepterait de tenir le rôle de mon père, ils se le sont disputé, et finalement c'est M. Tan qui l'a emporté. Luna serait ma dame d'honneur ; bien que née en Grande-Bretagne, en tant que Bangladaise, elle n'ignorait rien des traditions orientales.

Luna et moi avons acheté de l'agneau, du poulet hallal et du poisson au marché. Ali a commandé des chapatis à un restaurant pakistanais, ainsi que des *champ*[1], du *haleem*[2], des samoussas et des burfis. Je tenais à présenter des plats faits maison. J'ai donc préparé, avec l'aide de Luna, des brochettes de poulet, un curry de poulet au piment vert et des légumes.

Ali a invité ses collègues de la société de radio-taxis, dont la moitié était d'origine pakistanaise, ainsi que quelques amis musulmans de Shepherd's Bush. M. Abdul a convié des gens de son âge qu'il fréquentait à la mosquée du quartier. S'absentant de leur école, les deux sœurs d'Ali sont venues de Leeds pour m'aider. Nous avons sorti deux tables dans le jardin pour disposer les plats et les boissons, les assiettes et les verres. Et les invités sont arrivés à la nuit tombante, accueillis par les trémolos aigus de chansons pakistanaises déversées par un lecteur de cassettes.

Luna m'ayant dit que je ne devais pas me montrer tout de suite, j'attendais dans notre appartement, parée de la robe jaune que M. Abdul m'avait offerte, un foulard de même couleur sur les cheveux. Toujours d'après Luna, je ne pouvais me présenter devant l'assistance que le visage totalement voilé.

1. En-cas, amuse-gueule, hors-d'œuvre.
2. Ragoût de lentilles (Inde et Pakistan).

Avec du henné, elle m'a dessiné des motifs *mendhi*, entrelacs de sarments et de fleurs, sur les doigts et le dos de la main (sur les jambes, j'ai refusé). Elle a fait preuve de beaucoup d'habileté pour peindre ces tatouages provisoires. Les sœurs d'Ali ont enfin ouvert la porte, me signifiant que le moment était venu pour moi d'apparaître.

— C'est à toi maintenant.

— Attends, s'est écriée Luna, du mascara à la main, j'ai pas fini les yeux !

Elle a souligné de noir le bord de mes paupières et ajouté du mascara. Quand je me suis regardée dans le miroir, face à moi se tenait une Pakistanaise sous un voile jaune. Les sœurs d'Ali, en s'approchant, ont l'une après l'autre poussé des cris d'admiration : « Que tu es jolie ! » Je suis sortie dans le jardin et me suis assise sur une chaise. Malgré mon voile, je voyais tout ce qui se passait très clairement. Les sœurs d'Ali ont cherché un air sur la cassette, elles ont monté le volume et chanté à l'unisson tandis qu'Ali apparaissait en tunique blanche. Ses sœurs et Luna se sont approchées pour lui lancer des pétales de roses rouges, puis ont tendu un voile au-dessus de sa tête, comme pour cacher le ciel. Il est allé s'asseoir sur un tabouret. Les invités ont sorti des billets de banque qu'ils ont fait tournoyer une fois au-dessus de sa tête avant de les remettre à ses deux sœurs. M. Abdul et ses amis se sont mis à danser, ondulant des bras au rythme de la musique. Les jeunes, les sœurs d'Ali et Luna les ont rejoints. Tous dansaient en formant un grand cercle.

— Il est beau comme un paon, le nouveau marié ! La nouvelle mariée est plus belle qu'une fleur !

— Puisse Allah les prendre en son sein et les bénir !

On chantait, on dansait et, en passant tout près de moi, on me glissait quelque confiserie dans la bouche, qu'on introduisait de force quand je faisais mine de refuser. Tout devant se faire dans des formes simplifiées, après la danse et les chants, tout le monde s'est assis sans plus attendre autour de la table couverte de mets et de boissons. J'ai été invitée à les rejoindre. Ali a soulevé mon voile que j'ai repoussé sur mes cheveux à la façon d'un hijab.

Pour les non-musulmans, l'absence d'alcool eût été mal vue : nous avions donc prévu de la bière. M. Tan a fait un petit discours. Lew y est allé lui aussi de son compliment, mais sa voix s'est subitement enrouée. Il s'est tourné pour essuyer une larme. Bien qu'il n'en ait rien dit, il devait penser à sa fille laissée dans son pays natal.

C'est donc le lendemain, à Leeds, qu'a eu lieu la véritable cérémonie de mariage, le *baraat*. Nous sommes partis tôt le matin dans un minibus loué à la société d'Ali. Luna, les deux sœurs d'Ali et M. Abdul nous accompagnaient.

Devant la maison des parents d'Ali, beaucoup de monde – ses frères et sœurs, des parents lointains, des amis, les gens du quartier, les fidèles de la mosquée – était déjà là à nous attendre. Ses parents, après s'être excusés poliment auprès des voisins pour l'embarras causé, avaient dressé pour eux une tente dans la cour, et une autre sur la terrasse pour les invités.

Je suis montée sur la terrasse pour y attendre Ali qui saluait nos hôtes en bas. Ses sœurs et ses amis lui ont passé une guirlande de fleurs au cou tandis qu'il montait l'escalier, ainsi qu'à ses parents et à M. Abdul. Il s'inclinait devant les invités tout en s'approchant lentement de moi. Plusieurs personnes m'ont offert un peu d'argent, gage de bonheur pour l'avenir. C'est l'imam du quartier qui a présidé la cérémonie et nous a déclarés unis. Mes témoins étaient Luna et une amie d'une sœur d'Ali venue de Bradford. Pour lui, ce rôle était tenu par deux de ses anciens camarades d'école de Leeds. Puis est venu le moment des photos, il a fallu en prendre plusieurs dizaines. Nous sommes enfin descendus dans la cour pour proclamer notre union, nous avons salué tout le monde, et on nous a encore offert de l'argent.

Le lendemain, nous nous sommes reposés en famille. M. Abdul, Ali, Luna et moi sommes revenus à Londres. Les jours suivants, j'ai vécu avec le sentiment d'être ailleurs.

Grâce à l'argent donné par son père et son grand-père, Ali a pu acheter un break Volkswagen d'occasion en très bon état. Il s'est inscrit comme chauffeur propriétaire auprès du service des radio-taxis.

Lew et M. Tan ont de nouveau fait preuve de générosité. M. Tan m'a remis une enveloppe de trois cents livres et m'a accordé, en plus, une avance de mille livres. Quant à Lew, il nous a fait don de deux cents livres ainsi que d'un très beau cadeau : quelques jours après le mariage, en effet, il est passé au salon de manucure pour m'annoncer que la quasi-intégralité de ma dette était remboursée et que, devenue l'épouse d'un homme de nationalité britannique, j'allais pouvoir obtenir un passeport et régulariser mon titre de séjour. Le passeport que je détenais était un faux, bricolé par les passeurs de serpents ; s'il tombait entre les mains des officiers de l'immigration, la falsification serait vite démasquée. Mon protecteur était en passe de récupérer celui d'une Chinoise récemment décédée, portant un visa de séjour régulier. Je me souviens de l'avoir entendu dire, sur le ton de la plaisanterie, qu'en dépit des décès la population chinoise des Chinatowns d'Europe ne diminuait jamais. Avec ce titre de séjour, j'allais pouvoir déclarer très légalement mon mariage et obtenir un permis de travail. Ce document nous coûterait cinq mille livres, montant qu'Ali et moi étions certains de pouvoir rembourser rapidement. L'investissement nous apporterait des avantages manifestes.

Dans le conte de ma grand-mère, la princesse Bari épousait un totem. J'ai repensé à tout ce temps qu'elle devait passer en sa compagnie, se sacrifiant pour lui, allant chercher du bois, puisant de l'eau, lui donnant des enfants, tenant son ménage. Et ce pendant trois fois trois ans !

Et j'ai fini par comprendre que vivre, c'est attendre et patienter. Même si nos espérances ne sont pas comblées, l'essentiel est de vivre et de laisser le temps faire son œuvre.

10

Notre vie commune, Ali et moi l'avons commencée dans l'appartement précédemment occupé par le couple de Nigérians. Nous avons toutefois décidé d'utiliser la cuisine de M. Abdul pour manger en famille. En rentrant, je préparais le dîner chez lui avec les courses qu'il avait faites en fonction d'une liste que j'avais dressée. En général, je mangeais en tête-à-tête avec lui. Quant à Ali, comme il travaillait de nuit, il tâchait de dîner avec nous une ou deux fois par semaine avant de partir au boulot.

J'ai passé de longues heures avec M. Abdul à parler de choses et d'autres, de sa famille, de ses ancêtres, d'« Allah, seul Dieu de l'univers, et de son prophète Mahomet ». Je n'ai pas lu le Coran, mais j'ai retenu le premier verset de la prière rituelle : *La ilaha illallah Mahomet Rasulullah* (Il n'y a de Dieu qu'Allah et Mahomet est son prophète). Moi qui avais entendu ma grand-mère répéter que le Ciel gouvernait toutes choses en ce monde, je n'étais pas dépaysée. Si mon père nous avait entendues, il nous aurait grondées, nous reprochant de prêter l'oreille à des superstitions. Pour moi, entre le Dieu dont parlait ma grand-mère et celui de M. Abdul, il n'y avait pas grande différence. Pas plus qu'il n'y en a entre manger du riz ou des naans et des chapatis.

J'ai souvent parlé de ma grand-mère avec M. Abdul. Puisqu'elle avait été généreuse toute sa vie, elle était, d'après lui, devenue un ange au paradis, cet endroit merveilleux où paressent des rivières et poussent tant de fleurs. Je me disais à part moi que bien d'autres personnes, toutes celles qui étaient semblables à ma grand-mère et que je devinais au-delà du pont de l'arc-en-ciel, devaient se trouver avec elle.

M. Tan du Tonkin était bouddhiste, Lew récitait sans fin ses prières dès qu'il disposait d'un peu de repos. Beaucoup de gens de Chinatown se rendaient au temple taoïste pour brûler de l'encens et prier. Luna la Bangladaise et Sarah la Sri-lankaise, toutes deux nées sur le sol britannique, allaient à l'église, elles croyaient en Jésus. Pourtant, disais-je à M. Abdul, tous ces gens, même s'ils respectaient grosso modo les rites propres à leurs croyances d'origine, s'étaient accordé une grande liberté pour passer d'une croyance à une autre. Et lui de commenter avec le sourire :

— Ma petite Bari, nous avons des habitudes vestimentaires et culinaires différentes, nos modes de vie ne sont pas les mêmes, mais l'Univers est un.

Moi, je ne savais rien de la religion musulmane, mais parmi les rites qu'on respectait dans la famille d'Ali, nul ne me dérangeait, en dehors peut-être du Ramadan. Et encore, ce rite m'a permis de comprendre à quel point les repas quotidiens et la cohésion familiale sont importants.

Au cours de nos discussions, j'ai expliqué au père d'Ali pourquoi je m'appelais Bari comme la princesse du conte que ma grand-mère me racontait si souvent. Alors, il a hoché la tête avec un doux sourire :

— Si tu partages le destin de la Bari de la légende, tu dois essayer de trouver l'eau de la vie.

— Moi, je ne sais pas ce que cela veut dire, mais ma grand-mère me disait que je finirais par comprendre.

Se succédaient des jours de paix, où il ne se passait rien de remarquable. Ali conduisait assidûment son taxi, moi je travaillais au salon de massage. Tous les jours, M. Abdul faisait ses cinq prières, tourné vers La Mecque. Le vendredi, Ali se rendait à la mosquée. Il m'a appris à faire les prières à la maison.

Un jour, au Tonkin, une cliente venue se faire masser nous a annoncé :

— C'est la guerre aux Etats-Unis ! Je viens de le voir à la télévision. Le monde entier est en danger.

Surpris, les clients se posaient des questions. M. Tan a apporté le poste de télévision de la salle de repos au salon. Toutes les chaînes rapportaient ce qui venait de se passer à New York. Un premier avion s'était écrasé contre un gratte-ciel, puis un deuxième. Les mêmes images passaient et repassaient indéfiniment. Au début, nous retenions notre souffle, avec l'impression de regarder un film d'action. En voyant les tours s'écrouler, nous avons poussé un cri. Les gens couraient dans les rues envahies par la fumée, les cendres, les fragments de verre. Certains parmi eux, en haillons, blessés au visage, avaient échappé de justesse au désastre. Tout un monde réduit en poussière emportée par le vent.

La Terre entière semblait sous le choc. Quand je suis rentrée à la maison, M. Abdul était en prière, à genoux. J'ai attendu à la porte qu'il ait terminé. Après deux profondes prosternations, il s'est relevé. En se retournant, il m'a demandé si j'avais vu les nouvelles. J'ai fait oui de la tête. J'étais inquiète.

— J'ai dit à Ali de rentrer plus tôt que d'habitude ce soir.

J'ai compris ce qu'il voulait dire. Quand Ali est enfin arrivé en début de soirée, son grand-père, qui n'avait cessé de regarder par la fenêtre, l'a réprimandé :

— Je t'avais bien dit de rentrer tôt. Pourquoi arrives-tu seulement maintenant ?

— J'avais un client pour l'aéroport.

— Dorénavant, tu ne travailleras de nuit que le week-end. En semaine, tu arrêteras en début de soirée.

— Mais pourquoi vous faire du souci ? a fait Ali en me regardant, les bras grands ouverts.

— Le monde est en train de changer. Il y a pas mal de temps, déjà, qu'on regarde les musulmans d'un mauvais œil.

— Grand-père, là-bas, c'est les Etats-Unis, et nous, on est des sujets britanniques.

— C'est vrai selon la loi, mais les gens vont nous reprocher ouvertement notre religion et notre façon de vivre.

Ali s'est écrié, impatient :

— Entre les terroristes qui ont commis cet attentat et nous les musulmans, il n'y a aucun rapport !

M. Abdul a poussé un long soupir :

— Eux aussi, ce sont des musulmans. Il va se passer des choses complètement irrationnelles. Les terroristes vont servir de prétextes.

Pendant qu'ils discutaient, j'ai préparé le repas en me gardant d'intervenir. Nous avons dîné dans un lourd silence.

Grand-père avait vu juste : dans les jours suivants, des gens ont jeté des cailloux contre la mosquée, injurié les femmes voilées, tagué les maisons des musulmans.

Nous approchions de la fin de la première semaine du Ramadan. Juste avant l'aube, Ali prenait un repas léger, soupe ou porridge ; il ne buvait qu'un peu d'eau dans la journée jusqu'à la tombée du jour, ignorant toute nourriture consistante. Moi, à midi, je ne pouvais pas manger de bon appétit comme les autres. Je devais me contenter de jus de fruits ou d'eau. J'avais le droit de manger le soir quand le soleil s'était couché, mais seulement des choses légères et en moindre quantité que d'habitude, juste du porridge, des légumes et des fruits. J'avais adopté les us et coutumes des musulmans.

Un soir, Ali a reçu un appel. Vu sa façon de répondre, ce devait être son père, à Leeds. Après avoir raccroché, il avait le visage sombre.

— Qu'y a-t-il ?

— Uthman a disparu.

— Il ne travaillait pas dans une usine ?

— Il a demandé un congé pour partir en voyage avec des copains.

— Où est le problème ?

— Ce matin, ils ont trouvé la facture d'un billet d'avion pour le Pakistan.

Au même instant, M. Abdul a frappé à notre porte :

— Ton père t'a appelé ? Uthman serait parti pour le Pakistan…

Ils se sont tus. Le grand-père a semblé réfléchir un moment, puis :

— Tu devrais aller voir à Leeds. Les jeunes croient que, par solidarité, il ne faut pas tout avouer aux aînés. Ils ne diront jamais la vérité à tes parents.

— Je connais un peu ses amis, a acquiescé Ali. Ils doivent savoir ce qui s'est passé.

— Pourquoi s'inquiéter, ai-je fait, s'il est simplement allé dans son pays ? Au bout de quelques jours de vacances, il reviendra tout content...

Le grand-père a secoué la tête :

— Non, ce n'est pas aussi simple. Depuis l'intervention des Etats-Unis et de la Grande-Bretagne, les jeunes se mobilisent pour soutenir les musulmans.

Le lendemain soir, j'ai attendu le retour d'Ali en compagnie de son grand-père, sans même prendre de dîner. Quand il est rentré, soucieux et fatigué, il avait les bras qui lui descendaient jusqu'aux genoux. Il s'est effondré sur le douillet canapé du grand-père. Ce dernier l'a aussitôt assailli de questions :

— Alors ?

— Il est parti au Pakistan avec des copains. Ça fait déjà une bonne vingtaine de jours. Quatre copains du Rassemblement des Jeunes.

— Tu sais où ils sont allés ?

— Probablement à Peshawar, d'où l'un d'eux est originaire. Il s'appelle Saïd.

— Tu as trouvé son adresse ?

— Oui, j'ai vu sa mère. Elle m'a demandé de partir tout de suite pour le ramener.

Il était clair que leur destination finale était l'Afghanistan, car Peshawar est la ville frontière la plus proche de Kaboul.

Je m'inquiétais beaucoup pour Ali, mais je n'ai pas réussi à le dissuader de partir. Il était quasiment certain de la destination de son frère. Il voulait écarter le danger qui guettait toute la famille. J'étais enceinte de presque trois mois déjà, mais je ne lui avais encore rien dit. Comme toute la famille, le grand-père compris, attendait d'Ali qu'il ramène Uthman, il est parti au Pakistan trois jours plus tard. Personne n'imaginait qu'il resterait absent si longtemps.

Nous n'avions aucune nouvelle d'Ali. L'été suivant, il n'était toujours pas de retour. J'ai accouché d'une petite fille à la peau très brune. Elle avait les grands yeux d'Ali. Je venais juste d'avoir dix-neuf ans.

On disait qu'en Afghanistan la guerre était terminée, mais que les opérations pour éliminer la guérilla dans les zones montagneuses devaient se poursuivre. Les médias montraient tous les jours des campements de réfugiés, des enfants affamés dans les ruines.

J'ai passé deux jours à l'hôpital. C'est M. Abdul qui s'est substitué à mon mari pour m'apporter layette, biberons et couches pour mon bébé. Il lui a donné le nom de Horriya.

— Qu'est-ce que ça veut dire ?

— Ça veut dire Liberté.

Liberté, Liberté, ai-je murmuré... Un mot ne s'oublie plus dès lors qu'on en connaît le sens. Les noms des fleurs sauvages qui croissaient si librement sur les rives du Tumen ou sur les premières pentes du Paektu, bercées par la brise printanière, me sont tout à coup revenus en mémoire : orchidées jaunes, blanches ou mauves, anémones, mourons, violettes, muguets, astragales, plantains, œillets, renoncules, mélampyres des prés... Je me voyais en train de courir dans les champs avec mes sœurs. J'ai baissé les yeux sur ma fille endormie à côté de moi. A son nom, Horriya, j'ai ajouté celui, coréen, de Suni. Tout bas, j'ai prononcé Horriya-Suni.

Luna passait après son travail pour m'aider à préparer le repas et soigner Horriya. Les parents d'Ali sont aussi venus nous voir un jour avec leurs filles. Ils ont été très heureux de découvrir que Horriya était tout le portrait de leur fils. Mais ils n'ont pu cacher leurs larmes. Avant de repartir, le père d'Ali m'a prise dans ses bras en me disant :

— Pendant les vacances d'été, son frère aîné partira à sa recherche au Pakistan. Je pense qu'on aura de bonnes nouvelles.

Je lui ai souri en guise de réponse car je sentais bien qu'Ali était en vie.

Je me suis reposée jusqu'à ce que Horriya ait atteint son centième jour. Si je n'allais plus au Tonkin, je n'en continuais pas moins de rendre visite à Mme Emily une fois par semaine. Elle me demandait de la masser mais elle avait surtout besoin d'une confidente à qui rapporter ses rêves et ses conversations avec l'esprit de Bekky.

Un jour que j'étais allée lui rendre visite à Holland Park, j'ai trouvé une Sarah toute retournée :

— Madame n'est pas là. Elle est partie à Brighton.

– Quelque chose de grave ?

Sarah a baissé la voix :

— Monsieur est mort. Tué par balle.

— Mon Dieu ! Est-ce possible ?

— Cette garce a osé tirer trois fois !

Sarah n'en a pas dit plus. J'étais si étonnée que j'en ai oublié tous mes soucis personnels. J'avais pitié de Mme Emily. Si elle avait tant à cœur de communiquer avec les esprits, c'était parce qu'elle vivait séparée de son mari.

Je passais la soirée avec Luna et ma fille quand M. Abdul est descendu nous rejoindre. Il a caressé les mains et les pieds de Horriya et frotté sa barbe rugueuse contre la joue du bébé.

— J'ai quelque chose à te dire…

— Je vous laisse, a dit Luna en se levant.

Le grand-père lui a fait signe de rester :

— Non, nous n'avons rien à te cacher. Le frère aîné d'Ali est rentré du Pakistan.

Luna et moi avons échangé un regard et, bouche cousue, nous n'avons plus quitté le grand-père des yeux.

— Il a pu vérifier qu'Ali était en effet parti sur les traces de son frère à Peshawar et Kaboul. Le grand-oncle de Saïd lui a appris qu'Uthman et ses copains étaient passés juste avant que la guerre n'éclate, ils sont restés cinq jours à Peshawar avant de partir pour Kaboul. Ali l'a appelé de Kaboul, mais depuis il n'a plus eu de nouvelles de lui, ni de son autre frère. On dit qu'à Jalalabad, près de Kaboul, et au nord, à Kondôz précisément, la population a été attaquée par les soldats de l'Alliance du Nord. J'espère qu'il est en vie.

J'ai murmuré, juste pour moi : « Ali est en vie. Je sens qu'il est en vie. »

Quand on est sans nouvelles de parents partis dans des zones en guerre, on craint le pire. Luna et M. Abdul baissaient la tête pour éviter mon regard, ils gardaient le silence dès qu'il était question d'Ali. Ils avaient renoncé à me consoler, à faire taire mes inquiétudes, à me prédire son retour. Mais Ali m'apparaissait dans mes rêves, Uthman aussi. Ali me parlait comme d'habitude, il riait ou se fâchait, comme le fait tout mari. Alors qu'Uthman restait à l'écart ou même s'éloignait si je l'appelais.

Je venais de reprendre mon travail au Tonkin quand Sarah m'a téléphoné. Elle me demandait de venir en urgence bien qu'aucun rendez-vous n'ait été prévu pour ce jour-là. J'ai sauté dans un taxi. Sarah m'attendait à l'entrée, elle m'a fait un signe de la main.

— Que se passe-t-il ?

Sarah poussait de longs soupirs en balançant la tête.

— Cela fait trois fois que Madame me demande si tu es arrivée. Tout est sens dessus dessous. Essaie de faire quelque chose.

Je me suis introduite dans la chambre à coucher. Il faisait très sombre, tous les rideaux étaient tirés. D'une petite voix craintive, Sarah m'a annoncée :

— Madame, voici Bari.

— Bien.

La voix était sans force. Sarah m'a poussée dans le dos, puis elle s'est éclipsée. Je me suis retrouvée tout près du lit. Comme je ne voyais rien, j'ai allumé la lampe de chevet. La lumière a dévoilé un verre à cognac et une bouteille. Mme Emily était ivre. Je me suis agenouillée devant le lit.

— Voulez-vous que je vous masse ?

— Cet imbécile s'est fait loger deux balles dans la poitrine, une autre dans les reins. On m'a demandé d'identifier le corps. J'ai soulevé le drap. Ah ! Comme il avait vieilli ! Presque plus de cheveux… Et cette bedaine… toute ronde… d'une laideur !

Je l'écoutais sans rien dire. Dehors, il faisait un temps splendide, quelques beaux nuages flottaient dans l'azur, le feuillage des grands arbres palpitait dans la brise. Mme Emily était étendue, les membres écartés, nue dans sa robe de chambre. J'apercevais ses seins affaissés et flasques.

— Cette fille, c'était une renarde, elle avait un amant dans son pays ! Elle prenait l'avion pour aller le retrouver trois ou quatre fois par an. Son fric, elle lui en a soutiré tant et plus ! A la fin, elle devait en avoir assez du vieux. Elle a sans doute perdu la tête et elle a tiré. La police m'a demandé si je voulais la voir. Pourquoi irais-je voir une meurtrière ?

Elle a poussé un cri et, le visage enfoui dans ses mains, s'est mise à pleurer. Elle s'est tournée sur le côté et recroquevillée, les genoux remontés contre son ventre. Je l'ai aidée à retrouver son calme, à s'étendre correctement, je l'ai couverte d'une serviette, puis j'ai commencé à la masser à partir des épaules.

— Maintenant, essayez d'oublier ce qui s'est passé. Ne vous en faites pas, avec le temps, on finit par oublier, ne gardez pas de rancune dans votre cœur.

Ses muscles se sont progressivement détendus. Mes mains sont descendues sur ses cuisses, ses jambes, ses talons. J'ai manipulé ses pieds en fermant les yeux. Il m'a semblé être prise de transes, des spasmes me secouaient les épaules : mon esprit s'est évadé de mon corps plus vite que d'habitude.

Dans l'obscurité, une silhouette immobile. A sa large robe d'un tissu rêche et foncé, je reconnais le fantôme de Bekky.

« Faites quelque chose pour Mme Emily », lui dis-je dans un murmure.

Bekky me répond d'une voix rauque :

« Ce n'est pas le moment de se faire du souci pour les autres. »

Un dialogue sans mots, de cœur à cœur. Les meubles et l'obscurité de la chambre s'effacent, des lieux nouveaux surgissent. Nous voici dans une brousse aride, où émergent des rochers parmi les herbes sèches. Bekky regarde fixement cette terre fouettée par le vent. Elle a des rides au coin des yeux.

« Tu cherches ton mari, n'est-ce pas ? »

« Où sommes-nous ? »

« Dans ce monde intermédiaire où une chamane comme toi peut entrer, disons entre l'au-delà et le monde d'ici-bas. Toi et moi y avons accès… »

« Suis-je morte, moi aussi ? »

« Tu es tantôt en vie, tantôt morte. Je vais te montrer ce que tu cherches. »

Le ciel devient subitement noir, des explosions tonnent en projetant des éclairs. Des mitrailleuses se déchaînent, le canon gronde à vous déchirer les tympans. Je file sur un chemin cahoteux avec l'impression de voler. Un bourg apparaît, les maisons brûlent en dégageant une épaisse fumée noire. Les gens fuient par les rues étroites. Au sol, des cadavres. Des hommes hurlent, atrocement mutilés, sans bras, sans jambes. Des avions et des hélicoptères labourent le ciel. Des tanks forcent leur chemin dans la ville en glissant sur leurs chenilles.

Je cours, hors de moi, je me jette dans les couloirs d'une mosquée. Il y a là plusieurs centaines de femmes et d'hommes prosternés, en train de faire la prière. Ils s'assoient, silencieux, puis se lèvent ou se prosternent. Aux femmes en burqa ou en hijab, je demande :

« Vous n'avez pas vu Ali ? »

« Ali, qui est-ce ? »

« Quelqu'un aurait-il vu Ali ? »

Des voix reprennent ma question en écho, se mêlent en un bourdonnement qui bientôt remplit la salle. Loin devant, quelqu'un s'écrie :

« Uthman, je l'ai vu, il est allé à Kondôz ! »

Les voix reprennent « Uthman » et « Kondôz », répètent ces noms sans fin. J'écarte la foule, je veux retrouver celui qui a parlé. Les gens, à mon approche, me tournent le dos. Je continue de les écarter. Quelqu'un me saisit par le col et me conduit à un couloir. C'est Bekky :

« Ce sont les âmes des morts, elles ne savent rien d'autre que ce qu'elles ont connu de leur vivant. »

« Nous sommes donc dans l'enfer ? »

« Non, dans un monde intermédiaire. Il n'y a pas de paradis ni d'enfer. Les nouveau-nés croissent, deviennent des adultes, de même les âmes progressent vers un monde meilleur. Mais celles qui ont commis le mal sont retenues là plus longtemps que les autres.

Kondôz. Je vois d'abord les rues poussiéreuses, les minarets, les maisons basses. La place du marché, les écoles aux murs de planches, les tentes dressées sur des piquets métalliques. Mais les rues sont vides, les fenêtres obstruées par les volets de bois. Précédées d'un sifflement aigu, les explosions soulèvent des nuages de poussière qui bouchent le ciel tout entier. Les bombes creusent d'énormes cratères sur la place du marché. D'autres touchent les maisons. Chaque détonation est suivie d'une pluie de fragments de ciment et de pierres, telle une averse de grêle.

A l'extérieur de la ville, sur une route bordée d'arbres aux feuilles sèches, une rangée d'hommes, debout, les mains derrière la nuque. Un peu plus loin, des camions. Des soldats, pieds nus, une veste militaire par-dessus leur tunique, pointent leurs fusils vers les hommes alignés. Sur un ordre rugi par l'officier, les soldats tirent. Les fusillés s'effondrent les uns après les autres. Deux ou trois tentent de s'échapper en courant, mais ils tombent eux aussi. La nuit descend. De vagues formes ondulent par-ci par-là sur le chemin. Je m'approche.

« Uthman, Uthman, es-tu là ? »

Une voix que je connais s'élève derrière moi :

« Bari, que fais-tu ici ? »

Je me retourne : Uthman est là, aussi grand que son frère, mêmes mains énormes. Il a laissé pousser sa barbe, il fait dix ans de plus.

« Ali est venu te chercher. Tu ne l'as donc pas vu ? »

« Nous nous sommes quittés tout de suite. »

Ces formes vaporeuses assistent au spectacle des soldats jetant dans les camions les corps inertes qu'elles viennent de quitter.

D'un bond je fuis ces lieux, comme poussée par le vent. Me voici au terme de la Terre, sur une immense plage de sable devant la mer infinie. En arrière-plan, des montagnes coiffées de neige. Sans que je m'en aperçoive, Bekky m'a accompagnée, elle contemple la mer à mes côtés :

« Ton mari s'en est sûrement allé du côté de la mer. »

« Là-bas, où est-ce ? »

« Je ne sais pas. C'est là où le soleil descend dans le monde des vivants. »

« Aide-moi, s'il te plaît, emmène-moi là-bas. »

Bekky me montre un visage aussi froid et insensible que lorsque je l'ai vue pour la première fois à Ulundi, dans son pays natal.

« Tout le monde a ses problèmes. Mais il revient à chacun de trouver la solution. Pour Emily et toi, c'est pareil. Moi aussi, j'aimerais te demander une chose. Pourquoi ne puis-je jamais voir Osei ? »

« Qui est-ce ? »

« C'était mon mari dans l'autre monde. Je ne le retrouve pas. Il a disparu après s'être embarqué sur un bateau. Notre première nuit de noces, je l'ai passée avec une figurine en bois à son image. Tous les gens du village se souviennent de lui. C'était un guerrier téméraire qui chassait le lion. »

Ensemble, nous contemplons l'océan immense, d'un bleu foncé presque noir.

Mes paupières me semblaient terriblement lourdes, comme si on leur avait collé une épaisse couche de papier. Le monde s'est métamorphosé tout d'un coup, et j'ai été rendue à la vie. Mme Emily dormait encore. La nuit était tombée. Les scènes de guerre, la mort d'Uthman restaient gravées en traits précis dans ma mémoire. Ali ne s'était jamais montré au cours de mon périple, ni au bord de la mer où je me tenais aux côtés de Bekky. De là venait ma certitude qu'il était en vie quelque part sur cette terre. Dans ma petite enfance à Chosen, on m'avait toujours dit qu'il ne fallait pas exprimer devant les autres ses vœux les plus chers. Sinon, la chance de les voir exaucer s'évapore. C'est ce que nous disaient les adultes. Je n'ai confié à personne ma conviction qu'Uthman était mort et qu'Ali était en vie. J'avais décidé de n'en rien dire même à M. Abdul.

11

Dans les jours qui ont suivi le Nouvel An chinois, Shang m'a rendu visite au Tonkin. J'étais en plein travail quand Binh, la manucure vietnamienne au repos dans la salle voisine, a tenté d'attirer mon attention en tenant la porte ouverte. D'une mimique, je lui ai demandé de quoi il s'agissait. En montrant du pouce la salle d'attente dans son dos, elle m'a fait comprendre que j'avais une visite.

Après avoir enveloppé les pieds de ma cliente dans une serviette chaude, je me suis rendue dans la salle d'attente. Ma visiteuse était en minijupe, bottes montant jusqu'aux genoux et pull ample laissant les épaules à découvert. Elle se tenait assise, jambes croisées, sur le canapé. Elle avait les cheveux longs, séparés par une raie médiane, coiffure assez typique des Asiatiques. Elle s'est levée en m'apercevant, vaguement confuse.

— Tu vas bien ?

Impossible de mettre un nom sur ce visage.

— Désolée… Vous me connaissez ? lui ai-je demandé tout bas.

Elle, d'une tout petite voix :

— C'est moi, Shang !

Shang… Il m'a fallu un bref instant pour resituer ce nom… Puis, d'étonnement, j'ai porté ma main à la bouche. Quel coup de vieux elle avait pris ! Ce n'était plus la même. Son visage naguère si clair, si blanc, était tout couvert de taches, des rides froissaient ses paupières, et surtout, quel maquillage ! Honteuse, je lui ai pris la main.

— Je me disais toujours qu'il fallait que je t'appelle… Je suis vraiment désolée.

— Je ne te retiendrai pas longtemps… Tu es occupée, j'imagine…

— Non, ça va.

Elle m'a emmenée dans le salon de thé en face de la boutique. Le vernis de ses ongles s'écaillait, les coutures de son vieux pull avaient cédé par endroits. Elle jetait des coups d'œil inquiets du côté de l'entrée.

— C'est M. Lew qui m'a appris où tu travailles.

— Toi, tu es toujours dans la même maison ?

— J'ai changé, mais ce n'est pas mieux.

Elle continuait donc de travailler dans un de ces établissements qui accueillent les hommes. Elle et moi, nous avions connu tant de choses ensemble, inutile de jouer à cache-cache.

— Et si tu cherchais un autre travail ?

— C'est pas maintenant que… En tout cas, je vais bien.

Tout à coup, se penchant sur la table et se calant la tête sur les poings, elle a laissé libre cours à des mots retenus jusque-là :

— Prête-moi un peu d'argent, je suis vraiment dans l'embarras. Il n'y a que toi qui puisses m'aider. C'est pour cela que je suis venue…

Je ne voulais pas lui dire que j'avais tout remboursé, les frais du passage et le montant de ma dette, que j'étais enfin libre grâce au patron du Shanghai Fantien et à Lew qui s'étaient portés garants pour moi. Car elle, elle devait être encore à la merci des passeurs.

— De combien as-tu besoin ?

— Deux cents livres, ou même seulement cent…

— Je n'ai pas d'argent sur moi, attends-moi là.

Je suis retournée au salon pour demander à M. Tan de m'accorder une avance. Quand je suis revenue, elle était là à m'attendre. Elle a bu deux verres d'eau coup sur coup. Je lui ai tendu cinq billets de vingt livres qu'elle a empoignés vivement.

— J'imagine que tu dois vite retourner à ton travail, m'a-t-elle dit en se levant. Je te rembourserai avant la fin de la semaine prochaine.

Elle m'a fait un petit signe de la main tandis qu'elle s'élançait en direction du métro. Je l'ai regardée s'éloigner, elle ne s'est pas retournée.

Perturbée par cette visite, j'ai appelé Lew avant même d'avoir fini ma journée. Il était occupé par la préparation du dîner, si bien que je n'ai pas pu le retenir très longtemps. Je lui ai tout de même rapporté ce qui venait de se passer. Il s'est d'abord excusé :

— Elle a tellement insisté pour avoir ton adresse, elle m'a tellement dit qu'elle voulait te revoir, que j'ai fini par céder. J'ai l'impression qu'elle se drogue. Elle ne peut pas retourner dans son pays, elle n'a vraiment pas de chance. Je te rendrai l'argent qu'elle t'a pris.

Je lui ai dit que non, ce n'était pas ce que je voulais. En revanche, ne pouvait-il trouver un moyen de l'aider ? Il a poussé un soupir :

— Il faudrait d'abord qu'elle ait la volonté de s'en sortir. Sans cela, comment lui venir en aide ?

Bien entendu, la semaine suivante, Shang n'est pas revenue. Je ne m'inquiétais pas pour mon argent. Je me disais que j'irais la voir, un jour de congé. En lui parlant franchement, à cœur ouvert, je pourrais certainement l'aider. Mais il ne m'était pas facile de trouver un moment pour elle.

Un soir, en revenant d'une fête chez une amie, Luna et moi avons manqué le dernier métro ; nous avons donc dû prendre un de ces bus qui circulent la nuit pour les noctambules, direction Piccadilly Circus. A l'arrière, il y avait une cargaison de filles ivres. Tout en elles était éloquent, leur jupe ultra-courte, leur maquillage, leurs accessoires. La plupart jacassaient sans arrêt, quelques-unes dormaient carrément sur les banquettes. Tout au fond, j'ai aperçu une Asiatique qui, l'air absent, regardait défiler le paysage nocturne, les lampadaires. S'est-elle sentie observée ? Elle a tourné les yeux sur moi et nos regards se sont croisés. Il y avait quelque chose de triste dans ce visage, je ne pouvais le quitter des yeux. Quand elle est descendue dans un quartier désert, je la regardais encore. Depuis la rue, elle s'est retournée. A cet instant précis l'image de Shang s'est superposée à son visage. Ah ! C'est à croire que les liens qui nous unissent les uns aux autres ont été noués par le Ciel pour l'éternité ! C'est à croire que nous sommes ligotés comme dans une toile d'araignée !

J'étais toujours sans nouvelles d'Ali. Horriya Suni grandissait vite, elle rampait dans l'appartement, se relevait en s'accrochant à ce qui lui tombait sous la main, chutait et éclatait en sanglots. Lorsque j'étais au travail, c'est M. Abdul qui la gardait, bien que ce ne fût pas pour lui une tâche facile. Quelquefois, il m'arrivait de les trouver tous deux, lui et son arrière-petite-fille, en train de dormir profondément sur le lit. Finalement, j'ai engagé une garde d'enfant, la fille d'un petit commerçant que M. Abdul connaissait bien car ils fréquentaient tous deux la même mosquée. Cet homme, pakistanais lui aussi, tenait un petit magasin d'articles divers où il vendait également des tickets de bus et des cigarettes. Sa fille Isha, mais aussi sa femme, devaient s'occuper de Horriya l'après-midi. M. Abdul a proposé de prendre leur rémunération à sa charge, mais je m'y suis fermement opposée, d'abord parce que c'était ma fille, ensuite parce qu'il continuait de la garder le matin.

Je suis retournée voir Mme Emily. Cela faisait presque un mois que je n'étais pas venue car elle était en voyage. Sarah avait bonne mine. Chaque fois que je me rendais à Holland Park, je scrutais le visage de Sarah pour me faire une idée de l'atmosphère qui régnait dans la maison.

— Tout va bien ? lui ai-je demandé en guise de salutation.

Sarah m'a répondu d'une petite voix nasillarde, comme en fredonnant :

— Un ange est venu ici.

Je ne comprenais pas.

— Dépêche-toi, m'a-t-elle intimé en prenant les devants, Madame tient à te le montrer.

Depuis l'escalier, j'entendais le rire haut et clair d'un enfant dans le salon. Mme Emily l'encourageait en frappant des mains. L'enfant marchait d'un pas mal assuré, titubait, courait, et Mme Emily s'élançait derrière lui comme pour l'attraper : ils jouaient au chat et à la souris.

— Bonjour, entre, Bari. Voici mon bébé, Tony.

L'enfant s'est élancé vers moi et je l'ai enlacé. Il s'est penché vers Sarah en se renfrognant. Il avait les cheveux et les yeux noirs, les traits fins, le nez bien dessiné, un joli petit garçon.

— Fais-le manger, s'il te plaît, a demandé Mme Emily.

Sarah est descendue avec Tony dans les bras. Je suis restée auprès de Madame. Nous avons pris du thé. Elle avait récupéré l'enfant né de son mari et de son amante thaïe. Pendant l'incarcération de celle-ci, l'enfant avait été placé chez sa belle-sœur, laquelle avait appelé Mme Emily. Mme Emily avait hésité longtemps avant de se rendre chez elle. Mais dès qu'elle avait vu Tony, elle s'était décidée à le prendre avec elle.

— Quand je l'ai vu, j'ai cru que mon cœur me lâchait !

Elle avait bien une fille, mais qui était mariée et vivait en Australie. La présence de l'enfant remplissait la maison de joie de vivre. Elle-même se sentait rajeunie. J'avais remarqué que tous les rideaux du salon étaient ouverts.

— Je sens bien que l'atmosphère de la maison est toute différente, Madame, tout cela est de bon présage.

— Je n'en reviens pas… La haine que j'éprouvais pour celle qui a mis au monde Tony s'est estompée. Avant, quand je pensais à elle, je ne ressentais qu'aversion et indignation, je ne pouvais tout simplement pas supporter le visage des femmes asiatiques.

En tenant dans mes mains les pieds de Mme Emily, j'ai senti que la quiétude était revenue dans tout son être. Sa bonne humeur passait en moi, me libérait de ce poids, de cette anxiété qui m'écrasaient depuis si longtemps.

C'était au début de l'été, Horriya Suni allait avoir bientôt un an. Il pleuvait et, bien qu'il ne fût pas tard, l'intérieur de la boutique était plongé dans l'obscurité. Il a fallu allumer la lumière. Sous la pluie, la rue nous semblait encore plus sombre, plus sinistre. Quand M. Tan a proposé de fermer plus tôt que d'habitude, nous avons toutes, évidemment, été d'accord.

Je suis sortie de la boutique avec Luna. Une femme qui s'abritait sous l'auvent de notre immeuble s'est mise en travers de mon chemin. Cette fois, je l'ai reconnue immédiatement :

— Shang !

Elle portait une sorte d'anorak militaire par-dessus sa jupe. Ses cheveux collaient à son front, elle avait dû marcher sous la pluie un bon moment.

— Je t'attendais…

Je lui ai spontanément pris la main.

— Je t'emmène chez moi, tu vas attraper un rhume.

Je l'ai tirée sous mon parapluie. Luna marchait à l'écart en jetant sur elle des coups d'œil inquiets. Shang est entrée dans une échoppe en me demandant de l'attendre. Luna a saisi l'occasion pour me demander :

— Qui c'est, cette fille ?

— Une copine de mon pays natal.

— Elle a tout l'air d'une sans-logis, ça ne te gêne pas ?

— Elle est dans une mauvaise passe, il faut que je l'aide.

Shang est réapparue. Elle a ouvert le paquet de cigarettes qu'elle venait d'acheter, en a allumé une, fébrile, aspirant profondément la fumée. Parvenue à notre immeuble, Luna s'est enfermée chez elle sans dire un mot. J'ai frappé à ma porte, et Isha nous a accueillies.

— On dirait que Horriya sait quand sa maman rentre. Elle ne voulait plus dormir, elle était en train de faire un caprice.

Dès qu'elle m'a aperçue, Horriya Suni a délaissé les petits cubes en bois qu'elle éparpillait sur le plancher pour venir à moi en rampant. Elle avait le visage en larmes. Je l'ai prise dans mes bras, puis j'ai dit au revoir à Isha qui partait.

— Elle a de très beaux yeux, a murmuré Shang.

— Tu n'as pas encore mangé ? On va vite préparer quelque chose.

— Moi, je ne suis pas difficile, des nouilles instantanées, ça ira.

— Vraiment ? Tant mieux, avec cette pluie, on est rentrées sans faire de courses.

Tandis que je préparais le lait pour ma fille, j'ai vu Shang qui s'apprêtait à allumer une cigarette.

— Shang, si tu ne peux vraiment pas t'en passer, ce serait gentil d'aller fumer dans le jardin.

Shang l'a mal pris : elle a rangé sa cigarette et, muette, s'est figée sur la banquette, les genoux relevés sous le menton. J'ai donné son biberon à Horriya Suni puis un petit pot de légumes. Après avoir changé sa couche, je l'ai aidée à s'endormir en lui chantant une berceuse. Quand je me suis retournée, Shang était en pleurs.

— Qu'est-ce que tu as ?

— La berceuse... elle me rappelle tellement mon enfance...

Shang s'est mouchée et essuyé les yeux dans un mouchoir en papier.

— Je suis désolée, je ne t'ai toujours pas remboursé.

— Ça peut attendre, quand tu pourras.

A table, j'ai commencé à lui poser des questions :

— Les passeurs de serpents te harcèlent encore ?

— Non, ils m'ont confiée à un autre établissement, ils me laissent tranquilles.

— Si c'est insupportable, tu ferais mieux de les dénoncer à la police. Imagine qu'on t'expulse pour situation irrégulière, au moins tu pourrais rentrer dans ton pays ?

— Non, je n'ai pas envie de rentrer, j'aime bien être ici.

— Dans ce cas, change de travail. Tu pourrais faire des massages, comme moi. Je vais demander à M. Tan.

Elle a ri.

— C'est trop tard…

En évitant mon regard, elle a ajouté tout bas :

— La vie, c'est partout pareil.

J'ai partagé mon lit avec elle. Avant de nous endormir, nous avons parlé, sans ordre, de nos mésaventures depuis notre arrivée dans cette ville… des filles d'Asie, de Russie, d'Europe de l'Est qui échouent dans les quartiers de plaisirs… des familles qui tentent de les récupérer après mille péripéties, en pure perte, car elles reviennent vivre une vie sans amour, coucher avec n'importe qui pour de l'argent… des toutes jeunes filles qui vivent accrochées à un maquereau qu'elles croient être leur amoureux… de toutes ces choses qu'on trouve dans toutes les villes du monde…

Avant de s'endormir, Shang a murmuré dans le noir :

— Ces jours-ci, je ne parviens même plus à me rappeler le visage de Zhou.

— Zhou ?

— Mon mari, on a été séparés à Dalian.

Je lui ai répondu, dormant déjà à moitié :

— Ah oui, il n'a pas pu monter dans le bateau.

Nous n'avions plus rien à nous dire. J'ai sombré dans le sommeil.

Une lande désertique, sans un arbre. Un soleil blanc frappe le sable ; lumière insupportable, chaleur étouffante. Dans un enclos ceint d'un grillage, un homme est à genoux, la tête contre terre. Il a les deux mains liées dans le dos. Son visage n'est pas visible. Mais je reconnais immédiatement ses épaules. C'est Ali, j'en suis certaine. Je crie :

« Qu'est-ce que tu as ? »

Aucun son ne sort de ma gorge. Impossible de m'approcher plus près. Il a l'air de souffrir, je le vois osciller de gauche à droite, par moments il se ressaisit. Je continue de l'appeler, mais c'est en vain que je m'agite.

Je me trouve dans un couloir obscur. De chaque côté, de petites lucarnes donnent sur des cellules où sont agenouillés des hommes nus. Chaque fois que je prononce le nom de mon mari, ils tournent la tête vers moi. Mais leurs visages, noyés dans l'ombre, demeurent invisibles. Tout à coup, j'entends des vociférations :

« Bouge pas ! Parle pas ! Te lève pas ! Qu'est-ce que tu regardes ? A genoux, fils de chienne, crapule ! »

Des gémissements, des plaintes s'élèvent.

« A boire ! J'ai mal ! J'ai faim ! Ne frappe pas ! Bande de salauds ! Maman, au secours ! »

Je vois Ali à terre, les bras croisés sur ses jambes. Je crie dans la lucarne :

« Mon amour, c'est moi, s'il te plaît, lève-toi ! »

Cette fois, aucun doute, il m'a entendue. Surpris, il tressaille et lève la tête. Je crie de nouveau d'une voix angoissée :

« Là, je suis là ! »

Il se lève en titubant, il vient se jeter contre la lucarne.

« Bari, Bari ! »

On l'a tondu, il a une longue barbe, mais ses yeux sont les mêmes, ses grands yeux où je lisais toujours un peu de crainte et de surprise.

Des larmes ruissellent sur ses joues. Un vent violent m'arrache à la lucarne, me propulse de l'autre côté du couloir, me plonge dans l'obscurité. « Ali !... »

J'ai crié dans mon rêve et me suis retrouvée assise sur mon lit. Une faible clarté colorait la fenêtre côté jardin. Déjà des tourterelles roucoulaient. Shang dormait, le dos tourné... Ah ! J'avais vu son visage, je l'avais vu très précisément ! Impossible de retrouver le sommeil, je suis restée songeuse, longtemps.

Ce matin-là, j'étais dans l'incapacité de faire quoi que ce soit. Du moins jusqu'à ce que, aiguillonnée par la faim, Horriya Suni se mette à pleurnicher. Alors seulement j'ai commencé à lui préparer son lait et son petit pot de légumes. J'avais toujours sous les yeux le visage d'Ali tel qu'il m'était apparu dans la nuit. Laissant ma fille jouer seule sur le tapis, je me suis attelée à la préparation du petit-déjeuner.

— Shang, le petit-déjeuner est prêt !

Malgré mes appels, Shang refusait d'ouvrir les yeux. Relevant à peine la tête, elle a grogné avec une vilaine grimace :

— Je ne prends pas de petit-déjeuner !

Et elle m'a tourné le dos. J'ai déjeuné seule, puis je suis allée prier Luna de dire au patron que je ne me sentais pas bien.

Comme je n'étais pas encore montée le voir malgré l'heure avancée, M. Abdul est descendu.

— Je ne vais pas aller travailler aujourd'hui, lui ai-je annoncé.

J'ai failli lui dire que j'avais vu Ali dans mon rêve, mais je me suis abstenue.

— Tiens, tu as une visite ?

— Oui, c'est une amie d'enfance qui est venue me voir.

— Dans ce cas, je te laisse.

Il est sans doute allé à la mosquée, ou bavarder avec ses amis dans le parc du quartier. J'ai passé la matinée à m'amuser avec Horriya. Vers midi, quand Shang s'est enfin levée, j'ai préparé à manger. L'après-midi, voyant que je restais à la maison, Isha s'en est retournée chez elle. J'ai profité du congé que je m'offrais pour faire une grosse lessive : dans un sac aussi grand que celui du Père Noël, j'ai entassé le linge sale, des draps, une couverture, la petite carpette maculée par les repas de ma fille. J'ai, un moment, suivi du regard Horriya tout occupée à s'amuser avec un lapin mécanique.

— Shang, je vais à la laverie de l'autre côté de la rue, ça ne t'ennuie pas ?

— Bien sûr que non, m'a-t-elle fait avec un grand sourire tandis qu'elle buvait son thé, te fais pas de souci !

— Si elle pleure, regarde sa couche et change-la. Tu la prends un peu dans tes bras, elle se calmera tout de suite.

— T'en fais pas, m'a dit Shang en donnant de petites tapes à mon fardeau.

En cet après-midi de semaine, il n'y avait presque personne à la laverie. Une grand-mère était venue comme moi laver un bout de tapis de sol et des draps. Elle regardait vaguement tourner le tambour. Après avoir enfourné mon linge dans une machine et introduit les pièces de monnaie, je suis allée faire quelques courses chez Sainsbury à quelques blocs de là. A mon retour, ma lessive était presque finie. Encore une heure et le séchage était achevé. Quand je suis entrée dans notre impasse, j'ai senti mon cœur se serrer sans raison apparente. Il n'y avait pas un chat dans les rues, les maisons me paraissaient vides. Tenant ma lessive d'une main, mes achats de l'autre, j'ai accéléré le pas. J'ai posé mon sac de linge devant la porte. Ma main tremblait pour introduire la clé. La porte ouverte, j'ai poussé un cri, les doigts devant ma bouche. Horriya Suni gisait au pied de l'escalier comme une poupée cassée.

— Suni, Suni !

Dans mes bras, sa tête s'est renversée en arrière. J'ai crié de nouveau, il semblait n'y avoir personne dans l'immeuble. Aucun mouvement, pas le moindre bruit.

Lorsqu'à l'hôpital on m'a confirmé sa mort, je n'ai pu l'accepter. M. Abdul me tirait par le bras mais je restais immobile. Je ne pleurais pas. Il m'a prise par l'épaule, m'a secouée gentiment.

— Tu le sais bien, l'âme de Horriya n'est pas ici. Elle doit t'attendre à la maison.

Alors, j'ai pleuré, la tête enfouie dans sa poitrine.

Rentrée à la maison, j'ai constaté que notre appartement était dans un grand désordre. Tout de suite après mon départ, Shang s'était mise à fouiller. Elle avait mis la main sur les quelques billets que nous gardions, pour faire face aux imprévus, dans le tiroir du bas de la commode. Elle était partie précipitamment et Suni, restée seule, en pleurs, avait voulu grimper l'escalier qui montait chez son arrière-grand-père.

J'avais cru retrouver Ali dans mon rêve, mais c'est lui qui était venu au-devant de moi pour m'alerter. Avec son visage meurtri par la souffrance et la stupeur.

Après l'enterrement de ma fille, je n'ai plus mis le nez dehors pendant plus de deux semaines.

J'aurais voulu l'incinérer, mais M. Abdul s'y est opposé avec beaucoup de délicatesse, de gentillesse. Il ne fallait pas que le corps de la fille d'un musulman disparaisse tout à fait. On l'a donc enterrée au cimetière musulman de la mosquée.

Je n'allais plus travailler, je restais tout le temps enfermée à la maison. L'armoire et les étagères étaient encore occupées par les jouets et les vêtements de Suni, si petits, si mignons. J'ai appuyé sur le ventre d'une de ses poupées en caoutchouc : « *I love you Mummy, I love you Mummy…* » a-t-elle répété un moment. Je pleurais, assise par terre, la poupée serrée contre ma poitrine. J'ai regroupé tous les vêtements dans le grand sac à linge, je les ai brûlés dans le jardin avec du papier journal. Dans les flammes, les couleurs se métamorphosaient, les étoffes se contractaient, se réduisaient à des résidus noirâtres. A la vue des cendres, je me suis laissée glisser à terre, pliée en deux. Je gardais les lèvres serrées, mais je me suis entendue dire : « Shang, tu es une ordure, je te tuerai. »

Shang avait sans doute réveillé en moi la rancune accumulée contre tous ceux qui m'avaient harcelée au cours de ma vie, c'est du moins ce que j'ai compris plus tard.

Pendant quelques jours, Luna est passée me voir en tentant de pitoyables plaisanteries pour me consoler. Mais je n'avais rien à lui dire. Je restais couchée sur mon lit ou assise, l'air absent, me contentant de boire un peu d'eau. M. Abdul m'apportait de quoi manger de temps à autre, mais je ne bougeais pas, je restais adossée au mur. Retrouvant intacts les plats qu'il m'avait apportés la veille, il m'a dit un jour :

— Bari, tout le monde meurt. Qu'on meure dans un accident ou de maladie, c'est toujours un nouveau commencement. Horriya a commencé une nouvelle vie. Il faut te tenir prête, toi aussi.

— Mais pourquoi Dieu m'a-t-Il destiné toute cette souffrance, je n'ai jamais fait de mal à personne ! Qu'est-ce que ça change de croire en Dieu ou pas ?

— Dieu nous regarde en silence, c'est sa nature. Dans les couleurs, les formes, les sourires, les larmes, le sommeil, l'oubli, dans tout ce qui constitue notre monde, on a l'impression qu'il n'y a jamais de début ni de fin. Les malheurs et les souffrances sont la manifestation de fautes commises autrefois. Ce sont autant d'épreuves pour nous apprendre à conduire notre vie saintement. Il faut les surmonter pour être capables de jouir pleinement de la vie. C'est ce que Dieu veut de nous. Allez, mange un peu, reprends des forces…

— Laissez-moi, me suis-je écriée, s'il vous plaît !

M. Abdul s'est arrêté sur le pas de la porte avec ses assiettes dans les mains :

— Lorsque j'ai quitté le Jammu-Cachemire, après avoir perdu ma femme et mes enfants tués par balle, j'en voulais à Dieu, tout comme toi maintenant. Pourquoi Dieu me faisait-il souffrir alors que j'étais un homme de bonne volonté ? Mais en vérité, tout être de chair et d'os qui vit en ce monde s'expose à l'enfer au cours de sa vie. La haine, c'est un enfer que l'on crée soi-même. Dieu attend calmement que nous nous libérions de ce joug et que nous nous approchions de Lui.

M. Abdul a, sans bruit, fermé la porte derrière lui. Je suis restée effondrée sur mon lit, épuisée, en larmes.

12

Dans l'obscurité de ma chambre, le plafond s'ouvre, et je m'élance dans l'éther. Comme les autres fois, devant moi se profile un chemin blanc que je parcours d'une traite. Et voici Chilsong qui m'attend en remuant la queue. Il recule d'un bond léger quand je tends les bras pour l'enlacer. Il continue pourtant de balancer la queue.

« Je suis trop triste, je n'en peux plus. Console-moi, s'il te plaît. »

« Bari, ne t'en fais pas, tu vas y arriver. »

Et Chilsong de se mettre à trotter, et moi de le suivre en effleurant à peine la surface du chemin immaculé. Nous atteignons une vaste plage de sable blanc où émergent ici et là de gros rochers. Ma grand-mère, tout de blanc vêtue, tourne le dos à la mer. Les pans de sa robe flottent dans le vent. Comme les autres fois, je cours me jeter dans ses bras. Elle m'étreint doucement.

« Grand-mère, je n'ai plus de famille, ni mari, ni fille. J'ai tout perdu ! »

Je sanglote éperdument. Elle me tapote doucement le dos.

« Regarde, les gens que tu côtoyais dans la rue ne sont déjà plus de ce monde. Celui que tu as vu hier, ou il y a un moment à peine, a déjà disparu, tu ne peux plus l'entendre ni le voir. Ta fille Suni est ici avec nous. »

En me poussant l'épaule, elle m'invite à me retourner. Suni est là, en effet, derrière moi. Pas plus grande qu'une poupée, vêtue de blanc comme ma grand-mère, elle reste plantée bien droite à côté de Chilsong. Je m'approche d'elle en ouvrant les bras pour l'étreindre, mais elle recule, comme Chilsong tout à l'heure. Si j'avance d'un pas, elle recule d'autant.

« Ne souffre pas, m'exhorte ma grand-mère. Le corps qui héberge ton âme ne t'appartient pas. Si tu le quittais, tu deviendrais semblable à nous. La joie et la tristesse font partie des règles du jeu de ce monde. »

« Dans ce cas, je veux moi aussi quitter ce monde. »

« Non, tu n'es pas arrivée au bout de ta mission. Tu vas rencontrer beaucoup de gens qui te poseront des questions en cours de route. »

« Mais tu disais que la princesse Bari était passée dans l'autre monde pour leur rapporter les réponses. »

« Tu as raison, tu dois encore aller chercher l'eau de la vie. »

Grand-mère se tourne vers la mer, un bateau de bois battant pavillon coréen apparaît. Il fait cinq, peut-être dix fois ma taille. Deux voiles de toile jaune ont été hissées. Une échelle est suspendue le long du bordage. Ma grand-mère me pousse dans le dos :

« Allez, monte ! »

Chilsong saute d'abord, je le suis. Quand je me retourne, la plage a disparu. Au lieu de naviguer sur l'eau, le bateau s'élève et flotte dans le ciel. Nous nous tenons, Chilsong et moi, dans la tour de vigie. Mon compagnon me rappelle ce que me réserve ce périple :

« Tout d'abord, la mer de feu, puis la mer de sang, enfin la mer de sable qui engloutit tout jusqu'aux plumes d'oie sauvage. Alors tu atteindras le château d'acier. »

« Où est-il ? »

« A l'extrémité ouest du ciel. »

L'obscurité s'efface devant une mer d'où surgissent des flammes qui crépitent en menaçant le bateau de tous les côtés ; une fumée noire et suffocante nous empêche de voir la proue aussi bien que la poupe. Je ne distingue plus rien, mais j'entends des explosions assourdissantes, des tirs d'armes à feu, le grondement d'hélicoptères, de tanks et de blindés. Engins qui volent, roulent, tirent, explosent. Cris de la foule, hurlements de femmes et d'enfants. Ordres beuglés : « En avant ! – Haut les mains ! Ne bouge pas ! – Il faut les exterminer, ils sont le mal ! – Au nom de Dieu ! – Tirez, tuez, détruisez, nettoyez-moi tout ça ! » Flammes et fumées disparaissent et le bateau flotte un moment dans l'obscurité. Les cris cessent enfin, je peux retirer mes mains de mes oreilles.

« Quelle horreur ! »

Chilsong parle en lui-même :

« C'est l'enfer que vous-mêmes avez créé ! C'est pourquoi il existe ici aussi. »

Le ciel se teinte d'une faible lueur rouge de soleil couchant, une vague de sang déferle sur le monde d'en bas. Le bateau file sur une onde écarlate. Au loin apparaissent des taches sombres qui dessinent une sorte d'horizon urbain. Je demande à Chilsong :

« Quelle est cette ville ? »

« Ce sont les navires du monde des morts. Ils sillonnent la mer de sang. »

Des bâtiments gris se rapprochent et viennent encadrer de part et d'autre notre embarcation. De pâles lanternes arrachent à l'ombre des hommes, des femmes et des enfants en haillons sur les ponts. Je reconnais ceux qui sont morts de famine dans les villages de montagne entre Puryong et Musan ; je scrute les visages dans l'espoir de retrouver ma sœur Hyuni et les autres membres de ma famille.

Les voici ! Ma mère est là, avec mes sœurs Jongi, Sooki, Hyuni aussi, morte gelée dans la montagne ! Ah, elles sont donc toutes mortes ! De même que l'on sait instinctivement que ce qu'on voit en rêve n'est que rêve, je sais que ce que je vois n'appartient pas à ce monde, mais que ce sont chimères de l'autre monde. Je les appelle à tue-tête :

« Maman, grandes sœurs ! Hyuni ! »

Elles ne semblent pas me voir, elles restent immobiles, regardant droit devant elles ; non, elles ne me voient pas.

La scène change brusquement. Apparaît l'intérieur du navire dans tous ses recoins. Il y a là les âmes de Noirs, de Blancs, de Jaunes, de tous ceux qui sont morts de faim, de maladie, de torture, de labeur forcé, de coups et de blessures, de ceux qui ont péri écrasés, carbonisés, noyés, tués par l'angoisse. A l'avant d'un autre navire, quelqu'un s'écrie devant un cadavre raidi :

« Dites-moi, pourquoi devons-nous subir tant de souffrances ? Pourquoi sommes-nous ici ? »

Je reconnais Bekky.

« Que signifie cela, lui dis-je, pourquoi êtes-vous là ? »

« Ce que tu vois, ce sont des scènes qui se passent dans ton cœur. N'oublie pas ma question. »

Alors que son bateau avance dans la direction opposée, je crie à son adresse :

« Je vous donnerai la réponse à mon retour ! »

Un autre bateau glisse lentement, tout illuminé de torches à la proue et à la poupe.

Il a pour cargaison une multitude d'hommes échevelés qui se traînent péniblement, vêtus d'uniformes maculés de sang, enveloppés de bandages et s'aidant de béquilles ; ils sont armés de lances, de sabres ou de fusils. Il y a aussi des manchots, des culs-de-jatte, des décapités.

Je découvre le grand-père de Mme Emily, son père également, au milieu de soldats des armées américaine et britannique ; puis Uthman, mon beau-frère, avec son petit calot blanc cylindrique, qui m'interroge :

« Dis-moi, Bari, dis-moi pourquoi le mal gouverne le monde. Pourquoi nous retrouvons-nous ici avec nos ennemis ? »

« Je te répondrai à mon retour », lui crié-je.

Notre bateau poursuit sa route lentement sur la mer de sang. Un autre, voile et coque noires, qui croise à quelque distance, dérive dans notre direction.

Sur le pont, des hommes et des femmes au cou ceinturé d'explosifs, immobiles, les lèvres résolument closes. Autour d'un homme nu, au corps lacéré par les éclats et les brûlures, de vagues formes humaines flottent en lambeaux dans les airs.

Il y a là, de tous âges, des barbus au regard dur, des femmes en hijab au visage anxieux, d'autres femmes à la figure brûlée, le corps couvert de blessures et de traces de coups ; d'autres encore sous une burqa qui leur tombe jusqu'aux talons... Un homme avec une ceinture d'explosifs autour de la taille brandit le poing :

« Dis-nous le sens de notre mort ! »

Près de lui, une femme en burqa lui murmure sous son voile :

« Moi aussi, je veux connaître le sens de ma mort ! »

Sans même comprendre ce que signifient leurs questions, je leur lance :

« A mon retour, je vous dirai ! »

Un autre bâtiment s'approche. Nulle lumière, point de feux, personne. Aucun signe de vie. Tout l'équipage serait-il mort, jusqu'aux rats ? Mais voici que de vagues formes se profilent dans l'obscurité.

Des rires sinistres s'élèvent des profondeurs de l'ombre. Hi ! hi ! hi !... Ce sont les ricanements des fonctionnaires venus arrêter mon père, les lazzis des hommes qui nous ont chassés de chez nous, des escrocs qui ont vendu et humilié ma sœur Mii, des joueurs véreux de Dalian, des passeurs et de leurs sbires qui nous ont poussés dans les conteneurs, des violeurs à bord du cargo, de la maquerelle qui s'est esclaffée à la vue de ma poitrine. Ils sont tous là.

Ah, voici le visage horrible, défiguré, de celle que je déteste le plus au monde ! Quand nos bateaux se croisent, elle me crie :

« Ici, il y a tous ceux que tu hais ! Quand nous libéreras-tu, quand cessera ce voyage infernal ? »

« Jamais je ne vous pardonnerai », leur dis-je en me frappant la poitrine.

« Dis, quand nous pardonneras-tu ? »

« Tu sauras à mon retour », je lui lance à la va-vite, exaspérée.

Au sortir de la mer de sang, nous pénétrons dans une obscurité totale. Puis le ciel se dégage, mais une nuée de sable embrume l'air. Sous le navire, un désert s'étend à perte de vue. Du sable, rien que du sable jusqu'à l'horizon, et sans doute au-delà. Chilsong me dit :

« C'est la mer de sable qui engloutit même les plumes d'oie. »

Tournant la tête, j'aperçois un groupe étrange. Des gens qui, tous vêtus de façon différente, tiennent à la main des livres de prière. Ils ont du mal à se tenir sur le sable mais continuent de prêcher dans un langage incompréhensible. Avec leurs perruques, leurs chapeaux, leurs robes de diverses couleurs, ils ont des allures de magistrats énonçant des préceptes. Comme chacun prêche dans sa langue, l'ensemble produit une très singulière incantation.

Et chacun de hausser le ton pour prendre le dessus. Dans la cacophonie qui s'ensuit, personne ne parvient à se faire comprendre. Le sang leur monte à la tête, les yeux exorbités, ils brandissent leur livre d'une main, tendent l'autre vers la terre puis le ciel. Le sable ondule sous leurs pieds, il s'élève petit à petit et recouvre les chevilles des prédicateurs, malgré leurs efforts pour se dégager. Il atteint leurs reins, leur poitrine, leur enserre le cou puis engloutit la tête et les bras qui s'agitent encore un instant avant de sombrer à leur tour. Bientôt, il ne reste que le sable, toute trace de mouvement a disparu. Puis d'autres corps surgissent, rivalisent et crient à leur tour. Ils sont eux aussi lentement submergés. Notre bateau poursuit paisiblement sa navigation sur cette mer de sable étale qui engloutit même les plumes d'oie.

Nous accostons en un lieu tout semblable à celui d'où nous sommes partis. Des rochers affleurent ici et là sur la plage, au loin des montagnes noires ferment l'horizon. A leur sommet, un château d'acier oxydé, rouge sombre, aux fenêtres illuminées. Chilsong m'encourage :

« Tu dois aller chercher les fleurs et l'eau de la vie. »

J'hésite à descendre à terre.

« J'ai peur, je ne peux y aller seule. »

« Seule Bari en est capable, tout le monde le sait depuis toujours. »

Je fais un pas sur un pont de nuages et déjà je me trouve sur la terre ferme. Du haut du bastingage, Chilsong laisse choir un balluchon qu'il tenait dans sa gueule et qui contient une clochette, un miroir de cuivre et des galettes de sorgho.

« Ta grand-mère a préparé ces choses pour toi. Elles te seront utiles. Il te suffira de m'appeler, le moment venu, et le bateau reviendra te chercher. »

Prenant le balluchon sur mon dos, je m'élance à l'assaut de la montagne. Des cailloux roulent de tous les côtés. Les rochers où je m'accroche se désagrègent sous mes doigts. Je tombe au fond d'une vallée mais je reprends à grand-peine mon escalade. Mes paumes, mes coudes, mes genoux sont en sang. Me voici enfin arrivée à la lourde porte d'acier. Le chemin devant moi s'ouvre en une crevasse sans fond, horriblement noire. J'entends des rires au sommet d'un rocher :

« Ha ! ha ! ha ! Où vas-tu, petite sotte ? Croaa ! croaa ! croaa ! »

Le corbeau, de nouveau ! Heureuse de le retrouver, je lui demande, sans colère :

« Je cherche les fleurs et l'eau de la vie, veux-tu bien m'aider ? »

L'oiseau vient se poser sur mon épaule.

« Si tu as une clochette, c'est pour qu'elle serve à quelque chose, non ? »

Je la tire du balluchon, l'agite en la tenant aussi haut que possible : *taling ! taling !* Un pont de pierre prend forme dans l'obscurité, que je traverse accompagnée du corbeau. A peine suis-je parvenue à son extrémité que les arches s'écroulent derrière moi.

La porte d'entrée du château reste solidement close. Deux redoutables gardiens velus en barrent l'entrée : outre une corne sur la tête et une armure en écailles de dragon, ils sont armés de matraques de feu.

« Qu'ils sont terrifiants ! croasse le corbeau sur mon épaule. A ta place, je leur donnerais des galettes… »

En dardant sur nous des yeux rouges de colère, les gardes rugissent :

« Que faites-vous ici ? »

Et moi de jeter une galette dans la bouche béante de l'un puis de l'autre. En avalant mon sésame, ils me font une courbette et m'ouvrent la porte. Je me glisse à l'intérieur de l'enceinte.

Un long chemin pavé me conduit à une autre porte, plus petite. Deux molosses surgissent, qui montrent leurs crocs en grognant et crachant des jets de flammes.

« Donne-leur une galette, oui, encore une ! »

J'ai devancé la suggestion du corbeau. Les deux mâtins se calment et s'écartent.

A l'intérieur, plusieurs centaines de soldats sont alignés sur une immense place d'où partent plusieurs chemins. Le corbeau croasse :

« Prends le chemin blanc, le blanc ! »

Des galettes à la main afin de les donner aux soldats au cas où ils s'interposeraient, je m'élance au milieu du chemin. Les hommes rompent leur bel alignement pour se jeter sur moi. Tout en courant, je leur lance des galettes. Ils se précipitent pour s'en emparer, se bousculent et s'effondrent les uns sur les autres en un grandiose chaos.

Je débouche dans un vaste jardin bordé de chaque côté d'une rangée d'arbres, où s'épanouissent de magnifiques fleurs rouges, bleues, jaunes, blanches. Le corbeau criaille :

« Les fleurs de vie, les fleurs de vie ! »

Elles sont des milliers et des milliers ! Lesquelles choisir ?

« Prends les fleurs de vie, petite sotte, les fleurs de vie ! » s'impatiente mon compagnon sans pouvoir m'en dire plus.

En pensant au chemin blanc, je cueille des fleurs blanches. Oh, pas beaucoup, juste trois.

« Ha ! ha ! ha ! C'est bien, petite sotte ! Croaa ! »

Je les cache précieusement contre mon cœur. Les encouragements de l'oiseau me vont droit au cœur, et je danse en faisant onduler mes épaules ; d'un seul pas, me voici transportée à l'autre bout du jardin.

Devant la deuxième porte de la citadelle se trouve un étang de feu. Sans me donner la peine d'interroger le corbeau, j'agite ma clochette en la tenant bien haut. Un pont apparaît au-dessus de l'eau, ses pierres s'effondrent derrière moi avec un bruit assourdissant au fur et à mesure que j'avance.

Au-delà de la porte, s'élèvent des gémissements sinistres. L'obscurité est totale. Effrayé, le corbeau me souffle :

« Ici, c'est la fin du ciel de l'ouest. Voici les quatre-vingt-quatre mille enfers, ils sont quatre-vingt-quatre mille ! »

Aussi vaste que le ciel, le plafond du château est couvert d'une sorte de brume ou de fumée. Je découvre dans les murs une multitude de cellules, telles des alvéoles de ruche. C'est de là que proviennent les lamentations, les plaintes et les cris. J'ai l'impression d'être au cœur d'une jungle où rugiraient des fauves. Mon cœur se soulève, j'ai le vertige, je me sens prise de faiblesse. Sans attendre l'aide du corbeau, je saisis une fleur de vie que je jette de toutes mes forces, le plus haut possible. Elle s'élève et flotte au vent en tournoyant lentement, puis elle éclate sans bruit et des milliers de pétales se dispersent comme flocons de neige en se métamorphosant en éclats de lumière blanche. Une mélodie monte en moi que je me laisse aller à chanter :

Au bout du ciel de l'ouest,
Là où se termine la terre sous le ciel,
Voici les âmes, voici les âmes,
Prisonnières des quatre-vingt-quatre mille enfers,
Toutes ensemble enchaînées,
Celles qui sont gorgées de haine,
Celles qui ont pardonné,
Celles dont c'est le premier séjour en enfer,
Celles dont c'est le deuxième ou le troisième séjour.
Puissiez-vous renaître et vous envoler
A la façon des oiseaux blancs
Vers l'une ou l'autre des neuf couches du ciel !
Puissiez-vous vous libérer et libérer les autres,
Puissiez-vous voler libres, howoi, howoi !
Puissiez-vous libres voler, howoi, howoi !

La lumière envahit l'espace tout entier et la forteresse d'acier s'écroule. Les pierres et le fer fondent comme de la glace. Le château cède la place à une vaste étendue vide où convergent les âmes libérées. Celles qui sont coupables n'ont pas d'yeux, ni même de tête, elles sont sans bras ni jambes, juste des troncs humains. Elles accourent dans cette vaste plaine. Les gardiens abandonnent leurs armes pour se joindre à la foule en liesse et danser avec elle. Partout virevoltent les âmes.

En me retournant, j'aperçois la troisième citadelle. Une porte sombre s'ouvre lentement en couinant. Un vent glacial me fouette les joues. Le corbeau s'envole de mon épaule.

« Croaa ! Moi j'ai peur… Vas-y, toi, vas-y toute seule ! »

J'aborde une grande place avec en son milieu un étang aux eaux noires d'où s'exhale une puanteur insupportable. Au-dessus, un pont en demi-lune, que j'entreprends de franchir. Tout à coup, un dragon de fer surgit devant moi. Il avance en faisant grincer ses membres de métal et en crachant du feu. Les flammes effleurent l'étang qui s'embrase aussitôt. Partout crépitent et virevoltent les flammes.

De mon balluchon, je tire le miroir de cuivre que je tends à bout de bras. Une lumière s'en dégage, les flammes s'apaisent, se métamorphosent en flocons de neige, en givre comme on en voit sur les arbres en hiver. Le dragon tombe en morceaux, se désintègre en poussière, se disperse dans les airs. Un escalier, à l'autre extrémité de la place, me conduit à la demeure du Prince des Ténèbres. Il m'attend dans son armure d'or resplendissante, le visage dissimulé derrière un casque ; d'une main, il tient un sabre de feu incurvé.

« Je n'avais pas de forme, mais pour toi je m'en suis donné une. »

« Je viens vous libérer vous aussi, ne vous montrez pas méchant avec moi ! »

Le Prince brandit son sabre, le feu m'enlace tel un fouet, me jette à terre violemment. Je me relève avec peine. Le Prince fait un pas dans ma direction, les flammes s'emparent de moi et me repoussent une nouvelle fois. Vite, le miroir de cuivre ! Je le tends aussi haut que possible. Un rayon foudroie l'armure d'or et voici qu'elle se liquéfie. Sous les haillons, un petit corps d'homme sans âge apparaît, qui se laisse choir, exténué.

« Ah, que je suis fatigué ! » murmure le vieillard d'une toute petite voix.

« C'est vous qui détenez la réponse que je dois rapporter. »

« Toutes les énigmes sont résolues à présent. »

« Où est l'eau de la vie ? »

Il n'a pas la force de lever le bras, il renverse un peu la tête en arrière :

« Mais ça n'existe pas ! Là derrière, il y a une petite fontaine, mais ce n'est que de l'eau ordinaire, de celles qu'on utilise pour cuire le riz ! »

A l'endroit qu'il indique, en bas de l'escalier, il y a une cour avec un puits minuscule. Je m'y précipite, je bois deux ou trois gorgées dans la paume de ma main. Elle a le goût de l'eau fraîche de mon village natal. Grande est ma déception. Il me reste une fleur, que je lance en l'air. Elle éclate, les pétales s'éparpillent et se métamorphosent en rayons de lumière. La dernière citadelle s'écroule dans un énorme nuage de poussière.

Table rase. L'air est immobile. Dans l'étendue paisible, seuls demeurent quelques rochers. Le corbeau est revenu de je ne sais où pour se poser sur l'un d'eux ; de son bec, il lustre ses plumes, sa queue est agitée de soubresauts. Je lui dis, amère :

« L'eau de la vie, ça n'existe pas… »

Il rit à se tordre :

« C'est ce que tu viens de boire, petite sotte ! »

Je me retourne vers la plaine déserte. Le corbeau continue de jacasser :

« L'eau de la vie, on ne peut pas l'emporter ! »

Croaa ! Il part d'un grand rire, prend son envol et disparaît. Je marche en direction de la mer d'un pas lourd. Sur le rivage, face au ressac, j'appelle dans mon cœur :

« Chilsong, Chilsong ! »

Le bateau réapparaît avec son échelle le long de la coque. A peine ai-je posé le pied sur le premier barreau que je suis hissée à bord, et Chilsong m'accueille joyeusement en balançant la queue.

Quand je prends place sur la tour de vigie, il s'éloigne. Je lui annonce :

« Je n'ai pas pu rapporter l'eau de la vie. »

Il continue de balancer la queue. Le bateau glisse sur la mer de sable. Des hommes de diverses couleurs affleurent encore à la surface puis disparaissent engloutis. Je murmure en les regardant du coin de l'œil :

« Qu'ils parlent l'un après l'autre ou bien à l'unisson, ou alors qu'ils se taisent ! »

Tout d'un coup, le sable disparaît, laissant place à une mer toute bleue sous un ciel azuréen constellé de bouquets de nuages.

Puis nous entrons de nouveau dans la mer de sang. Et nous croisons les taches noires que dessinent les navires sur le fond rouge du ciel.

Un bâtiment gris s'approche. A bord, des gens de toutes sortes, des réfugiés en haillons, et parmi eux ma mère et mes sœurs. Il s'y trouve aussi tous ceux qui sont morts de faim, de maladie, de torture, de labeur forcé, de coups et de blessures, ceux qui ont péri écrasés, carbonisés, noyés, tués par l'angoisse.

Sur le gaillard d'avant d'un autre navire, Bekky se penche vers moi :

« Dis-moi, pourquoi souffrons-nous tant, pourquoi nous trouvons-nous ici ? »

Comme si quelqu'un parlait en moi à ma place, ma voix est devenue celle d'un enfant :

« C'est à cause de l'envie. Pour améliorer sa condition, chacun harcèle les autres. Dieu qui est à bord avec vous souffre lui aussi. Si vous vous pardonnez les uns les autres, Dieu vous viendra en aide. »

Un autre bâtiment s'approche, tout illuminé de torches. C'est celui qui transporte des hommes échevelés qui se traînent péniblement, vêtus d'uniformes couverts de sang, enveloppés de bandages, s'aidant de béquilles, des manchots, des culs-de-jatte, des décapités. C'est aussi dans ce bateau que se trouvent le grand-père de Mme Emily, son père ainsi qu'Uthman, mon beau-frère. Ce dernier me crie à nouveau :

« Pourquoi est-ce le mal qui gouverne le monde ? Pourquoi nous retrouvons-nous ici avec nos ennemis ? As-tu la réponse maintenant ? »

Je gazouille d'une voix d'oiseau comme une petite fille :

« Personne ne gagne à la guerre. En ce bas monde, la justice est toujours arbitraire. »

Le bateau illuminé disparaît avec tous ses fantômes.

D'autres navires qui voguent à distance s'approchent à leur tour. Parmi eux, celui qui est noir de la coque au bout des voiles. Vagues lambeaux de formes humaines flottant dans les airs, ses passagers sont les victimes des attentats. Il y a là, aussi, les pères, les frères, les belles-familles et tous ceux qui ont martyrisé leur fille, leur sœur ou leur bru. L'homme bardé d'une ceinture d'explosifs brandit le poing :

« Dis-nous le sens de notre mort ! »

Une voix de petite fille jaillit de ma gorge :

« Votre désespoir est cause de la tristesse de Dieu. Il ne peut pas le partager ! »

Une femme en burqa demande timidement sous son voile :

« Et le sens de ma mort à moi, s'il te plaît ? »

A la vue de ces fantômes, pour la première fois mon cœur se déchire et j'éclate en sanglots :

« Ce sont les hommes qui vous ont imposé ces voiles. Un peu partout dans le monde, on dit qu'il ne faut plus les porter. Mais dans votre pays, on prétend qu'il faut maintenir un strict contrôle sur les foyers. Vous êtes celles sur qui Dieu s'apitoie le plus. »

Le bateau noir disparaît comme éclate une bulle de savon.

Un autre s'approche, sans lumière ni feux, ni personne à bord, à ce qu'il semble. Il avance en silence comme si même les rats étaient morts. Mais, tout bas, de petits rires sinistres à peine audibles s'élèvent des profondeurs de l'ombre. Ce sont les ricanements des fonctionnaires qui ont séparé ma famille, du type qui a vendu ma sœur Mii, des joueurs de Dalian, des passeurs de serpents, de la maquerelle. Et voici que Shang, décharnée, les pommettes saillantes, s'écrie en se hissant sur le pont :

« Ici se trouvent tous ceux que tu détestes le plus au monde. Quand serons-nous libérés ? »

C'est une voix de petite fille que je fais entendre :

« Ma mère aussi est enchaînée par la haine. Quand la haine l'aura quittée, vous serez libérées. »

Nos bateaux se croisent, s'éloignent l'un de l'autre. Je pleure avec la voix de ma fille :

« Ma pauvre maman, ma pauvre maman… »

Horriya Suni vit en moi, je le comprends maintenant, elle n'a cessé de m'accompagner tout au long de mon odyssée.

Les contours du bateau noir s'estompent, se noient dans l'obscurité.

Les voiles jaunes ont été hissées sur le mien qui maintenant traverse la mer de sang. En proie à un vif chagrin, je lance ma dernière fleur dans les airs. Elle crépite et éclate en milliers de pétales qui illuminent le ciel et la mer. Une myriade d'âmes luminescentes s'élèvent au-dessus des flots pour aller se fondre dans le ciel. Instantanément, la mer de sang et toutes les autres mers où j'ai navigué redeviennent bleues.

Ces deux semaines, je les ai passées sans jamais sortir. Le temps me semblait avoir arrêté son cours. Je faisais de longs rêves continus, d'autres plus brefs qui, mis bout à bout, retraçaient le fil d'une histoire. Plus tard, je suis parvenue à raconter cette longue séquence de scènes habitées de fantômes.

Je ne prenais qu'un peu d'eau et quelques gorgées de la soupe que Luna m'apportait – finalement, je mangeais moins que pendant le Ramadan. M. Abdul, qui me rendait plusieurs visites quotidiennes, s'est bientôt montré plus réservé, comprenant que ce dont j'avais besoin, c'était avant tout de repos et de calme. J'entendais ses pas s'arrêter un instant devant ma porte, puis s'éloigner discrètement.

Un jour, après un bain chaud, j'ai préparé un petit-déjeuner, puis j'ai invité M. Abdul à descendre le prendre avec moi. Tout le long du repas, il s'est contenté de me regarder avec un sourire attendri. Ce n'est qu'au moment du thé qu'il a ouvert la bouche :

— Je vois que tu as enfin laissé Horriya rejoindre Allah, cela a pris un peu de temps, mais c'est bien. Tu as su surmonter l'épreuve, je t'en suis reconnaissant.

— Non, Horriya vit encore avec moi.

M. Abdul a gardé le silence un moment, puis il a acquiescé :

— Comme tu veux, mais un jour, tu devras la laisser partir. L'âme grandit encore après notre mort.

— Si seulement, lui ai-je dit, l'eau de la vie existait en ce monde, pour sauver toutes ces âmes… Ah, si je pouvais la trouver…

Il est resté silencieux, sans détourner de moi son doux regard.

— J'ai fait un long rêve, ai-je ajouté, un très long rêve. J'étais à la recherche de l'eau de la vie.

Il a pris ma main et, en la caressant doucement :

— Je ne sais ce que tu appelles l'eau de la vie. L'homme doit pleurer pour les autres mais aussi pour son propre salut. Même devant ce qu'il y a de plus horrible au monde, il ne faut pas désespérer de l'humanité.

Je suis retournée travailler au Tonkin. Mes collègues m'ont accueillie avec joie. Lew m'a téléphoné peu après, bien qu'il lui en coûtât beaucoup de le faire, pour m'annoncer une triste nouvelle :

— Shang se droguait, elle s'est jetée par la fenêtre.

Je me suis isolée un long moment dans la salle de repos. Je me suis rappelé mon rêve. Shang me demandait quand je la libérerais. Je sentais les larmes ruisseler sur mes joues ; sans songer à les essuyer, je suis restée immobile, la tête renversée. Ce n'étaient pas des larmes de tristesse, mais de honte. Un regret douloureux me tenaillait. Accaparée par mes occupations, je ne lui avais jamais rendu visite, je ne lui avais pas porté secours. Et combien je l'avais haïe à la mort de Suni !

L'année suivante, une nouvelle guerre a éclaté en Irak. Tous les jours, les journaux prédisaient qu'un conflit allait aussi toucher la Corée. La télévision nous abreuvait d'images de famine semblables à celles que j'avais connues autrefois au Nord. On y montrait des scènes de guerre, des atrocités, mais sans jamais évoquer les âmes, innombrables, que j'avais croisées. Ces scènes, les gens les regardaient comme s'ils assistaient à un feu d'artifice. En mangeant, en buvant, en parlant haut et fort comme d'habitude.

Une information venue de Leeds m'a engagée à retourner voir Mme Emily. Elle ne m'avait plus sollicitée pour des massages, je ne l'avais pas revue depuis longtemps. M. Abdul avait appris qu'un fonctionnaire avait rendu visite à son fils pour enquêter sur Uthman et Ali : l'officier civil cherchait à savoir quand exactement ils étaient partis au Pakistan, quel était l'objectif de leur voyage, si Uthman avait repris contact avec sa famille et si Ali était vraiment parti à la recherche de son frère ; enfin, il l'avait informé, avant de le quitter, que son fils Ali était en vie, mais qu'il n'était pas libre.

— Je le savais ! me suis-je écriée devant M. Abdul, je savais qu'il était en vie !

Il se trouvait quelque part sur cette terre et il souffrait, je l'avais pressenti dès le début.

Depuis qu'elle élevait l'enfant de son défunt mari, Mme Emily menait une vie très différente. L'atmosphère de la maison était méconnaissable. Tous les rideaux étaient ouverts, de belles fleurs s'épanouissaient dans des jardinières devant chaque fenêtre. Le soleil pénétrait jusque dans l'escalier que j'avais connu si sombre. Dès l'entrée, j'ai entendu les appels de l'enfant qui gambadait dans tous les sens. Mme Emily m'a reçue dans le salon du rez-de-chaussée. Elle portait une robe de couleur claire, elle s'était même maquillée.

— Bari, comment vas-tu ? Tu as failli me manquer. Nous avons prévu de nous installer à la campagne. Je vais quitter cette maison.

Et de me raconter tout ce qui s'était passé entretemps.

— Je suis allée rendre visite à la mère de Tony. Je lui ai même recommandé un avocat…

A mon tour, je lui ai rapporté, calmement, ce que j'avais vécu. Ses yeux se sont emplis de larmes, elle m'a pris la main :

— Oh, ma pauvre Bari…

J'ai évoqué ensuite les malheurs d'Ali. Et sans même me laisser formuler ma demande, elle a proposé :

— Je peux essayer de savoir où il se trouve. Ce n'est pas très compliqué.

— C'est dans ce but que je me suis permis de venir vous voir, lui ai-je avoué en m'inclinant, j'aimerais au moins savoir où il se trouve…

Par la suite, je suis restée sans nouvelles jusqu'au jour où Sarah est venue me voir. Elle m'a entraînée dans le salon de thé de l'autre côté de la rue :

— En partant pour la campagne, Madame m'a demandé de te dire…

Elle prenait son temps, mais je domptais mon impatience.

— … que ton mari est prisonnier à l'étranger. Et comme on est de nouveau en guerre, nul ne sait quand il sera libéré… Et toi, ça va ?

J'ai fait oui d'un signe de la tête. Ali était en vie, je n'en demandais pas plus.

Un jour de mars, alors que je venais d'entrer dans ma vingt et unième année, Ali est revenu soudain comme la pluie après une longue sécheresse. Il avait été rendu à ses parents à Leeds. Il est arrivé à Londres comme s'il rentrait de voyage, avec un petit sac à dos. Je l'attendais à la gare. Quand, sur le quai, j'ai aperçu sa tête dominant celles des autres, je n'ai pas couru à lui. J'ai patienté. Mon cœur battait très fort. Il s'est approché, accompagné de son père. Au moment où il est passé près de moi sans me voir, je l'ai abordé d'une tape sur l'épaule :

— Te voilà !

Il s'est arrêté, m'a prise dans ses bras, m'a serrée très fort. Nous sommes restés longtemps enlacés au milieu de la foule qui s'écoulait autour de nous. Le même jour, nous avons eu la confirmation qu'Uthman était mort. Son père a soupiré en regardant le plafond :

— Ah, tant d'immaturité !…

M. Abdul a ajouté :

— Nous sommes tous des enfants immatures !

Il a incliné la tête pour prier. Puis :

— Cette guerre est un enfer provoqué par l'arrogance des puissants et le désespoir des pauvres. Nous sommes pauvres, nous n'avons pas grand-chose à donner, mais nous pouvons toujours venir en aide aux autres. Ce n'est qu'ainsi que le monde deviendra meilleur. Dieu a dit : « Je vous mets en garde contre le feu de la colère où ne brûleront que les damnés. »

Ali était devenu plus réservé, mais aussi plus doux et plus prévenant. Nous étions tous deux réticents à évoquer nos souffrances, un peu comme si nous avions conclu un accord tacite. Il m'a dit juste quelques mots sur sa cellule, sur la chaleur infernale qui y régnait, il m'a montré les traces laissées par ses liens à ses poignets ; je lui ai parlé de ma grossesse, sans entrer dans les détails, et de la façon dont Horriya Suni nous avait quittés. Quand ses yeux croisaient les miens, il me souriait, il me fixait en tenant mon visage entre ses mains, des mains aussi grosses que des couvercles de marmites.

Je me suis de nouveau trouvée enceinte. Ali a cessé de faire le taxi, métier qui l'obligeait à travailler de nuit sans lui assurer des revenus réguliers. Nous avons ouvert une jolie petite boutique près de Camden Market où nous vendions des sandwichs et des kebabs. Le matin, jusqu'à midi, je tenais la caisse, l'après-midi j'allais travailler au Tonkin. Le soir, nous dînions avec M. Abdul. Nous avons vécu des moments de grand calme, à tel point que nous étions tout près de croire que le monde avait changé.

Un jour, alors que notre bus pour Camden venait de passer le pont de Waterloo et qu'il s'engageait dans Southampton Street, il y a eu soudain une énorme déflagration. La circulation s'est arrêtée, les gens couraient dans tous les sens. Nous sommes descendus du bus. Russel Square était envahi de flammes et de fumée. Nous nous sommes approchés comme les autres. Un autobus avait explosé au milieu de la rue.

La rumeur disait qu'il y avait eu un autre attentat à la gare de King's Cross tout près de là. Le bus à impériale était déchiqueté, son toit s'était désintégré. Des morceaux de tôle, des fauteuils jonchaient le sol parmi les fragments de verre ; les vitrines des magasins étaient brisées. Des corps gisaient, le sang coulait. Des blessés venaient à nous, hagards, couverts de sang. J'avais le vertige, j'ai dû prendre appui sur Ali. Il m'a serrée dans ses bras, puis nous avons tourné les talons. Longtemps les sirènes des voitures de police et des ambulances ont retenti.

« Mon bébé, je suis désolée », ai-je murmuré tout en pressant le pas malgré la lourdeur de mon ventre que je soutenais d'une main. Nous nous faufilions non sans mal entre les voitures immobilisées. Quand je me suis retournée vers Ali en essuyant mes larmes, lui aussi pleurait.

Achevé d'imprimer
sur les presses
de l'imprimerie
Novoprint - Espagne

Dépôt légal : août 2013